다크타워 2 [상]

STEPHEN KING

다크타워 2

스티븐 킹 장편소설 | 장성주 옮김

세 개의 문 [상]

황금가지

THE DARK TOWER Ⅱ:
THE DRAWING OF THE THREE
by Stephen King

차 례

이 시리즈를 한 권 한 권 기꺼이 출판해 준

돈 그랜트에게

19

부활

전편 줄거리

『세 개의 문』은 『다크 타워』라는 긴 이야기의 제2부에 해당한다. 『다크 타워』는 원래 로버트 브라우닝이 쓴 이야기 시 『롤랜드 공자 암흑의 탑에 이르다(Childe Roland to the Dark Tower Came)』에서 영감을 얻어 쓰게 되었으며, 내용상으로도 얼마간 신세를 진 부분이 있다(브라우닝의 시 자체는 『리어 왕』에 빚을 졌다.).

제1부 『최후의 총잡이』에서는 '변질해 버린' 세계의 마지막 총잡이인 롤랜드가 어떻게 하여 검은 옷을 입은 남자를 붙잡았는지를 이야기했다. 롤랜드는 마술사인 그 남자를 긴 세월 동안 추적했는데…… 얼마나 오래 추적했는지는, 아직 밝혀지지 않았다. 밝혀진 바에 따르면 검은 옷을 입은 남자는 이름이 월터이며 본인 얘기로는 세계가 변질하기 전에 롤랜드의 아버지와 친구 사이였다고 한다.

롤랜드가 쫓는 대상은 이 인간의 탈을 쓴 초월적 존재가 아니라 암흑의 탑이다. 검은 옷을 입은 남자, 더 정확히 얘기하면 검은 옷을 입은 남자가 아는 '무언가'는, 롤랜드가 그 신비한 장소를 향해 떠나는 여정의 첫 걸음에 불과하다.

과연 롤랜드는 누구인가? '변질하기' 전 그의 세계는 어떤 곳이었을까? 암흑의 탑은? 롤랜드가 그 탑으로 향하는 까닭은? 우리가 아는 단서는 모두 자잘한 것들뿐이다. 롤랜드는 총잡이이다. 이는 기사와 비슷한 존재로서 세상을 그의 기억 속에 남은 모습대로, 즉 '사랑과 빛이 가득한' 상태로 유지할 책임이 있는 사람이다. 그는 세상이 변질하지 않도록 막아야 한다.

롤랜드는 자기 어머니가 월터보다 훨씬 강력한 마술사인 마튼과 정을 통했음을 알고 나서 때 이른 성인식에 도전할 수밖에 없었다(롤랜드의 아버지는 미처 몰랐지만 월터는 마튼과 한 패였다.). 마튼은 롤랜드로 하여금 어머니의 부정을 발견하도록 일부러 수작을 부렸는데, 이는 애초에 롤랜드가 성인식을 통과하지 못하고 '서쪽으로 추방당하리라.'고 넘겨짚었던 탓이다. 우리는 롤랜드가 시련을 이겨냈음을 이미 알고 있다.

그밖에 더 밝혀진 사실은? 우선 총잡이가 사는 세계는 우리 세계와 완전히 다른 곳이 아니다. 가솔린펌프 같은 장치나 몇몇 노래(예를 들면「헤이, 주드」나 '콩 먹고 뽕, 콩 먹고 뽕뽕' 같은 웃기는 노래)는 그곳에도 남아 있다. 또한 그쪽 세계의 관습과 의례는 사람들이 낭만적이라고 여기는 개척 시대 미국 서부와 기이할 정도로 닮았다.

게다가 우리 세계와 총잡이의 세계를 잇는 탯줄도 있다. 황막한 사막의 역마차길, 그 길가에 서 있는 간이역에서, 롤랜드는 우리 세계에서 죽은 제이크라는 사내아이를 만난다. 제이크는 사실 어느 도시의 길모퉁이에서 도처에 출몰하는(게다가 사악하기까지 한) 검은 옷을 입은 남자에게 떠밀렸다. 한 손에는 도시락 가방을, 다른 손에는 책가방을 들고 학교로 향하던 그 아이가 마지막으로 기억하는 자기 세계(즉 우리가 사는 세계)의 풍경은 자신을 덮치는 캐딜락의 타이어와…… 죽음이었다.

검은 옷을 입은 남자를 따라잡기 전에 제이크는 한 번 더 죽음을 맞게 된다. 이번에 아이를 죽인 이는…… 총잡이였다. 인생에서 두 번째로 가혹한 선택에 직면한 총잡이가 자신의 상징적인 아들이나 마찬가지인 소년을 희생시키기로 결심한 탓이다. 탑과 아이 가운데 하나를 택하도록 강요당했을 때, 어쩌면 파멸과 구원의 기로일지도 모를 상황에서, 롤랜드는 탑을 선택한다.

제이크는 심연으로 추락하기 전에 롤랜드에게 말한다.

"됐어요, 가세요. 여기 말고 다른 세계도 있으니까요."

롤랜드와 월터는 썩어가는 뼈다귀가 즐비한 묘지에서 마지막 대결을 벌인다. 이곳에서 검은 옷을 입은 남자는 타로카드 한 벌을 꺼내어 롤랜드의 앞날을 점쳐 준다. 카드에는 각각 '사로잡힌 남자'라는 이름의 사내와 '그늘 속의 여인'이라고 적힌 여성, '사신(死神)'이라고 적힌 음울한 형상이("하지만 그대 몫은 아니야, 총잡이." 검은 옷을 입은 남자가 롤랜드에게 한 말이다.) 그려져 있으며, 그가 한 예언이 바로 이 책의 주제이자…… 롤랜드가 암흑의 탑을 향해 떠나는 길고 험난한 여정의 두 번째 걸음이다.

『최후의 총잡이』의 마지막 장면에서 롤랜드는 서쪽 바다의 해변에 앉아 석양을 바라보고 있었다. 검은 옷을 입은 남자는 죽었고, 총잡이 자신의 앞날은 막막하기만 하다. 이제 바로 그 해변에서, 채 일곱 시간이 지나지 않은 시점에, 『세 개의 문』이 열린다.

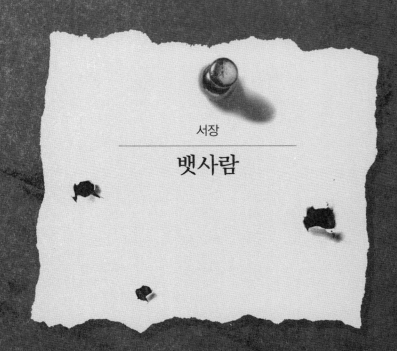

서장

뱃사람

총잡이는 오직 한 가지 형상으로 점철된 어지러운 꿈에서 깨어났다. 검은 옷을 입은 남자가 총잡이 자신의 비참한 앞날이라며 뽑아든(어쩌면 말뿐인지도 모르지만) 타로카드에 그려져 있던 뱃사람의 형상이었다.

'빠져죽을 걸세, 총잡이.' 검은 옷을 입은 남자가 이야기한다. '아무도 구명줄을 던져주지 않아. 그 아이, 제이크 말일세.'

하지만 악몽은 아니었다. 흐뭇한 꿈이었다. 물에 빠진 사람이 총잡이 자신이었기에, 즉 이때 그는 롤랜드가 아니라 제이크였기에, 냉혹한 꿈에 눈이 멀어 자신을 믿어준 어린아이에게 등을 돌린 사내로서 살아가느니 차라리 제이크가 되어 빠져죽는 편이 훨씬 나았기에, 그리하여 그는 익사를 구원으로 여겼기에, 흐뭇한 꿈이었다.

'그래, 됐다. 빠져죽는 거야.' 총잡이는 바다의 포효에 귀를 기울이며 생각했다. '나를 빠뜨려 죽이려무나.' 그러나 망망대해에서 들릴 법한 소리가 아니었다. 얕은 물이 자갈에 부딪힐 때 나는 듣기

싫은 소리였다. 뱃사람이 그의 운명이었던가? 그렇다면 육지가 왜 이토록 가까울까? 실제로 그는 육지에 있지 않았던가? 이 느낌은 마치……

썰늘한 물이 총잡이의 장화를 적시고 사타구니까지 올라왔다. 그는 두 눈을 번쩍 떴다. 그를 꿈나라에서 끌어낸 것은 순식간에 호두 크기로 바싹 쪼그라든 차디찬 고환도, 그의 오른쪽에서 다가오던 위협도 아니었다. 바로 총 걱정…… 그리고 총보다 더욱 중요한 총알 걱정이었다. 젖은 총은 재빨리 분해하여 닦아 말리고, 기름 치고, 다시 닦아 말리고, 다시 기름 친 후에 조립하면 그만이었다. 하지만 젖은 총알은 젖은 성냥이 그러하듯 다시 쓸 수 있는 것도 있고 못 쓰는 것도 있었다.

꾸물꾸물 기어오는 위협은 앞서 들이닥친 파도가 던져놓았음이 분명했다. 놈은 물에 젖어 번들거리는 몸뚱이를 힘겹게 끌며 모래 위를 기어왔다. 길이가 1미터도 더 되는 놈의 몸뚱이가 총잡이 오른 편 4미터쯤으로 다가왔다. 놈은 기다란 자루 끝에 붙은 음침한 눈으로 롤랜드를 지켜보았다. 쩍 벌린 톱니 모양 주둥이에서는 기이할 만큼 사람 목소리와 비슷한 소리가 흘러나왔다. 마치 모르는 외국어로 구슬프게, 심지어 절박하게 묻는 소리 같았다.

"디드, 어, 치크? 덤, 어, 첨? 대드, 어, 챔? 데드, 어, 체크?"

총잡이는 가재를 본 적이 있었다. 그가 이때껏 본 생물 중에 희미하게나마 놈을 닮은 것은 가재뿐이었지만, 놈은 가재가 아니었다. 사람을 보고도 전혀 겁을 먹지 않았다. 총잡이는 놈이 위험한 존재인지 아닌지 알 수 없었다. 혼란스러운 정신을 추스를 생각도 하지 않았다. 자기가 있는 곳이 어딘지, 어쩌다 그곳에 왔는지, 실제로 겁은 옷을 입은 남자를 잡았는지, 아니면 모두 다 꿈일 뿐이었는지, 무엇 하나 기억나는 것이 없었다. 그의 머릿속에는 오로지 총알이 젖기 전에 물 바깥으로 피해야 한다는 생각뿐이었다.

물소리가 귀를 괴롭히며 점점 커지자 총잡이는 놈으로부터 눈을 돌렸고, 하얀 포말을 신고 다가오는 파도를 바라보았다(놈은 제 몸뚱이를 끌던 집게발 두 짝을 번쩍 쳐든 채로 멈춰 섰다. 발을 벌리고 선 권투선수처럼 우스꽝스러운 품새였다. 코트가 가르쳐준 바로는 '명예로운 자세'였다.).

'녀석도 파도소리를 들었구나. 뭔지는 몰라도 귀는 붙어 있나 본데.' 총잡이는 일어서려고 버둥거렸지만, 감각을 잃을 정도로 마비된 다리가 아래쪽에서 그를 붙잡았다.

'아직도 꿈속인가.' 얼핏 떠오른 생각이었으나 이토록 혼란스러운 와중에도 그냥 받아들이기에는 너무나 달콤한 생각이었다. 총잡이는 다시 일어서려고 버둥거렸고, 거의 성공할 뻔했으나, 다시 쓰러졌다. 파도가 들이닥치는 중이었다. 더는 시간이 없었다. 당장은 오른쪽에서 다가온 놈이 움직이는 방식을 그대로 따르는 것 말고는 어쩔 도리가 없었다. 그는 양손으로 땅을 짚고 단단한 자갈 위쪽으로 엉덩이를 끌어올려 파도를 피했다.

그는 파도에서 완전히 벗어날 만큼 멀리 가지는 못했지만 뜻한 바를 이룰 만큼은 움직였다. 파도에 뒤덮인 부분은 장화뿐이었다. 물은 그의 무릎께까지 올라왔다가 물러갔다. '어쩌면 먼젓번 파도도 그리 높이 적시지 않았을지도 몰라. 어쩌면……'

하늘에는 반달이 걸려 있었다. 희미한 안개가 달을 가렸지만, 총집은 어렴풋한 달빛으로도 알아볼 수 있을 만큼 확연히 젖어 있었다. 적어도 총은 수해를 입었음이 분명했다. 총이 얼마나 많이 젖었는지, 또 총에 장전된 총알과 탄띠에 꽂힌 총알이 전부 다 젖었는지 어떤지는 아직 분명치 않았다. 확인하기 전에 먼저 물을 피해야만 했다. 그러기 전에 먼저,

"도드, 어, 초크?"

이번에는 훨씬 가까이서 들려왔다. 그는 총이 물에 젖을까 걱정하느라 파도가 데려온 괴물은 까맣게 잊고 있었다. 총잡이는 주위를 두리번거리다가 이제 1미터 남짓까지 다가온 괴물을 발견했다. 놈은 돌과 조개껍데기가 널린 자갈 해변에 집게발을 꽂고 몸뚱이를 질질 끌었다. 놈이 굵다랗고 우둘투둘한 몸통을 곧추세우자 잠깐이나마 전갈 비슷하게 보였지만, 롤랜드는 놈의 꼬리에 독침이 있는지 없는지도 알아볼 수 없었다.

다시금 우르릉거리는 소리가 들려왔다. 이번 것은 더욱 요란했다. 괴물은 문득 멈춰 서서 집게발을 들어올려 자신만의 명예로운 자세를 취했다.

이번 파도는 전보다 훨씬 더 컸다. 롤랜드가 비탈진 해변 위쪽을 향하여 다시 기어오르려고 손을 짚은 순간, 집게발 달린 괴물이 몸을 날렸다. 앞서 보여준 움직임만으로는 미루어 짐작조차 할 수 없을 만큼 빨랐다.

총잡이는 오른손에 불길처럼 치솟는 통증을 느꼈지만 아픔을 곱씹을 시간은 없었다. 그는 축축한 장화 뒤축을 힘주어 딛고 손으로 땅을 짚으며 가까스로 파도에서 벗어났다.

"디드, 어, 치크?"

'안 도와주실 거예요? 제 절박한 처지가 안 보이세요?' 이렇게 외

치는 듯 애달픈 목소리로 괴물은 질문을 던졌고, 그러는 동안 롤랜드는 놈의 비쭉배쭉한 주둥이 속으로 사라지는 자신의 오른손 검지와 중지를 지켜보았다. 놈이 다시 달려들었지만 롤랜드는 피가 뚝뚝 듣는 오른손을 냉큼 치켜들어 남아 있는 손가락 두 개를 간신히 지켰다.

"덤, 어 ,첨? 대드, 어, 챔?"

총잡이는 비틀거리며 일어섰다. 놈은 그의 흠뻑 젖은 청바지를 찢었고, 가죽이 오래되어 부들부들하긴 해도 무쇠처럼 튼튼한 장화마저 찢었고, 장딴지에서 살점을 베어갔다.

총잡이는 오른손으로 총을 뽑았다. 그가 이 오래된 살상행위를 수행하는 데 필요한 손가락 두 개가 사라지고 없음을 깨달았을 때, 리볼버 권총은 이미 모래 위에 떨어진 후였다.

괴물은 총을 보고 냉큼 달려들었다.

"그만둬, 망할 놈의 자식아!"

롤랜드는 고함을 지르며 괴물을 걷어찼다. 꼭 바위덩어리를 걷어차는 느낌이었는데…… 이 바위는, 물어뜯기까지 했다. 놈은 롤랜드의 장화코를 베어냈고, 엄지발가락을 거의 통째로 베어냈고, 아예 장화를 통째로 벗겨냈다.

총잡이는 몸을 숙여 총을 집었지만 떨어뜨렸고, 욕을 내뱉고 나서 간신히 총을 집어들었다. 한때는 굳이 머리를 쓸 필요도 없을 만큼 쉬웠던 일이 별안간 곡예만큼이나 어려워졌다.

놈은 총잡이의 장화 위에 걸터앉아 알 수 없는 소리를 중얼거리며 장화를 찢어발겼다. 파도가 해변을 향해 달려들었다. 반달이 비춘 어슴푸레한 빛 아래 파도를 타고 온 포말이 창백하고 음산해 보였다. 가재 괴물은 장화 찢기를 멈추고 집게발을 쳐들어 예의 그 권투선수 같은 자세를 취했다.

롤랜드는 왼손으로 총을 뽑아들고 세 발을 쐈다.

철컥, 철컥, 철컥.

적어도 총알이 어떤 상태인지는 확인할 수 있었다.

그는 왼쪽 총을 총집에 꽂았다. 오른쪽 총은 일단 왼손으로 쥐고 총신을 아래쪽으로 향한 다음, 제자리에 알아서 꽂히도록 총집 위에서 떨어뜨려야 했다. 쇠와 나무로 만든 총 손잡이에 피가 엉겨 붙었다. 총집에도, 권총띠를 멘 청바지에도 피가 점점이 묻었다. 원래 손가락이 있던 자리에는 이제 손가락뿌리만이 남아 피를 뿜었다.

엉망이 된 오른발은 아직 마비가 풀리지 않아 고통을 못 느꼈지만, 오른손은 활활 타오르는 중이었다. 이미 괴물의 뱃속에서 소화되었을 유능하고 숙련된 손가락 두 개가 환영이 되어 외쳤다. 아직 여기에 있다고, 불타고 있다고.

'고생문이 훤히 열렸구나.' 총잡이는 어렴풋이 생각했다.

파도가 물러갔다. 괴물은 집게발을 휘둘러서 총잡이의 장화를 다시 찢어발기더니, 허물처럼 벗겨진 그 가죽보다는 가죽 임자 쪽이 더 맛있다고 판단한 듯 보였다.

"더드, 어, 첨?"

놈은 질문을 던지고 나서 무서운 속도로 달려왔다. 총잡이는 거의 감각이 없는 다리를 움직여 피하면서 괴물에게 지능이 있음을 알아차렸다. 놈은 총잡이의 정체가 무엇이고 또 무엇을 할 수 있는지 확신할 수 없었기에 조심스럽게, 어쩌면 바닷가 저 멀리서부터, 그에게 다가왔을 터였다. 차가운 파도가 깨우지 않았더라면 그는 자는 채로 낯가죽이 벗겨졌을지도 몰랐다. 이제 놈은 그가 맛있을 뿐 아니라 허약한 상대, 즉 손쉬운 사냥감이라고 결론지었다.

괴물이 총잡이의 코앞까지 다가왔다. 놈은 길이가 1미터에 키가 30센티미터, 몸무게는 30킬로그램이 넘어 보였다. 총잡이가 어릴 적에 기르던 매 데이비드만큼이나 맹목적으로 먹이를 탐했지만, 데이비드가 지녔던 충성심 같은 것은 눈곱만큼도 없는 놈이었다.

총잡이는 모래 위로 튀어나온 짱돌에 왼발이 걸려 비틀거리다가 하마터면 쓰러질 뻔했다.

"도드, 어, 초크?"

괴물이 물었다. 근심이 밴 목소리였다. 그러고는 자루 끝에 달린 눈을 뒤룩거리며 총잡이를 빤히 보다가, 집게발을 휘두르는 순간…… 파도가 밀려왔다. 놈은 두 발을 번쩍 들고 명예로운 자세로 되돌아갔다. 치켜든 팔이 조금씩 떨리기는 했어도 총잡이는 눈치 챌 수 있었다. 놈은 파도소리에 반응했다. 그러나 이제 그 소리는 점점 멀어져갔고, 적어도 놈에게는 유리한 상황이었다.

총잡이는 뒷걸음으로 짱돌을 넘은 다음, 파도가 우렁찬 함성을 지르며 자갈 위로 부서지는 틈을 타서 몸을 굽혔다. 그의 머리에서 곤충을 닮은 괴물의 얼굴까지는 한 뼘도 안 될 만큼 가까웠다. 놈이 집게발 한쪽이라도 휘둘렀다가는 눈이 뽑혀 나갈 수도 있었다. 하지만 놈의 두 발은 불끈 쥔 주먹처럼 부들부들 떨기만 할 뿐, 앵무새 부리처럼 생긴 주둥이 옆에 가지런히 서 있었다.

총잡이는 하마터면 걸려 넘어질 뻔했던 짱돌을 틀어잡았다. 모래에 반쯤 묻힌 돌은 무척이나 커다랬고, 손가락을 잃은 오른손은 모래알과 삐죽빼죽한 자갈이 벌어진 상처를 짓이길 때마다 비명을 질렸지만, 그는 짱돌을 뽑아내어 높이 치켜들었다. 한껏 말려올라간 입술 새로 이가 드러났다.

"대드, 어,"

파도가 부서지고 물소리가 잦아들자 괴물은 다시 집게발을 휘둘렀다. 총잡이는 온힘을 다해 괴물의 몸뚱이 위로 돌을 내리꽂았다.

괴물의 마디진 등이 '우직' 소리를 내며 부서졌다. 놈은 돌에 깔린 채로 거칠게 버둥거리면서 아랫몸을 들었다 내렸다, 들었다 내렸다 했다. 심문처럼 들리던 소리는 고통스러운 탄식으로 바뀌었다. 집게발은 허공을 쥐려고 절걱거릴 뿐이었다. 부리처럼 생긴 주둥이가 모래와 조약돌을 우물거렸다.

그 꼴이 되어서도 놈은 다시 찾아온 파도소리를 듣고 집게발을 곧추세웠고, 총잡이는 장화 신은 발로 놈의 대가리를 짓밟았다. 마른 잔가지 묶음을 부러뜨릴 때 나는 소리가 들렸다. 롤랜드의 발아래서 걸쭉한 액체가 터져나와 두 갈래로 쏟아졌다. 시커먼 색이었다. 놈은 발광하듯 몸을 웅크리고 꿈틀거렸다. 총잡이는 한결 더 세게 짓밟았다.

파도가 다가왔다.

괴물의 집게발이 일어섰다. 손가락 한 마디만큼…… 두 마디만큼…… 그러고는 부르르 떨더니 푹 넘어졌고, 발작하듯 절걱거렸다.

총잡이는 발을 치웠다. 살아 있는 그의 육신에서 손가락 두 개와 발가락 한 개를 앗아간 놈의 비쭉배쭉한 주둥이가 느리게 우물거리고 있었다. 한쪽 더듬이는 부러진 채로 모래 위에 뒹굴었다. 다른 쪽은 별 소용도 없이 흔들거렸다.

총잡이는 또다시 발을 굴렀다. 한 번 더 굴렀다.

그러고는 끙 소리를 흘리며 짱돌을 걷어차고 괴물의 오른쪽으로 간 다음, 왼발로 놈의 몸뚱이를 자근자근 밟아 껍데기를 부서뜨리고 칙칙한 잿빛 모래 위에 놈의 투명한 내장을 흩뿌렸다. 놈은 이미 죽었지만 총잡이는 똑같이 갚아주고 싶었다. 그는 이때껏 한 번도, 길고도 기묘한 삶을 살아오는 동안 단 한 번도, 그토록 치명적인 상처를 입은 적이 없었다. 게다가 그 모든 일이 너무나 황망하게 일어났다.

총잡이는 한참을 짓밟고 나서야 괴물의 소화액 속에 섞여 있던 손가락 한 쪽을 알아보았다. 손톱 밑에는 그가 검은 옷을 입은 남자와 지루한 상담을 나누었던 묘지의 하얀 뼛가루가 그대로 남아 있었다. 그는 고개를 돌리고 속을 게웠다.

술 취한 사람처럼 비틀거리며 물가로 다가가는 동안 총잡이는 상처 입은 오른손을 셔츠에 대고 짓눌렀고, 이따금씩 뒤를 돌아보며 놈의 숨이 끊어졌는지 확인했다. 몇 번을 후려쳐도 죽지 않고 꿈틀거리는 끈질긴 말벌이 그러하듯이 놈도 단지 기절했을 뿐 아직 살아 있지는 않은지, 끔찍이도 구슬픈 소리로 낯선 질문을 던지며 따라오지는 않는지 확인했다.

자갈이 깔린 물가를 반쯤 내려가서 그는 걸음을 멈추고 휘청거렸다. 그러고는 자신이 누웠던 곳을 응시하며 기억을 더듬었다. 만조선 바로 아래에 누워 잠들었음이 분명했다. 그는 걸낭과 찢어진 장화를 주워들었다.

맨송맨송한 달빛 속에서 아까와 똑같은 괴물들이 모습을 드러냈다. 파도소리가 잦아들 때마다 놈들이 질문하는 소리가 들렸다.

총잡이는 한 번에 한 걸음씩 뒤로 물러서서 자갈과 풀이 만나는 곳까지 움직였다. 그러고는 그 자리에 주저앉아 자기가 아는 최선의 조치를 취했다. 출혈을 막으려고 마지막 남은 담배를 풀어 손과 발의 상처에 흩뿌리는 동안 새삼 찌릿한 통증이 치솟았지만, 그는 아랑곳하지 않고 담뱃잎을 꼼꼼히 뿌렸다. 그러고는 차가운 밤바람 속에 우두커니 앉아 진땀을 흘리며 골똘히 생각했다. 혹시 상처가 감염되지는 않았을지, 손가락을 두 개나 잃어버린 오른손으로 어떻게 이 험한 세상을 헤쳐나갈지(사격 솜씨만 놓고 보면 양손의 실력이 똑같았지만 그것 말고는 모조리 오른손이 담당했으므로), 놈에게 물렸을 때 독이 스며들지는 않았을지, 독이 벌써 몸속에 퍼지는 중은 아닌지, 그리고 과연, 아침이 올 것인지를.

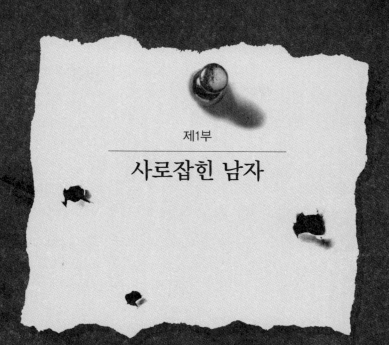

제1부

사로잡힌 남자

제1장
첫 번째 문

1

〈셋. 그것이 당신 운명의 숫자예요.〉

〈셋이라고?〉

〈그래요, 셋은 신비로운 숫자. 수수께끼의 한가운데에 셋이 있어요.〉

〈뭐가 셋이란 말이지?〉

〈첫째는 검은머리 사내. 얼마 안 있으면 강도질과 살인을 저지를 참이에요. 그 사람은 마귀에 씌었어요. 마귀의 이름은 헤로인.〉

〈어떤 마귀지? 들어본 적이 없어, 옛날이야기에도 안 나오는 이름이야.〉

총잡이는 말하려고 애썼으나 목소리가 나오지 않았다. 신탁을 알리는 소리, 즉 '별의 탕녀' 또는 '바람의 창부'의 목소리도 사라지고 없었다. 나른한 어둠 속에서 카드 한 장이 기척도 없이 나타나더니 펄럭거리며 아래로 떨어졌다. 카드에는 검은머리 청년과 그의 어깨에 걸터앉아 씩 웃는 개코원숭이가 그려져 있었다. 오싹할 정도로 인간의 손과 비슷한 앞발이 청년의 목을 어찌나 꽉 움켜쥐었던지, 발톱이 살에 파묻혀 안 보일 정도였다. 자세히 들여다보니 녀석은 청년의 목을 조르는 앞발에 채찍을 쥐고 있었다. 붙들린 청년의 얼굴은 이루 말할 수 없는 공포로 일그러져 있었다.

'사로잡힌 남자'라네. 검은 옷을 입은 남자(한때는 총잡이가 신뢰했던 사내, 이름이 월터였던 그 남자)가 간드러진 목소리로 속삭였다. '살짝 당황한 것 같군, 안 그런가? 살짝 당황한 것 같아…… 살짝 당황했어…… 살짝……'

2

총잡이는 눈을 번쩍 떴다. 그러고는 손가락이 잘려나간 손을 쳐들고 무언가를 향해 휘저었다. 서쪽 바다에서 찾아온 게딱지 괴물이 금방이라도 덤벼들어서 알아듣지 못할 소리를 되뇌며 낯가죽을 벗겨낼 것만 같았다.

그러나 실제로는 아침 햇살에 반짝이는 셔츠 단추를 보고 찾아온 바닷새였다. 새는 깜짝 놀라서 깍깍거리며 도망쳤다.

롤랜드는 일어나 앉았다.

그의 손은 내내 처량하게 떨고 있었다. 오른발도 마찬가지였다. 사라진 손가락 두 개와 발가락 한 개가 아직 그대로 있노라고 끈질기게 외쳤다. 셔츠는 아래쪽 절반이 사라지고 없었다. 남은 위쪽 절반은 누더기 조끼처럼 보였다. 그는 셔츠를 찢어서 한 자락은 손을, 한 자락은 발을 동여맸다.

'꺼져라.' 총잡이는 잘려나간 부분들에게 말했다. '너흰 이제 환영일 뿐이다. 꺼져라.'

기분이 한결 나아졌다. 썩 좋지는 않았지만 조금이나마 나아졌다. 그것들은 이제 환영일 뿐이었다. 환영치고는 생생하긴 했지만.

총잡이는 육포를 먹었다. 입맛도 없고 속은 더 엉망이었는데도 억지로 먹었다. 일단 삼키고 나니 조금은 힘이 솟는 기분이었다. 하지만 남은 육포는 조금뿐이었다. 막다른 길의 끝이 머지않은 듯싶었다.

그래도 할 일은 해야만 했다.

그는 휘청거리며 일어서서 주위를 둘러보았다. 수면을 향해 쏜살같이 뛰어드는 새들이 보이긴 했지만 세상에는 그와 새들뿐이지 싶었다. 간밤의 괴물들은 사라지고 없었다. 어쩌면 야행성이거나 조수를 따라 움직이는지도 몰랐다. 어쨌거나 당장은 상관없는 문제였다.

바다는 거대했다. 물이 하늘과 만나는 곳은 어딘지 또렷이 보이지도 않을 만큼 먼 곳의 푸르스름한 점이었다. 한참 동안 물끄러미 바다를 바라보며, 총잡이는 고통을 잊었다. 그는 이토록 드넓은 물을 본 적이 없었다. 물론 어릴 적 옛날이야기에서나 선생들(적어도 몇몇 선생)한테서 그런 것이 있다고 듣기는 했지만, 수년간 갈라져 터진 땅을 헤매다가 이토록 거대하고 경이로운 물을 실제로 보게 되다니…… 감상하기는커녕 똑바로 쳐다보기도 힘들었다.

총잡이는 한참 동안 넋을 잃고 바다를 바라보았다. 억지로라도 봐야만 했다. 황홀경에 빠지면 잠시나마 통증을 잊을 수 있었으므로.

그러나 때는 이미 아침이었고, 해야 할 일이 있었다.

총잡이는 오른손 손바닥으로 조심조심 더듬으며 바지 뒷주머니에 넣어둔 턱뼈 쪽으로 손을 뻗었다. 뒷주머니에 고이 남아 있을지도 모르는 턱뼈가 잘린 손가락 뿌리를 만나게 하고 싶지는 않았다. 그랬다가는 손이 흐느끼다 못해 비명을 지를 터였다.

턱뼈는 있었다.

좋았어.

자, 다음.

총잡이는 끙끙대며 권총띠를 풀어서 볕이 잘 드는 바위에 올려놓았다. 그런 다음 총을 뽑아서 약실을 열고 불발탄을 모조리 꺼냈다. 그러고는 멀리 던져버렸다. 새 한 마리가 반짝이는 빛을 보고 날아와서 부리로 총알을 집었지만, 이내 떨어뜨리고 날아갔다.

총을 점검해야 했다. 이러고 있을 게 아니라 먼저 총부터 점검해야 했다. 그러나 이 세계에서든 다른 세계에서든 총알 없는 총은 다만 쇠몽둥이에 지나지 않았기에, 총잡이는 맨 먼저 권총띠를 무릎에 내려놓고 왼손으로 가죽을 살살 만져보았다.

권총띠는 둘 다 앞쪽 버클부터 뒤쪽 엉덩이 부분까지 젖어 있었지만, 그 위로는 보송보송했다. 총잡이는 마른 부분에 꽂힌 총알을 조심스레 꺼냈다. 오른손이 자기도 일을 하겠다며 자꾸만 덤벼들었다. 오른손은 달아난 손가락을 이미 잊은 듯 통증도 아랑곳없이 고집스레 덤벼들었지만, 문득 내려다보면 번번이 무릎으로 도망가 있는 꼴이 마치 너무 멍청하거나 너무 성말라서 치료하기 힘든 개 같았다. 어질어질한 통증에 시달리는 동안 총잡이는 녀석을 걷어차 버리고 싶었던 적이 한 번인가 두 번쯤 있었다.

'고생문이 훤히 열렸어.' 그는 또다시 되뇌었다.

부디 무사하기를 바라며 한데 모아놓은 총알의 숫자는 실망스러울 만큼 적었다. 고작 스무 개. 당연히 개중에는 불발탄도 있을 게 틀림없었다. 단 한 개도 마음을 놓을 수 없었다. 총잡이는 권총띠에 남은 총알을 모두 뽑아서 세어보았다. 서른일곱 개였다.

'뭐, 총알은 애초부터 많이 가져오지도 않았군그래.' 그러나 멀쩡한 총알 쉰일곱 개와 상태를 알 수 없는 총알 스무 개가 같을 수는 없었다. 어쩌면 열 개일 수도 있었다. 어쩌면 다섯 개. 또는 한 개. 아니면 아예 없거나.

총잡이는 물에 젖어 의심스러운 총알을 따로 한데 모아두었다.

그래도 걸낭은 무사했다. 그나마 다행스러운 일이었다. 총잡이는 무릎에 걸낭을 올려놓고 총을 천천히 분해한 다음, 정해진 순서에 따라 총을 청소했다. 청소가 다 끝날 무렵, 시간은 이미 두 시간이 지난 후였고 통증은 머리가 핑 돌 만큼 지독했다. 그는 자고 싶었다. 살면서 이토록 잠이 쏟아진 적은 한 번도 없었다. 그러나 의무를 이행하는 도중에 그만둬도 괜찮은 핑계 따위는 세상에 존재하지 않았다.

"코트가 한 말이지."

그는 자신도 못 알아들을 목소리로 중얼거리고 힘없이 웃었다.

천천히, 천천히, 총잡이는 리볼버 두 정을 조립하고 멀쩡해 보이는 총알을 장전했다. 장전을 마치고 나서는 왼손용으로 만든 리볼버를 손에 쥐고 격철을 뒤로 젖힌 다음…… 다시 슬그머니 제자리로 되돌려놓았다. 물론, 궁금하기는 했다. 방아쇠를 당겼을 때 과연 흡족한 총성이 울릴지, 아니면 그저 덧없는 철컥 소리만 되풀이될지 알고 싶었다. 그러나 철컥 소리가 들린다 한들 무엇 하나 달라질 것은 없었고, 총성이 울린다고 해도 단지 총알만 줄어들 뿐이었다. 스무 개에서 열아홉 개로…… 어쩌면 아홉 개…… 또는 세 개…… 아니면 아예 없거나.

총잡이는 새로 찢은 셔츠 쪼가리에 젖은 총알을 올려놓고 왼손과 이를 사용하여 천 끝자락을 동여맸다. 그러고는 걸낭에 집어넣었다.

'자려무나.' 그의 몸이 요구했다. '자라, 자야 해, 지금, 어두워지기 전에, 할 일도 없잖느냐, 넌 너무 지쳤어…….'

총잡이는 비틀비틀 일어서서 황량한 바닷가를 죽 훑어보았다. 긴 세월 동안 한 번도 안 빤 속옷의 색을 띤 바닷가에 희끄무레한 조개 껍데기가 어지럽게 널려 있었다. 거친 모래밭 여기저기에 튀어나온 큼지막한 돌은 새똥으로 뒤덮여 있었다. 오래된 얼룩은 노인의 치열처럼 누렜고 갓 생긴 것은 하얬다.

만조선을 따라 마른 바다풀이 길게 이어졌다. 기다란 줄 근처에 놓인 찢어진 장화 오른짝과 가죽 물통 두 개가 총잡이의 시선을 붙들었다. 물통이 거센 파도에 떠내려가지 않고 남아 있다니 기적 같기만 했다. 그는 물건들이 있는 쪽을 향하여 재주껏 절룩거리면서 느릿느릿 걸어갔다. 그러고는 물통을 한 개 집어들고 귓가에서 흔들어보았다. 다른 한 개는 원래 빈 물통이었다. 이놈은 조금이나마 물이 남아 있었다. 둘 다 남들이 보면 거의 구별하기 힘들 만큼 비슷했지만, 총잡이는 두 아이 중 누가 누군지 대번에 알아보는 쌍둥이 엄마와 마찬가지로 자기 물통을 구별할 수 있었다. 오랫동안, 몹시도 오랫동안 그와 더불어 여행한 물통들이었다. 통 안에서 물이 출렁거렸다. 좋은 신호였다. 하늘이 준 선물 같았다. 간밤에 그를 덮친 괴물이나 놈의 동료들이 주둥이나 집게발로 한 번 건드리기만 했어도 찢어졌을 텐데도 무사했고, 파도에 떠내려가지도 않았다. 괴물은 아예 흔적도 보이지 않았다. 어젯밤 둘이서 사투를 벌인 곳은 만조선 한참 위였는데도 그랬다. 어쩌면 육식동물이 놈을 물어갔는지도 몰랐다. 어쩌면 그가 어릴 적 동화책에서 본 '코끼리'처럼, 죽은 동료를 묻어준다는 그 거대한 동물이 그러하듯, 놈의 동료들이 바다에 묻어주었는지도 몰랐다.

총잡이는 왼쪽 팔꿈치로 물통을 받치고 물을 쭉 들이켰다. 조금은 힘이 솟는 느낌이었다. 장화 오른짝은 볼 것도 없이 엉망이었으나…… 한 가닥 희망의 빛이 비쳤다. 밑창 자체는 좀 찢어지긴 했어도 멀쩡하니 왼짝의 가죽을 잘라내어 덧대면 임시변통이나마 신을 수 있을 듯했는데……

의식이 아득히 멀어졌다. 총잡이는 버티려 했으나 무릎이 꺾이는 바람에 주저앉고 말았다. 그러다가 미련하게 혀까지 깨물었다.

'기절할 생각 하지도 마라.' 그는 준엄한 목소리로 스스로를 꾸짖었다. '여기선 안 된다. 밤이 되면 못다 한 숙제를 끝마치려고 괴물 딱지들이 몰려올 거다.'

총잡이는 일어서서 빈 물통을 허리에 차고 총과 걸낭을 놔둔 곳으로 돌아갔지만, 채 20미터도 못 가서 고꾸라졌다. 반은 기절한 상태였다. 그는 넘어진 김에 잠시 엎드려 모래에 뺨을 대고 쉬었다. 조개껍데기 모서리에 턱이 긁혀 하마터면 피가 날 뻔했다. 가까스로 물통을 입에 대고 물을 마신 다음, 그는 눈을 떴던 곳을 향해 기어갔다. 비탈 위쪽 20미터쯤에 유카나무가 보였다. 자그마한 나무였지만 그래도 그늘은 있지 싶었다.

롤랜드에게 그 20미터는 20킬로미터나 마찬가지였다.

그럼에도 그는 안간힘을 다하여 도착했고, 남은 소지품을 좁다란 나무 그늘 아래로 죄다 밀어넣었다. 그러고는 풀밭에 머리를 대고 누웠다. 이미 잠인지 혼수상태인지 죽음인지 모를 어지럼증에 빠져드는 중이었다. 그래도 해를 보고 시간을 헤아려보았다. 아직 오전이었지만 나무 그늘의 크기를 보면 정오가 머지않은 때였다. 그는 한동안 가만히 누워 있다가, 오른팔을 눈 위로 치켜들고 감염의 증거인 붉은 선을 찾아보았다. 붉은 선이 보이면 그의 심장으로 느리게 독이 스며들고 있다는 뜻이었다.

손바닥은 검붉은 색이었다. 안 좋은 징조였다.

'자위는 왼손으로 해야겠구나. 적어도 그거 하난 건졌는데.'

이윽고 어둠이 총잡이를 감쌌다. 그는 몽롱한 귓가를 쉼 없이 두드리는 서쪽 바다의 파도소리를 들으며 이때부터 열여섯 시간 동안 잠을 잤다.

3

총잡이가 깨어났을 때, 바다는 시커먼 색 그대로였지만 동녘 하늘은 어렴풋이나마 밝았다. 아침이 밝아오는 중이었다. 그는 일어나 앉으려다 덮쳐오는 현기증에 그만 쓰러질 뻔했다.

그는 고개를 숙이고 기다렸다.

어지러운 기운이 가시자 그는 손을 내려다보았다. 감염되었음이 분명했다. 손바닥에서 손목까지 고자질하는 듯 붓기가 올라와 있었다. 붓기는 그곳에서 멈췄지만 희미한 붉은 선 몇 가닥이 이미 고개를 쳐든 후였고, 결국에는 그 선이 심장까지 이르러 그를 죽일 터였다. 총잡이는 치솟는 열을 느꼈다.

'약이 필요해. 하지만 이런 곳에 약이 있을 리가.'

그렇다면, 고작 죽으려고 이 먼 곳까지 왔단 말인가? 당치 않은 소리였다. 만일 결심을 저버리고 죽어야 한다면 그는 적어도 탑을 향해 가는 길에서 죽을 작정이었다.

'정말 대단한 각오로군, 총잡이!' 검은 옷을 입은 남자가 머릿속에서 킥킥거렸다. '참으로 불굴의 의지가 아닌가! 미망에 사로잡혔을지언정 얼마나 낭만적인가!'

"닥쳐."

총잡이는 투덜거리고 나서 물을 마셨다. 남은 물도 조금뿐이었다. 눈앞에는 바다가 펼쳐져 있었지만 아무짝에도 쓸모가 없었다. 사방이 물이고 오직 물뿐이었건만, 마실 수 있는 물은 한 방울도 없었다. 상관없는 일이었다.

그는 권총띠를 허리에 두르고 버클을 채웠다. 손이 어찌나 더뎠던지 다 묶고 나니 어슴푸레하던 새벽빛이 하루의 서막을 여는 햇살로 바뀌어 있었다. 그는 일어나려고 안간힘을 썼다. 두 발로 서기 전까지는 그 자신조차 일어설 수 있을 거라고 믿지 않았다.

왼손으로 유카나무를 짚고 서서, 총잡이는 물이 조금 남은 물통을 오른팔로 들어올려 어깨에 걸쳤다. 다음은 걸낭 차례였다. 몸을 쭉 곧추세우자 또다시 어지럼증이 덮쳐왔고, 그는 고개를 숙이고 기다리며, 부디 어지럼증이 가시기를 기도했다.

머리가 맑아졌다.

쓰러지기 직전의 주정뱅이처럼 휘청거리고 비틀거리는 걸음으로, 총잡이는 해변을 향해 내려갔다. 도중에 멈춰 서서 오디술처럼 검붉은 바다를 바라보며 걸낭에 남은 마지막 육포를 꺼냈다. 절반을 뜯어 입에 넣었더니 이번에는 입도 속도 조금이나마 기꺼워하며 받아들였다. 그는 제이크가 죽은 산 쪽으로 몸을 돌려 떠오르는 해를 바라보며 남은 절반을 마저 먹었다. 해는 가파른 바위봉우리에 걸터앉을 듯싶다가 잠시 후에는 산 위로 높이 솟아올랐다.

롤랜드는 해를 우러러보다가 눈을 감았고, 빙긋이 웃었다. 그러고는 남은 육포를 먹어치웠다.

'참 꼴좋구나. 이젠 먹을 것도 없고, 몸뚱이는 태어날 때의 모습에서 손가락 두 개와 발가락 한 개가 줄었다. 불발탄일지도 모르는 총알뿐인 총잡이. 괴물한테 물려서 앓고 있건만 약도 없는 처지. 운이 좋으면 이 물로 하루는 버틸 수 있겠지. 마지막 남은 힘까지 쥐어짜면 한 15킬로미터는 걸을 수 있겠지. 결국 여기가, 내 생사의 절벽 끝이다.'

어느 쪽으로 가야 할까? 그는 동쪽에서 왔다. 성자나 구세주의 힘을 지녔다면 모를까, 서쪽으로 갈 방법은 없었다. 남은 길은 남쪽 아니면 북쪽이었다.

'북쪽이다.'

마음속에서 답이 들려왔다. 의심할 여지는 없었다.

북쪽으로.

총잡이는 걸음을 옮겼다.

4

　총잡이는 세 시간 동안 걸었다. 도중에 두 번 쓰러졌고, 두 번째에는 다시 일어서지 못할 거라는 생각마저 들었다. 그러나 총이 염려될 만큼 파도가 가까이 들이닥치자 그는 걱정하기에 앞서 냉큼 몸을 일으켰다. 두 다리가 죽마처럼 휘청거렸다.

　세 시간 동안 어찌어찌하여 6킬로미터쯤은 왔지 싶었다. 태양이 조금씩 달아올랐지만, 볕은 머리가 지끈거리고 얼굴에 땀이 흐를 정도로 뜨겁지 않았다. 바다 쪽에서 바람이 불어오기는 했지만, 가끔 불시에 들이닥쳐 소름이 돋게 하고 이를 덜덜 떨게 하는 오한을 설명할 수 없기는 마찬가지였다.

　'열이 오르는구나, 총잡이.' 검은 옷을 입은 남자가 킥킥댔다. '네게 남은 마지막 힘이 불타오르는구나.'

　감염을 알리는 붉은 선은 한결 더 뚜렷해져서 이제는 오른손 손목을 지나 팔뚝 절반까지 치올랐다.

　총잡이는 1킬로미터쯤 더 가서 물통을 다 비웠다. 그러고는 다른 물통과 마찬가지로 허리에 찼다. 단조롭고 불쾌한 경치가 이어졌다. 오른쪽에는 바다, 왼쪽에는 산, 찢어진 장화 아래는 조개껍데기로 너저분한 잿빛 해안이었다. 파도가 몰려왔다가 몰려갔다. 가재 괴물을 찾아보았지만 눈에 띄지 않았다. 그는 마치 무에서 와서 무로 가는 사람, 어딘가 다른 시대로부터 와서 끝없는 이야기의 끝에 이른 주인공이 된 기분이었다.

　정오를 눈앞에 두고 그는 다시 넘어졌다. 이번에는 다시 일어설 수 없음을 그 자신도 알았다. 그렇다면 바로 이곳이었다. 이곳. 결국, 여기가 끝이었다.

총잡이는 사지를 짚고 몸을 일으킨 후에 기진맥진한 권투선수처럼 고개를 쳐들었고…… 저 멀리, 1킬로미터쯤, 어쩌면 3킬로미터쯤 되는 곳에(해안선이 단조롭기도 했거니와 열 때문에 눈이 빠질 듯 아팠던 탓에 거리를 가늠하기 힘들었다.), 전에 없던 무언가가 보였다. 해변에 똑바로 선 무언가가 보였다.

무엇이었을까?

(셋)

무엇이든 상관없었다.

(셋은 당신 운명의 숫자)

총잡이는 다시 가까스로 일어섰다. 뭐라고 구시렁거렸지만 들어줄 이는 하늘에 맴도는 바닷새들뿐이었기에 그는 걸음을 뗐다(그러면서 속으로 생각했다. '저것들이 내 머리통에서 눈알을 뽑아먹으며 얼마나 기뻐할까. 얼마나 맛있게 먹을까!'). 전보다 더욱 심하게 휘청거리는 발이 그가 지나온 자리에 기괴한 곡선을 남겼다.

저 앞의 해변에 서 있는 것이 무엇인지는 몰랐지만, 롤랜드는 거기서 시선을 떼지 않았다. 머리칼이 흘러내려 눈을 가리자 손을 들어 옆으로 걷어냈다. 조금도 가까워진 것 같지가 않았다. 태양은 하늘의 정점에 이르러 너무 오래 머무르는 듯 보였다. 그는 다시 사막으로 돌아간 착각에 빠졌다. 마지막 변경 사람의 오두막

(콩은 방귀쟁이 열매 먹으면 먹을수록 뿡뿡)

과 그가 오기를 기다리며 소년

(너의 이삭, 네가 바친 제물)

이 머물던 간이역 사이의 사막 어딘가로 돌아간 기분이었다.

무릎이 꺾였다가, 펴지고, 꺾였다가, 다시 펴졌다. 머리칼이 또다시 눈을 가렸지만 그는 걷어낼 생각을 하지 않았다. 머리칼을 걷어낼 힘도 없었다. 그는 벌써 비탈 위로 가느다란 그림자를 드리운 저 먼 곳의 물체를 바라보며 계속 걸었다.

이제는 열이 오르든 안 오르든 걸을 수 있었다.

그것의 정체는 문이었다.

롤랜드는 문까지 반 킬로미터도 안 남은 곳에서 다시금 다리가 풀렸다. 이번에는 똑바로 설 수가 없었다. 넘어지면서 거친 모래와 조개껍데기에 오른손을 짚는 바람에 손가락뿌리의 상처에 앉은 딱지가 쓸려나갔고, 손이 비명을 질렀다. 손가락뿌리에서 또 피가 배어났다.

그래서 그는 기어갔다. 서쪽 바다가 쉼 없이 들이닥치고 고함치고, 물러가는 소리를 들으며 계속 기었다. 만조선을 따라 구불구불 널린 지저분한 녹색 바다풀 위쪽에 팔꿈치와 무릎이 남긴 자국이 길게 이어졌다. 그는 바람이 여전히 부는 중이라고 짐작했다. 한기가 그치지 않고 몸뚱이를 후려쳤으니 바람이 불어야 마땅했건만, 귀에 들리는 바람소리는 오직 힘차게 허파를 드나드는 숨소리뿐이었다.

문이 가까워졌다.

더 가까워졌다.

마침내, 열에 달뜬 기나긴 하루의 3시 무렵에, 왼편으로 점점 자라나는 그림자와 함께, 총잡이는 문에 도착했다. 그는 엉덩이를 깔고 주저앉아 처량하게 문을 바라다보았다.

높이가 2미터쯤 되는 문은 단단한 쇠나무로 만든 것처럼 보였지만, 이곳에서 가장 가까운 쇠나무 군락은 1000킬로미터가 넘는 곳에 있었다. 총잡이는 금제로 보이는 문손잡이에 새겨진 문양이 무엇인지를 한참 후에야 알아보았다. 씩 웃는 개코원숭이의 얼굴이었다.

손잡이에도, 그 위에도, 아래에도, 열쇠구멍은 없었다.

문에 경첩이 달리기는 했지만 허공에 고정되어 있을 뿐이었다. '아니면 그렇게 보일 뿐이거나.' 총잡이는 생각했다. '이건 수수께끼다. 실로 경이로운 불가사의. 하지만 그게 무슨 상관인가? 넌 죽어가고 있다. 너만의 수수께끼가 다가오는 중이지. 남자든 여자든 결국에는 누구나 직면해야 할 오직 단 한 가지 수수께끼가.'

그럼에도, 상관이 있었다.

문이 있었다. 문이 있을 리 없는 곳에 문이 있었다. 잿빛 해변의 만조선으로부터 5미터쯤 올라온 곳에, 저 바다만큼이나 오래되어 보이는 문이, 이제 서쪽에서 비추는 햇빛을 받아 두툼해진 그림자를 동쪽으로 비스듬히 드리우며 서 있었다.

문 아래에서부터 3분의 2쯤 되는 높이에 검은 글씨로 두 단어가 씌어져 있었다. 귀족어였다.

사로잡힌 남자

'그 사람은 마귀에 씌었어요. 마귀의 이름은 헤로인.'

총잡이의 귀에 나지막이 윙윙거리는 소음이 들렸다. 처음에는 바람소리이거나 열에 달뜬 머릿속에서 울리는 소리려니 했지만, 시간이 흐를수록 기계의 엔진소리라는 확신이 강해졌고…… 문 뒤에서 들려오는 소리임이 분명했다.

'열어라. 잠기지 않았다. 잠기지 않은 줄 너도 알잖느냐.'

여는 대신에 그는 흐느적흐느적 일어서서 문을 지나 걸어갔다. 그러고는 문 반대편을 향해 돌아섰다.

반대편 같은 것은 없었다.

오로지 잿빛 해변만이 끝없이 이어졌다. 오로지 파도와 조개껍데기와 만조선이, 그 자신이 기어오며 남긴 발자국과 팔꿈치 자국만이 보일 뿐이었다. 다시금 둘러보던 그의 눈이 살짝 커졌다. 문은 없었지만 문 그림자는 남아 있었다.

총잡이는 오른손을 앞으로 뻗다가(안타깝게도, 그의 오른손은 자신이 여생 동안 견뎌내야 할 처지를 여태 깨닫지 못했다.) 슬그머니 내려놓고 대신 왼손을 들었다. 그러고는 단단한 촉감을 기대하며 손을 뻗었다.

'뭔가 느껴진다면 허공에 대고 노크하는 셈인가. 죽음을 목전에 두고 하는 일 치고는 꽤 재미있구나!'

왼손은 보이지 않는 문이 있어야 할 곳을 지나 허공과 만났다.

아무것도 두드려지지 않았다.

엔진소리는(그것이 정말로 엔진소리였다면) 사라졌다. 남은 것은 바람과 파도와 머릿속에서 고통스럽게 윙윙대는 소음뿐이었다.

총잡이는 있을 리 없는 문 반대쪽으로 천천히 움직이며 애초부터 환각일 뿐이라고 생각했다. 애초부터……

그러다가 우뚝 멈췄다.

방금 전까지 그는 망망한 잿빛 파도를 보고 있었건만, 한순간 문의 옆면이 나타나 눈앞을 가렸다. 문손잡이와 마찬가지로 금제로 보이는 잠금장치에서 쇠로 만든 혀처럼 뭉툭한 걸쇠가 튀어나와 있었다. 롤랜드가 북쪽으로 머리를 살짝 움직이자 문은 사라졌다. 제자리로 돌아오자 문이 다시 나타났다. 사라진 것이 아니었다. 문은 그 자리에 가만히 있었다.

총잡이는 예전 자리로 돌아가서 문을 마주 보고 비틀거렸다.

바다 쪽으로 돌아서 가볼 수도 있었지만 같은 일만 되풀이할 게 뻔했고, 이번에는 넘어질 것 또한 뻔했다.

아무것도 없는 반대편에서 통과할 수는 없을까?

상상할 여지는 무궁무진했지만 진실은 자명했다. 끝 모르게 펼쳐진 바닷가에 서 있는 것은 오직 이 문 하나뿐이었고, 선택할 여지는 둘 중 하나뿐이었다. 열거나, 닫힌 채로 내버려두거나.

총잡이는 어쩌면 자신이 생각보다 더디게 죽겠구나 싶어서 슬며시 우습기까지 했다. 죽음이 얼마 안 남았다면 이토록 무서울 리가 없었다.

그는 왼손을 뻗어 문손잡이를 쥐었다. 금속은 소름 끼치게 차가웠고 거기에 새겨진 주문은 몹시도 뜨거웠지만, 어느 것도 그를 놀래지는 못했다.

그는 문손잡이를 돌렸다. 앞으로 당기자 문이 그를 향해 열렸다.

온갖 상상을 다 했던 그도 이것만은 상상하지 못했다.

총잡이는 안을 들여다보았다. 그러고는 얼어붙었고, 성인식을 치르고 나서 처음으로 공포에 찬 비명을 내질렀으며, 문을 쾅 하고 쳐 닫았다. 문에 부딪힐 것은 아무것도 없었지만 어쨌든 쾅 소리가 났다. 총잡이를 구경하려고 바위에 앉아 있던 바닷새들이 그 소리에 놀라 끼룩거리며 날아갔다.

5

　총잡이가 본 것은 불가능할 정도로 높은, 적어도 몇 킬로미터는 됨 직한 하늘에서 내려다본 지상의 풍경이었다. 땅에 비친 구름 그림자가 꿈결처럼 흘러갔다. 보통 독수리보다 세 배쯤 높이 나는 독수리나 볼 법한 풍경이었다.

　그런 문 안에 발을 들였다가는 자그마치 몇 분 동안이나 떨어지면서 소리를 지르다가 결국에는 땅에 깊숙이 몸뚱이를 처박고 죽을 뿐이었다.

　'아니, 그것 말고 또 있었어.'

　그는 닫힌 문 앞에 우두커니 주저앉아 상처 입은 손을 무릎에 올려놓고 곰곰이 생각했다. 희미한 붉은 선이 이미 팔꿈치 위까지 올라와 있었다. 독은 의심할 것도 없이 머지않아 그의 심장에 이를 터였다.

　머릿속에서 코트의 목소리가 들려왔다.

　'내 말 잘 들어라, 이 굼벵이들아. 살고 싶으면 잘 들어둬. 언젠가는 이 한마디 덕분에 목숨을 건질 날이 올 게다. 네놈들은 눈에 보이는 것을 전부 다 보지 못한다. 네놈들이 나한테 배우러 오는 이유 중 하나가 바로 보고도 못 본 것을 보기 위함이다. 겁먹었을 때, 싸울 때, 달아날 때, 또는 섭을 할 때, 보지 못하는 것이 있다. 눈에 보이는 것을 전부 다 보는 사람은 아무도 없다. 허나 총잡이가 되기에 앞서, 그러려면 먼저 서쪽으로 쫓겨나지 않고 버텨야겠지만, 네놈들은 남들이 평생에 걸쳐 본 것보다 더 많은 것을 단 한 번의 눈길로 잡아낼 수 있게 될 것이다. 그리고 그 한 번의 눈길에서 놓친 것이 있다면 나중에 머릿속의 눈으로 떠올리게 될 것이다. 물론 떠올릴 수 있을 때까지 살아남는다면 말이다. 봄과 못 봄의 차이는 곧 삶과 죽음의 차이인 탓이다.'

너무나 높은 곳에서 내려다보았기에(검은 옷을 입은 남자와 헤어지기 직전에 보았던 까마득히 높은 환각보다 더욱 아찔하고 어지러웠다. 문 안쪽의 풍경은 환각이 아니었으므로), 그래서 주의를 집중할 수 없었기에, 총잡이는 저 아래 보이는 땅이 사막이나 바다가 아니라 물길이 간간히 보이는 초록이 울창한 곳, 즉 늪이 아닌가 하고 생각할 뿐이었는데……

'주의를 집중할 수 없다고 했나?' 호되게 꾸짖는 코트의 목소리가 들렸다. '더 보지 않았느냔 말이다!'

그랬다.

무언가 하얀 것이 보였다.

하얀 가장자리였다.

'잘했다, 롤랜드!' 코트가 머릿속에서 소리쳤다. 롤랜드는 스승의 단단한 못투성이 손이 등을 후려치는 기분이 들어 몸을 움츠렸다.

그것은 창문을 통해 내다본 풍경이었다.

총잡이는 기를 쓰고 똑바로 서서 앞으로 다가섰다. 손바닥에 한기와 가느다란 열기가 느껴졌다. 그는 또다시 문을 열었다.

6

총잡이가 예상했던 풍경, 즉 상상도 못할 만큼 끔찍이도 높은 곳에서 내려다 본 땅 위 풍경은, 사라지고 없었다. 보이는 것은 그가 못 읽는 글자들이었다. 대강은 알아볼 수 있었다. 대문자를 일그러뜨린 형상이었는데……

글 위쪽에는 끄는 말도 없이 굴러가는 마차가 그려져 있었다. 변질하기 전의 세계를 가득 채웠으리라고 여겨지는 자동 마차였다. 간이역에서 제이크에게 최면을 걸었을 때 들은 얘기가 번뜩 떠올랐다.

어깨에 모피를 두른 여인이 옆에 서서 웃고 있는 그림 속의 이 자동 수레가 어쩌면 다른 세계에서 제이크를 치어죽인 바로 그 수레인지도 몰랐다.

'여기가 바로 그 다른 세계로구나.'

갑자기 시야가……

이번에는 바뀌지 않았다. 대신 '움직였다.' 총잡이는 선 채로 비틀거리다가 현기증과 욕지기를 느꼈다. 글자와 그림은 아래로 내려갔고, 대신 저 건너편에 두 줄로 늘어선 의자와 통로가 보였다. 몇몇은 비었지만 대개는 사람이 차 있었고, 옷차림은 하나같이 이상하기만 했다. 총잡이는 그들의 옷이 양복일 거라고 짐작했지만 이런 식의 양복은 본 적이 없었다. 그들의 목둘레에 묶인 천은 넥타이 또는 크라바트일 터였지만, 역시 이런 형태는 본 적은 없었다. 게다가 그가 지금껏 본 바로는 그들 가운데 무장한 사람이 한 명도 없었다. 총은커녕 단검이나 검도 보이지 않았다. 세상에 이처럼 순한 양떼가 어디 있단 말인가? 몇몇은 깨알 같은 글씨 사이로 군데군데 그림이 그려진 종이를 들여다보는 중이었고, 몇몇은 총잡이가 한 번도 본 적 없는 펜으로 종이에 뭔가를 쓰는 중이었다. 하지만 펜은 문제가 아니었다. 문제는 '종이'였다. 총잡이가 사는 세계에서 종이는 금과 맞먹을 만큼 비쌌다. 그는 평생 그토록 많은 양의 종이를 본 적이 없었다. 한 남자는 심지어 무릎에 놓고 끼적이던 노란색 공책을 한 장 찢더니 둥그런 공 모양으로 구기기까지 했다. 겨우 한쪽 면의 절반만 쓰고 반대쪽에는 아무것도 안 적었는데도 그랬다. 총잡이는 몸이 아프긴 했어도 이런 식의 무분별한 낭비를 보고 경악과 분노를 느낄 만큼은 제정신이었다.

그 남자 뒤편으로 둥그렇게 휜 흰색 벽과 줄줄이 난 창문이 보였다. 몇몇은 덧문 같은 것으로 가려졌지만 열린 창문 바깥에는 푸른 하늘이 보였다.

이윽고 제복 같은 옷을 입은 여인이 문 쪽으로 다가왔다. 롤랜드가 본 적 없는 제복이었다. 선명한 붉은색이었고 아래쪽은 '바지'였다. 여인의 다리와 살이 만나는 곳이 보였다. 롤랜드는 이때껏 나체가 아닌 여성의 그 부분을 본 적이 한 번도 없었다.

여인이 문 쪽으로 어찌나 가까이 다가왔던지 롤랜드는 그녀가 걸어 나올 줄 알고 뒤로 한 걸음 물러섰지만, 다행히 넘어지지는 않았다. 여인은 몸에 밴 듯 친절한 표정으로 롤랜드를 응시했다. 남을 섬기면서도 자신의 주인은 오직 자신일 뿐 그 누구도 아니라는 자신감이 엿보이는 표정이었다. 그 점은 롤랜드의 관심을 끌지 못했다. 롤랜드는 오히려 그녀의 표정이 조금도 변하지 않은 점에 주목했다. 그 점에 관한 한 어떠한 여성도 예외가 아니었다. 여인의 표정은 꾀죄죄한 몰골로 휘청거리는, 양 허리춤에 리볼버 권총을 차고 오른손에는 피에 젖은 천쪼가리를 동여맨, 전기톱으로 찢은 듯 너덜너덜한 청바지를 입은 남자를 보는 표정이 아니었다.

"……이 있습니다만. 뭘로 드릴까요?"

붉은 옷의 여인이 물었다. 뭐라고 더 말했지만 총잡이는 무슨 뜻인지 알아듣지 못했다. 음식이나 음료일 거라고 짐작했다. 붉은 천은 면이 아니었다. 실크일까? 언뜻 실크처럼 보이기도 했지만, 왠지……

"진 한 잔 주세요."

누군가가 대답했다. 이번에는 총잡이도 아는 말이었다. 불현듯, 그는 더욱 중요한 사실을 알아차렸다.

문이 아니었다.

'눈'이었다.

미친 소리 같았지만 그는 공중 마차의 내부를 보고 있었다. 누군가의 눈을 통해 보고 있었다.

'누구의?'

답은 분명했다. 그는 사로잡힌 남자의 눈을 통해 보고 있었다.

제2장

에디 딘

1

    이 터무니없는 생각을 뒷받침하기라도 하듯이, 총잡이가 문을 통해 보던 풍경이 갑자기 위로 솟아오르더니 다시 옆으로 흘러갔다. 먼저 시야가 빙그르르 돌아가고 나서(예의 그 현기증이 다시 일었다. 보이지 않는 손이 이리저리 조종하는 바퀴 달린 판자 위에 가만히 선 기분이었다.) 통로가 문 가장자리 바깥으로 사라졌다. 그는 아까 본 것과 같은 붉은 제복을 입은 여인들이 모여 선 곳을 지나갔다. 쇠붙이가 가득한 곳이었기에 그는 고통과 피로를 무릅쓰고라도 일단 빙빙 도는 시야를 멈춘 다음, 쇠붙이들을 자세히 보고 싶었다. 일종의 기계장치들 같았다. 어떤 것은 오븐과 비슷해 보였다. 아까 본 여인은 목소리 주인이 부탁한 진을 따르는 중이었다. 그녀가 든 병은 무척이나 작았다. 유리병이었다. 술을 따르는 그릇은 유리잔처럼 보이긴 했지만 총잡이는 확신이 서지 않았다.

더 자세히 보기도 전에 문 안쪽의 풍경이 바뀌었다. 풍경이 한 번 더 어지럽게 흔들리고 나서 총잡이가 본 것은 금속으로 된 문이었다. 불이 켜진 조그마한 직사각형 표지판이 보였다. 여기 적힌 글자는 그도 읽을 수 있었다. '비었음'이었다.

　시야가 아래쪽으로 조금 움직였다. 총잡이가 들여다보는 문 오른쪽에서 손이 나타나더니 눈앞의 문손잡이를 쥐었다. 파란색 셔츠 소맷부리가 살짝 뒤로 당겨지고 곱슬곱슬한 검은색 털이 드러났다. 손가락은 기다랬다. 그중 하나는 루비 아니면 야화석 아니면 그럴듯한 가짜로 보이는 보석 반지를 끼고 있었다. 총잡이는 마지막일 거라고 생각했다. 진짜치고는 너무 크고 조잡했다.

　금속 문이 빙글 열리더니 총잡이의 눈앞에 생전 처음 보는 기묘하게 생긴 변소가 나타났다. 안이 온통 금속이었다.

　금속 문의 네 모서리가 바닷가에 서 있던 문틀 바깥으로 밀려나갔다. 총잡이의 귀에 문이 닫히고 잠기는 소리가 들렸다. 이번에는 어지러운 회전이 일어나지 않았기에 그는 자기에게 눈을 빌려준 남자가 뒤로 손을 뻗어 문을 잠갔으리라고 추측했다.

　그러고 나서 시야가 회전했고(완전히 돌아서지는 않고 반쯤만), 그는 거울을 들여다보고 섰다. 거기 비친 얼굴은 언젠가 본 적이 있었는데…… 타로카드에서 본 얼굴이었다. 갈색 눈도, 헝클어진 검은머리도 똑같았다. 표정은 차분했지만 낯빛이 창백했다. 눈에는(총잡이가 빌려서 보던 눈이 이제는 그 자신을 바라보고 있었다.) 총잡이가 봤던 타로카드 속에서 어깨에 개코원숭이를 태우고 있던 남자와 마찬가지로 근심과 두려움이 엿보였다.

　남자는 벌벌 떨고 있었다.

'이 사람도 앓고 있나 보군.'

그러다 툴에서 만난 풀쟁이 노트가 번뜩 떠올랐다.

총잡이는 신탁을 다시 떠올려보았다.

'그 사람은 마귀에 씌었어요.'

총잡이는 문득 '헤로인'의 정체가 무언지 알 듯싶었다. 틀림없이 마귀풀과 비슷한 것이었다.

'살짝 당황한 것 같군, 안 그런가?'

생각할 여지는 없었다. 당장은 그를 마지막 총잡이로 만들어준 과감한 결단력만이 필요했다. 커스버트를 비롯하여 다른 동료들 모두 살해당했거나 포기했거나 자살했거나 배반했고, 어떤 이는 탑 자체를 부정했지만, 그 힘이 있었기에 롤랜드는 마지막 총잡이가 되어 홀로 꿋꿋이 긴 여행을 계속할 수 있었다. 그로 하여금 사막을 건너게 했던, 그에 앞서 수 년 동안이나 검은 옷을 입은 남자를 쫓도록 했던 맹목적이고도 태연한 결단력으로, 총잡이는 문 안으로 성큼 걸어 들어갔다.

2

에디는 진 토닉을 주문했다. 취한 상태로 뉴욕 세관을 통과하는 건 좋은 생각이 아닐뿐더러 한번 발동이 걸리면 끝까지 마시는 줄은 스스로도 익히 아는 바였지만, 그럼에도 '뭔가'가 필요했다.

언젠가 헨리 형은 이렇게 말했다. '아래로 내려가야 하는데 승강기가 안 보일 때가 있어. 그럴 땐 말이야, 무슨 수를 써서라도 내려

와야 해. 손에 든 게 달랑 삽뿐이라고 해도 말이지.'

스튜어디스가 주문을 받고 돌아간 후에 에디는 왠지 토할 것 같은 기분을 느꼈다. 심하진 않았고 그저 기분이 안 좋을 뿐이었지만, 그래도 안전하게 가는 편이 더 나았다. 양쪽 겨드랑이에 코카인을 500그램씩 매달고 세관을 통과하는데 입에서 진 냄새가 풍긴다면 좋을 게 없었다. 그런 식으로 세관을 통과하는데 바지에 말라붙은 토사물 자국이 보인다면 거의 재앙이나 마찬가지였다. 그러니 안전하게 가는 편이 나았다. 욕지기는 여느 때처럼 그냥 가실지도 몰랐지만, 그래도 안전하게 가는 편이 나았다.

문제는, 에디가 머지않아 식은 칠면조 단계에 들어서리라는 점이었다. 냉동 칠면조가 아니라 '식은' 칠면조. 이 또한 위대한 현자이시자 못 말리는 약쟁이이신 헨리 딘 선생님께서 가르쳐주신 지혜였다.

언젠가 리젠시 타워의 펜트하우스 발코니에 둘이 나란히 앉아 있을 때였다. 약기운은 슬슬 올라오고 따뜻한 햇살은 얼굴을 간질이던…… 그야말로 좋았던 그 시절, 그러니까 에디는 이제 막 약 맛을 알았고 헨리 본인은 아직 작대기에, 그러니까 주사기에 손대기 전의 일이었다.

"다들 냉동 칠면조 얘기만 하는데 말이지. 거기까지 가기 전에 먼저 식은 칠면조 단계를 거쳐야 해."

에디는 약기운에 취한 상태였는데도 실성한 사람처럼 킬킬댔다. 헨리가 무슨 얘기를 하는지 정확히 이해했던 탓이다. 하지만 헨리는 웃지도 않고 계속 떠들었다.

"어떻게 보면 식은 칠면조가 냉동 칠면조보다 더 지독해. 냉동 칠면조가 되면 적어도 알기는 하거든. 토할 때가 되면 아 토하겠구나, 덜덜 떨 때가 되면 아 지금부터 떨리겠구나, 땀이 뻘뻘 나면 아 이러다 내가 흘린 땀에 내가 빠져서 뒈지겠구나, 하고 안단 말이야. 근데 식은 칠면조는, 뭐랄까, 예측불허라고 할 수 있지."

그때 에디는 화끈하게 한 방 댕긴 작대기 중독자를 뭐라고 하는지 아냐고 헨리에게 물었다(한창 몽롱하게 취해 지내던 16개월 전의 일이었다. 그땐 둘 다 작대기만큼은 손대지 않을 거라고 확신했다.).

"그야 '구운' 칠면조지."

헨리는 냉큼 대답하고 나서 놀란 표정을 지었다. 자기 입으로 뭔가 얘기해 놓고서 생각보다 훨씬 우스운 얘기임을 깨달은 사람이 지을 법한 표정이었다. 둘은 마주 보고 껄껄대다가 서로를 껴안았다. 구운 칠면조라니, 그땐 우스웠지만 지금은 별로였다.

에디는 통로를 걸어가서 조리실을 지나 기수 쪽 화장실로 간 다음, 표지판(비었음)을 확인하고 문을 열었다.

'헨리 형, 아아 우리 위대한 현자이시자 못 말리는 약쟁이이신 헨리 큰형님, 전에 우리 새 얘기 한 적 있잖아, 구운 기러기가 뭔지 내가 가르쳐줄까? 그건 말이지, 형이 JFK 공항에 내렸는데 세관 직원들이 형을 보고 어라 저 친구 꼴이 좀 웃기는데 하는 거야, 또는 약 잡아내는 능력으로 치면 박사급의 코를 지닌 개들이 항만 관리국이 아니라 공항에 죽치고 있다가 갑자기 왕왕 짖고 오줌을 질질 싸대는데, 아 글쎄 개들이 목끈에 목이 졸리든 말든 상관 안 하고 죽어라 달려드는 표적이 바로 형인 거지, 그러다가 결국 세관 직원이 형 짐을 몽땅 압수하고 형을 자그만 방에 처넣은 후에 실례지만 셔츠 좀 벗어보시겠습니까 하는 거고, 그럼 형은 예 거 참 대단한 실례로

군요 죽어도 안 벗으렵니다, 제가 바하마에 놀러갔다가 감기에 살짝 걸렸는데 여기 에어컨 바람이 너무 차서 폐렴으로 악화될까 봐 심히 염려스럽네요, 그러면 세관 사람들이 아 그래요, 그런데 딘 선생님께서는 에어컨 바람이 너무 차면 늘 그렇게 땀을 뻘뻘뻘 흘리십니까, 아 그러세요, 음, 그럼 대단히 실례지만 너 셔츠 벗어 이 새끼야, 그러면 형은 벗어야 돼, 그다음엔 아마 이렇게 얘기할 거야, 너 티셔츠도 한번 벗어봐라, 왜냐면 너한테 의학상의 문제가 있는 것 같아서 그러는 거야 이 새끼야, 양쪽 겨드랑이에 불룩 튀어나온 게 꼭 림프선 종양이나 뭐 그런 거 같잖아, 이쯤 되면 형은 뭐라고 더 말할 필요도 없어, 말하자면 특정한 각도로 날아가는 공을 본 중견수는 공을 쫓아갈 필요가 없는 것과 같아, 그냥 돌아서서 관중석 꼭대기로 날아가는 공을 보기만 하면 되니까, 왜냐면 홈런이 될 공은 홈런이 되거든, 그래서 형은 티셔츠도 벗을 텐데 오호, 이것 봐라, 너 운 좋은 줄 알아 이 새끼야, 종양이 아니야, 하긴 저걸 가리켜 우리 사회를 좀먹는 악성종양이라고 부르기도 하지만, 핫핫핫, 저건 뭐랄까 포장용 스카치테이프로 고정시킨 비닐봉지처럼 보이는데, 아 그건 그렇고, 냄새는 신경 쓰지 마, 이 친구야, 그냥 기러기 냄새야. 구운 기러기.'

그는 손을 등 뒤로 돌려서 문을 잠갔다. 화장실에 불이 켜졌다. 이곳에서는 엔진소리가 희미하게 윙윙대는 소리로 들렸다. 그는 거울 쪽으로 돌아서서 안색이 얼마나 안 좋아졌는지 확인했다. 끔찍한 느낌이 스멀스멀 일기 시작했다. 감시당하는 느낌이었다.

'야, 됐어. 그만 해.'

에디는 초조해졌다.

'세상에서 편집증하고 가장 거리가 먼 사람이 있다면 바로 너야. 그래서 사람들이 널 보낸 거고. 그러니까……'

불현듯 거울 속의 눈이 그 자신의 눈이 아니라는 느낌이 들었다. 에디 딘의 연갈색 눈이 아니었다. 올해 스물한 살인 그로 하여금 최근 7년 동안 수많은 여인들의 가슴을 녹이게 해준, 그리하여 수많은 미끈한 다리를 벌리도록 해준, 거의 녹색기가 도는 연갈색 눈이 아니었다. 낯선 이의 눈이었다. 연갈색이 아니라 물 빠진 리바이스 청바지의 연청색이었다. 차갑고, 예리하고, 한 치의 오차도 용납하지 않는 조준경 같았다. 폭격수의 눈이었다.

그 눈 속에서 에디는 보았다. 분명히 보았다. 부서지는 파도 위로 급강하한 갈매기가 물속에서 무언가를 낚아채는 광경이었다.

그는 잠시 '이런 염병할 도대체 어떻게 된 거지?' 하고 생각할 시간을 가진 후에, 이대로 그냥 돌아가지는 않을 거라는 느낌이 들었다. 결국에는 속을 게우고 가야 할 것 같았다.

토하기 직전에 그는 거울을 들여다보았다. 연청색 눈은 사라졌지만…… 눈이 사라지기 전에 한순간 두 사람이 된 기분이…… 무언가에 씐 기분이 들었다. 「엑소시스트」에 나온 여자애처럼.

그는 자기의식 속에 새로 생긴 의식을 분명히 감지했고, 자기 생각이 아니라 꼭 라디오 소리 같은 누군가의 생각을 들었다. 〈문을 건너왔구나. 공중 마차 안에 들어왔어.〉

무슨 소리가 더 들렸지만 에디는 들으려 하지 않았다. 그는 세면대에 가능한 한 조용히 토하느라 여념이 없었다.

속을 다 게우고 나서 입을 닦으려는데 전에 한 번도 일어난 적 없던 일이 일어났다. 한순간 등골이 오싹해지더니 모든 것이 사라지고…… 오직 텅 빈 공백만이 남았다. 마치 여러 줄 가운데 단 한 줄만 말끔하게, 철저하게 지워진 신문 칼럼 같았다.

"어떻게 된 거지?" 에디는 힘없이 되뇌었다. "염병할 도대체 어떻게 된 거냐고?"

한 번 더 욕지기가 치솟았다. 이번에는 차라리 잘된 일이었다. 구토는 적어도 이럴 때에는 도움이 되었다. 어쨌거나 토하고 있는 동안에는 딴생각할 여력이 없었으므로.

3

'문을 건너왔구나. 공중마차 안에 들어왔어.' 총잡이가 생각했다. 그리고 잠시 후. '저 남자가 거울 속의 나를 보고 있다!'

롤랜드는 물러섰다. 마치 기다란 방 안에서 먼 구석으로 도망가는 아이처럼, 나가지는 않고 그냥 물러서기만 했다. 그는 공중 마차 안에 있었다. 동시에 그 아닌 누군가의 안에 있었다. '사로잡힌 남자'의 안이었다. 맨 처음 '전면으로 나섰을' 때에는(이것 말고 다른 표현이 떠오르지 않았다.) 단지 안에 있는 정도가 아니었다. 그는 거의 그 남자가 '되었다.' 남자가 느끼는 고통이 무엇이건 간에 롤랜드도 그것을 느꼈고, 남자의 욕지기도 알아차렸다. 롤랜드는 해야 한다면 자신이 남자의 몸을 조종할 수 있다는 사실도 알아차렸다. 남자의 고통을 똑같이 겪을지도 모르는 일이었고, 남자의 어깨에 올라탄 정체 모를 마귀 원숭이를 자기 어깨에 태우게 될지도 모르는 일이었지만, 정 해야 한다면 할 수도 있었다.

아니면 그냥 뒤에 머물 수도 있었다. 들키지 않은 채로.

사로잡힌 남자의 욕지기가 가시고 나서 총잡이는 앞으로 나아갔다. 이번에는 '전면'에 성큼 나섰다. 그는 눈앞의 기묘한 상황을 거의 파악하지 못했고, 상황을 파악하지 못한 채 몸을 움직였다가는 가장 끔찍한 결과를 초래하게 마련이었지만, 그럼에도 그는 두 가지 의문의 답을 구하고 싶었다. 알고 싶은 마음이 너무나 강했기에 뒤따를지도 모르는 끔찍한 결과에 대한 두려움도 그의 호기심을 억누르지 못했다.

첫째는 자신이 통과한 문이 저쪽 세계에 그대로 남아 있을까 하는 의문이었다.

둘째는, 만약 그렇다면, 주인을 잃고 허물어져 있을 그의 육체가 죽어가는 중은 아닐까, 어쩌면 의식과 관계없이 폐와 심장과 신경을 움직이는 주체를 잃어버린 탓에 이미 죽지는 않았을까 하는 의문이었다. 몸이 아직은 살아 있다 하더라도 어둠이 내리면 그걸로 끝이었다. 해변에 기어나온 가재 괴물들이 구슬픈 물음을 던지며 만찬을 찾아 헤맬 터이므로.

총잡이는 잠시나마 '자기' 것이 된 머리를 휙 돌려 뒤를 보았다.

문은 그의 뒤에 그대로 남아 있었다. 이쪽 세계의 변소 문틀에 경첩이 가려진 채로, 그가 떠나온 세계에 열린 모습 그대로 서 있었다. 그리고 물론, 마지막 총잡이 롤랜드도 남아 있었다. 꽁꽁 동여맨 손을 배에 얹고 비스듬히 누운 모습이었다.

'그래도 숨은 쉬는 건가. 돌아가서 깨워야겠구나. 하지만 먼저 할 일이 있다. 해야 할 일이……'

총잡이는 사로잡힌 남자의 의식을 풀어주고 뒤로 물러서서 지켜보았다. 그가 자신의 존재를 눈치 챘는지 알고 싶었다.

4

메슥거림이 가셨는데도 에디는 눈을 꾹 감은 채로 세면대에 고개를 숙이고 서 있었다.

'잠깐 멍해 있었어. 어떻게 된 거지? 내가 뒤를 돌아봤던가?'

에디는 수도꼭지로 손을 뻗어서 찬물을 틀었다. 그러고는 눈을 감은 채로 뺨과 이마에 찬물을 끼얹었다.

그러다가 더는 피할 길이 없음을 깨닫고 고개를 들어 거울을 보았다.

예전 색깔을 되찾은 눈이 자신을 보고 있었다.

머릿속에 울리던 낯선 목소리도 들리지 않았다.

감시당하는 느낌도 사라졌다.

'일시적 기억 상실이다, 에디.' 위대한 현자 겸 못 말리는 약쟁이 헨리가 충고했다. '식은 칠면조로 가는 과정에선 흔한 일이지.'

에디는 시계를 흘낏 내려다보았다. 뉴욕까지는 한 시간 반이 남았다. 착륙 예정 시각은 동부 서머 타임으로 4시 5분이었지만 실제로는 정오, 즉 '하이 눈'이나 마찬가지였다. 결투의 시간.

그는 자리로 돌아가서 앉았다. 주문한 술이 이미 도착해 있었다. 두 모금째 마셨을 때 스튜어디스가 돌아와 더 필요한 것이 있냐고 물었다. 그는 괜찮다고 대답할 생각으로 입을 열었고…… 또다시 예의 그 멍한 상태에 빠져들었다.

"요깃거리를 좀 주시오."

총잡이가 에디 딘의 입을 통해 얘기했다.

"손님, 식사는 잠시 후에 준비해 드릴……"

"하지만 배가 고파 죽을 지경이오."

총잡이는 진실만을 얘기했다.

"아무거나 괜찮소. 하다못해 팝킨이라도."

"예? '팝킨'이오?"

제복 차림 여인이 눈을 동그랗게 뜨고 되묻자 총잡이는 사로잡힌 남자의 의식을 뒤져보았다. 〈샌드위치야……〉 낯선 한마디가 마치 소라껍데기를 귀에 댔을 때 나는 소리처럼 아련하게 들려왔다.

"그러니까, 샌드위치라도 괜찮소."

제복 입은 여인은 망설이는 듯 보였다.

"글쎄요…… 참치 샌드위치 정도는 준비할 수 있지만……."

"그거면 충분하오."

처음 듣는 음식 이름이었지만 참치든 잠치든 상관없었다. 자고로 거지는 메뉴를 고르지 않는 법.

"안색이 안 좋아 보이시네요. 멀미 기운이 있으신 것 같은데요."

"순전히 배가 고파서 그런 거요."

여인은 직업상 몸에 밴 미소로 화답했다.

"가서 대책을 강구해 보겠습니다."

'뭐, 강궤한다고?' 총잡이는 어리둥절해졌다. 그가 사는 세계에서 '강궤'는 여성을 겁탈한다는 뜻으로 쓰는 속어였다. 어쨌거나 상관

없었다. 먹을거리가 올 터였으므로. 음식을 들고 문을 통과하여 그것을 간절히 원하는 육신이 기다리는 저쪽 세계로 갈 수 있을지 어떨지는 몰랐지만, 한 번에 하나씩 해볼 참이었다. 한 번에 하나씩.

'강궤해 보겠다니, 누구를?' 총잡이는 자기 귀를 의심하듯 에디 딘의 머리를 가로저었다.

그러고는 '뒤'로 물러났다.

6

'신경과민이야.' 위대한 예언자겸 못 말리는 약쟁이 헨리가 에디를 안심시켰다. '그냥 신경과민이야. 그것도 다 식은 칠면조로 가는 과정의 일부란다, 동생아.'

하지만 정말로 신경과민이라면, 이상할 정도로 심하게 밀려오는 졸음은 어떻게 설명한단 말인가? 실제로 헤로인 금단증상이 찾아올 때에는 보통 오한을 느끼기에 앞서 간지럽고, 어지럽고, 몸을 배배 꼴 만큼 좀이 쑤시는 법이었다. 게다가 헨리가 얘기한 '식은 칠면조' 단계가 아니라고 해도, 에디는 바야흐로 미국 세관의 눈을 속이고 코카인 1킬로그램을 밀반입하는 중이었다. 다시 말하면 그는 자칫 발각되었다가는 연방 교도소에서 최하 10년을 썩어야 하는 중죄를 저지르는 동시에, 걸핏하면 기절하는 증상에 시달리는 처지였다.

이런 마당에 졸음까지 그를 괴롭혔다.

그는 술을 한 모금 더 마시고 눈을 질끈 감았다.

'왜 기절했던 거지?'

'아니, 안 했어. 기절했더라면 스튜어디스가 구급장비를 찾으러 뛰어갔을 거야.'

'그럼 기억상실이겠군. 어쨌든 그것도 안 좋긴 매한가지야. 평생 기억상실 따위하고는 인연이 없었잖아. 뭐, 의식 상실은 여러 번 했지만 기억상실은 한 번도 안 했으니까.'

이상하기는 오른손도 마찬가지였다. 손이 망치에 찍히기라도 한 듯 희미하게 욱신거렸다.

에디는 눈을 감은 채로 오른손을 움찔거려 보았다. 통증은 사라졌다. 욱신거리지도 않았다. 폭격수의 연청색 눈도 보이지 않았다. 기억상실은 분명히 '식은 칠면조 단계'에 나타나는 금단증상에 불안감이 더해진 결과일 터였다. 위대한 예언자 겸 못 말리는 어쩌고 저쩌고께서 '밀수꾼의 우울증'이라고 표현할 법한 불안감이었다.

'하지만 졸음이 가시질 않잖아. 그건 어떻게 된 거지?'

헨리의 얼굴이 끈 떨어진 풍선처럼 둥둥 흘러갔다.

'걱정 마, 막동아. 넌 아무 일 없을 거야. 우선 비행기를 타고 나소에 가서 아퀴나스 호텔에 체크인해. 금요일 저녁에 누가 찾아올 거다. 우리 편이니까 걱정 마. 그 친구가 네 몫의 약을 줄 텐데, 그거면 주말을 즐기고도 남을 거야. 일요일 저녁에 그 친구가 코카인을 들고 다시 찾아오면 금고 보관함 열쇠를 건네줘. 월요일 아침에는 발라자르가 일러준 절차를 밟아야 해. 그땐 다른 친구가 찾아올 거다. 어떻게 처리하는지 다 아니까 안심해. 월요일 정오에 비행기를 타고 돌아와. 너처럼 순진한 얼굴을 한 녀석이라면 세관을 순풍처럼 통과할 수 있을 거야. 그럼 우린 그날 해가 지기 전에 스파크 레스토랑에 가서 스테이크를 먹을 수 있을 테고. 순풍처럼 순조로울 거다, 동

생아. 시원한 순풍처럼.'

그러나 뚜껑을 열어보니 시원한 순풍이 아니라 열풍이었다.

문제는, 그와 헨리 사이가 꼭 찰리 브라운과 루시 사이 같았다는 점이다. 다른 점이 있다면 딱 한 가지, 헨리는 가끔 에디가 정말로 찰 수 있도록 축구공을 붙잡아 주었다. 자주는 아니고 어쩌다 한 번씩이긴 했지만. 언젠가 헤로인을 빨고 뿅 간 상태에서 에디는 찰스 슐츠(스누피가 나오는 만화 『피너츠』의 작가—옮긴이)에게 편지를 써야겠다고 마음먹은 적도 있었다. 그는 편지에 이렇게 쓸 작정이었다. '슐츠 선생님께. 루시를 보면 말이죠, 찰리 브라운이 공을 차기 직전에 늘 공을 슬쩍 빼는데 말이에요, 그거 실수하시는 겁니다. 가끔은 공을 잡고 있어야 해요. 무슨 말인지 아시겠어요? 찰리 브라운이 예측을 못하게 해야 한단 말이죠. 가끔, 그러니까 한 서너 번 연속으로 잡아주고 나서 한 한 달쯤 계속 슬쩍 빼고, 그러다가 또 한 번 잡아주고, 그러고 나서 사나흘 또 슬쩍 빼고, 그런 식으로요. 무슨 말인지 아시죠? 그렇게 해야 찰리 브라운이 '제대로' 돌아버릴 거 아녜요. 안 그래요?'

에디는 찰리 브라운이 제대로 돌아버릴 거라고 확신했다.

자신의 경험을 토대로 확신했다.

'우리 편이니까 걱정 마.' 헨리는 그렇게 말했지만, 막상 호텔에 나타난 남자는 누렇게 뜬 얼굴에 말투는 영국식인 데다 1940년대 필름 누아르에서나 볼 법한 가느다란 콧수염을 길렀고, 싯누런 치열은 안쪽으로 굽은 모양이 흡사 몹시도 낡은 짐승 덫 같았다.

"열쇠는 갖고 계신가, 세뇨르?"

남자가 물었다. 영국 사립학교 억양으로 발음한 '세뇨르'는 고등학교 3학년을 가리키는 '시니어'와 비슷하게 들렸다.

"열쇠는 잘 챙겨 뒀어요. 그런 뜻으로 물어보신 거라면."

"그럼 나한테 주시게."

"그렇게는 못하겠는데요. 제가 주말에 쓸 물건을 먼저 주셔야죠. 일요일 저녁에 약속한 물건을 가져오시면, 제가 열쇠를 드리는 거고요. 그럼 그쪽은 월요일에 시내에 가서 그 열쇠로 뭔가를 찾겠죠. 그게 뭔지는 모르지만, 어차피 제 알 바 아니니까요."

누런 얼굴 사내의 손에 별안간 푸르스름한 자동권총이 나타났다.

"그냥 나한테 주지 그러나, 세뇨르? 그럼 난 시간과 수고를 덜 수 있고, 자넨 목숨을 벌 수 있어."

약쟁이든 아니든 에디 딘의 마음 깊숙한 곳에는 강철 같은 배짱이 숨어 있었다. 이는 헨리도 아는 바였다. 정작 중요한 것은 발라자르도 그 배짱을 알아보았다는 사실이었다. 그가 에디를 이곳에 보낸 까닭이기도 했다. 조직 사람들은 다들 에디가 약에 정신이 팔려서 운반책이 되었을 거라 여겼다. 에디도, 헨리도, 발라자르도 익히 아는 바였다. 그러나 그와 헨리만이 아는 사실이 한 가지 더 있었다. 에디는 멀쩡한 정신이었다고 해도 운반책이 되었을 터였다. 헨리 형을 위하여. 발라자르도 거기까지는 미처 헤아리지 못했을 테지만, 발라자르야 어쨌건 상관없는 일이었다.

"총 치워라, 이 좆만 한 새끼야. 발라자르 부하한테 눈알을 파이고 싶냐? 그것도 녹슨 칼로?"

에디가 쏘아붙이자 누런 얼굴이 씩 웃었다. 총은 사라지고 그 손에 대신 작은 봉투가 나타났다. 사내는 에디에게 봉투를 건넸다.

"그냥 농담 한 걸세."

"뭐, 그러시다면."

"그럼 일요일 저녁에 보지."

사내가 문 쪽으로 돌아섰다.

"어이, 거기 서는 게 좋을걸."

누런 얼굴이 돌아섰다. 눈을 동그랗게 뜨고서.

"내가 가려고 맘먹으면 못 갈 것 같나?"

"댁이 가고 나서 봉투 안을 확인해 봤는데 완전 쓰레기였다, 그러면 난 내일 바로 뜰 거야. 그럼 댁은 입장이 꽤 곤란해질걸."

누런 얼굴의 표정이 일그러졌다. 그는 에디가 봉투를 열고 갈색 가루를 확인하는 동안 방에 하나뿐인 안락의자에 기대앉은 채로 기다렸다. 봉투에 든 물건은 끔찍했다. 에디는 사내를 노려보았다.

"그래, 보기에는 형편없겠지. 하지만 보기에만 그래. 질은 괜찮아."

사내가 말했다. 에디는 책상에 놓인 메모지를 한 장 찢어들고 갈색 가루를 조금 덜어냈다. 그러고는 손가락으로 찍어서 입천장에 문질렀다. 얼마 지나지 않아 그는 쓰레기통에 침을 뱉었다.

"야 이 새끼야, 뒈질래? 응? 뒈지려고 껄떡거리냐 지금?"

"가진 게 그것뿐이라 그래."

누런 얼굴의 표정이 전과 달리 난처해졌다.

"내일 뜨는 비행기 표는 벌써 예약해 뒀다, 이 새끼야."

이 말은 거짓말이었지만 에디가 보기에 누런 얼굴 병신한테 항공편을 확인할 인맥은 없을 성싶었다.

"TWA 항공편이야. 너 같은 병신 새끼가 기어나올까 싶어서 내 돈으로 예약해 뒀지. 나하곤 상관없어. 실은 오히려 잘됐어, 이런 일어차피 내 적성에 안 맞아."

누런 얼굴은 앉은 채로 곰곰이 생각했다. 에디는 앉은 채로 오직 움직이지 않는 데에만 집중했다. 정말이지 움직이고 싶었다. 뒹굴 뒹굴 구르고, 아등바등 울고불고, 옷을 벗고 몸을 배배 꼬고, 온몸을 긁으며 소리를 지르고 싶었다. 심지어 두 눈이 갈색 가루 쪽으로 굴러가는 느낌까지 들었다. 독약인 줄 알면서도 그랬다. 에디가 그날 마지막으로 약을 한 시각은 오전 10시였다. 그 후로 꼭 그만큼 시간이 흘렀다. 하지만 자칫 그런 낌새를 보였다가는 입장이 바뀔 수도 있었다. 누런 얼굴은 장고 끝에 에디를 바라보았다. 마치 그의 깊이를 가늠하려는 듯.

"어쩌면 뭔가 찾을 수 있을지도 모르겠군."

"힘 좀 써보는 게 좋을걸. 어쨌든 11시까지는 여기로 돌아와. 난 불을 끄고 방문에다 '방해하지 마시오.' 팻말을 걸어놓을 거야. 11시 넘어서 방문을 두드리면 프런트에 전화해서 누가 귀찮게 하니까 경비원을 보내달라고 얘기할 거고."

"이거 완전 골통이구먼."

누런 얼굴이 완벽한 영국식 억양으로 내뱉었다.

"아니, 골통은 댁이 기대했던 인간이 골통이지. 난 일을 꼼꼼히 하고 싶을 뿐이야. 그러니까 11시 전에 쓸 만한 물건을 들고 돌아오는 게 좋을 거야. 최상품을 가져올 필요는 없어. 그냥 쓸 만한 물건이면 돼. 안 그러면 댁은 죽은 목숨이야."

7

누런 얼굴은 11시가 되기 한참 전에 돌아왔다. 시계를 보니 9시 30분이었다. 에디가 보기에는 새로 가져온 약도 원래부터 놈의 차에 있었던 게 분명했다.

이번에는 훨씬 가루 상태에 가까운 물건이었다. 순백은 아니었지만 그래도 옅은 상아빛이 났기에 조금은 마음이 놓였다.

에디는 맛을 보았다. 괜찮았다. 실은 괜찮은 정도가 아니었다. 무척 훌륭했다. 그는 지폐를 말아서 코에 대고 가루를 들이마셨다.

"자, 그럼 일요일에 보지."

누런 얼굴이 툭 내뱉고 자리에서 일어섰다.

"잠깐만."

에디는 마치 그 자신이 총을 쥔 사람인 양 굴었다. 어찌 보면 그랬다. 그에게는 발라자르라는 총이 있었다. 드넓은 뉴욕 마약업계에서 엔리코 발라자르는 총이 아니라 대포였다.

"잠깐만?" 돌아서서 에디를 바라보는 누런 얼굴의 눈빛은 미치광이를 보는 듯했다. "뭘 어쩌라고?"

"아니, 내가 생각해 봤는데. 방금 불었던 약 때문에 내가 맛이 가버리면 말짱 헛일이잖아. 만에 하나 내가 죽기라도 하면, 일은 당연히 파투나는 거고. 그래서 생각해 봤는데, 내가 맛이 살짝 가면, 댁한테 기회를 한 번 더 줄게. 그 왜 옛날이야기에 보면 애새끼가 램프를 문질렀더니 거인이 나와서 소원을 들어주는데 하나가 아니라 세 개잖아. 그거랑 같은 이치지."

"맛이 가진 않을 거다. 새로 가져온 건 차이나 화이트야."

"이게 차이나 화이트면 난 드와이트 구든이게?"

"뭐라고?"

"아, 됐어."

누런 얼굴은 자리로 돌아와서 앉았다. 에디는 객실 책상 앞에 앉아 하얀 차이나 화이트를 책상 위에 털어놓았다(앞서 받았던 디콘인가 뭔가 하는 쓰레기는 변기에 버린 지 오래였다.). 텔레비전 화면에는 WTBS 방송국과 아퀴나스 호텔 지붕에 달린 대형 위성안테나가 중계해주는 야구경기가 한창이었다. 애틀랜타 브레이브스가 뉴욕 메츠에 흠씬 두들겨 맞는 중이었다. 에디는 의식 저 뒤편에서 밀려오는 희미한 안도감을 느꼈는데…… 사실은 의식 저 너머에서 오는 것이 아니었다. 에디는 전에 읽은 어느 의학전문지에 그 안도감의 근원이 어디인지 적혀 있었다. 바로 척추 말단에 있는 신경섬유 다발이었다. 헤로인에 중독되면 그곳의 신경줄기가 비정상적으로 두꺼워진다고 했다.

"형, 중독에서 단박에 벗어나는 법이 뭔지 알아?" 언젠가 에디는 헨리에게 이런 농담을 했다. "허리를 접어버리면 돼. 그럼 걷지도 못하고 좆도 안 설 테지만, 적어도 작대기 중독에선 벗어날 수 있어."

헨리는 그다지 재미있어 하지 않았다.

실은 에디가 생각해도 별로 재미있는 이야기는 아니었다. 등에 올라탄 원숭이한테서 단박에 벗어나는 방법이 신경줄기가 모여 있는 허리를 접는 것뿐인 단계에 이르렀다면, 그 원숭이는 결코 가벼운 놈이 아니게 마련이었다. 대개는 애완용 거미원숭이나 거리의 악사가 데리고 다니는 마스코트 같은 놈이 아니라 끔찍하게 커다란 개코원숭이 같은 놈이었다.

에디는 코를 킁킁거리기 시작했다.

"괜찮은데. 이 정도면 쓸 만하겠어. 어이 형씨, 그만 가봐."

누런 얼굴이 일어섰다.

"나한텐 친구들이 있다. 이리 찾아와서 너를 손봐줄 친구들 말이다. 그럼 넌 열쇠가 어디 있는지 말하겠다며 설설 기게 될 걸."

"에이, 왜 이러실까. 내가 그런 소리에 쫄 것 같아?"

에디는 빙긋 웃었다. 웃는 얼굴이 어떻게 보일지는 모르고 한 짓이었지만, 그리 해맑아 보였을 것 같지는 않았다. 누런 얼굴은 돌아보지도 않고 재빨리 방을 빠져나갔다.

그가 갔다는 확신이 들자 에디 딘은 가루를 물에 녹였다.

그러고는 주사를 놓았다.

그다음엔 잠들었다.

8

그리고 이때에도 그때처럼 잠들어 있었다.

총잡이는 사로잡힌 남자(이름은 아직 알 수 없었다. '누런 얼굴'이라고 불린 쓰레기도 남자의 이름을 몰랐기에 한 번도 부르지 않았다.)의 의식 속에서 앞서 일어난 일을 지켜봤다. 그가 아이였을 적, 아직 세계가 변질하기 전에 보았던…… 또는 보았다고 생각하는, '연극'이라는 것과 비슷했다. 총잡이가 본 공연은 연극이 전부였기 때문이었다. 영화를 본 적이 있었다면 그쪽을 먼저 떠올렸을 터였다. 둘의 의식이 긴밀하게 연결되어 있었으므로 눈앞에 보이지 않는 것은 사로잡힌 남자의 의식에서 찾아 확인할 수도 있었다. 하지만 이름을 알 수 없다니, 이상한 일이었다. 총잡이는 그 남자 형의 이름은 알았지만 정작 남자 본인의 이름은 파악하지 못한 상태였다. 하기야 이름이란 원래 신비한 것, 불가사의한 힘을 지닌 것이긴 했지만.

이름보다 중요한 것이 두 가지 있었다. 하나는 마약중독이라는 약점이었다. 다른 하나는 중독된 정신 아래 잠든 강철 같은 배짱이었다. 흡사 수은 아래 가라앉은 훌륭한 권총 같았다.

총잡이는 사로잡힌 남자를 보고 커스버트가 떠올라 가슴이 아려왔다.

누군가가 다가왔다. 사로잡힌 남자는 잠든 탓에 기척을 듣지 못했다. 깨어 있던 총잡이가 남자 대신 다시금 앞으로 나섰다.

9

'얼씨구, 자알한다. 배고파 죽겠다고 사정하기에 기껏 만들어왔더니, 싹 무시하고 처잔다 이거지. 얼굴은 귀엽게 생겨 가지고.'

제인이 속으로 이렇게 생각할 무렵, 승객이 눈을 떴다. 나이는 스물쯤, 큰 키에 물이 살짝 빠진 청바지와 페이즐리 무늬 셔츠를 입은 사내가 눈을 슴며시 뜨더니, 제인을 보고 빙긋 웃었다.

"생키, 사이."

그가 말했다. 어쩌면 그렇게 들린 듯도 싶었다. 예스러운 말투이거나…… 외국어 같기도 했다. '그냥 잠꼬대겠지.'

"별 말씀을요."

제인은 스튜어디스식 웃음을 최대한 친절하게 지어 보였다. 남자는 다시 잠들 터였고, 기내식을 내올 때가 되어 다시 와보면 샌드위치는 건드리지도 않은 채로 그 자리에 있을 게 분명했다.

이런 수작에 대처하는 법은 학교에서 익히 배우지 않았던가?

제인은 담배를 피우러 조리실로 돌아갔다.

성냥에 불을 붙여 담배로 가져가던 제인은 저도 모르게 손을 멈췄다. 비행학교에서 배운 것은 그뿐만이 아니었다.

'좀 귀엽다고 생각하긴 했어. 분명히 눈 색깔 때문에 그랬을 거야. 눈이 연갈색이었으니까.'

그러나 방금 전 눈을 봤을 때, 3A번 자리에 앉은 남자의 눈은 연갈색이 아니었다. 파란색이었다. 그것도 폴 뉴먼의 눈처럼 사근사근하고 섹시한 파란색이 아니라 빙산처럼 차가운 파란색이었다. 그 눈은 마치……

"어맛!"

성냥불이 손가락에 닿았다. 제인은 성냥을 흔들어 껐다.

"제인, 괜찮아?"

동료인 폴라가 물었다.

"응. 잠깐 딴 생각 좀 하다가 그만."

제인은 성냥을 다시 그어서 이번에는 제대로 불을 붙였다. 담배를 한 모금 빨기가 무섭게 앞뒤가 딱 들어맞는 추론이 머릿속에 떠올랐다. 콘택트렌즈였다. 뻔한 일이었다. 눈 색깔을 바꾸려고 끼는 컬러렌즈. 남자는 앞서 화장실에 들렀다. 거기서 비행기 멀미가 아닌지 걱정스러울 정도로 오래 머물렀고, 상태가 안 좋은 사람이 대개 그렇듯 화장실에서 나온 후에도 안색이 해쓱했다. 하지만 실은 좀 더 편하게 잠들려고 콘택트렌즈를 빼고 왔을 뿐이었다. 앞뒤가 딱 들어맞는 추론이었다.

'여러분은 뭔가를 느낄지도 몰라요.' 그리 멀지 않은 과거에 들었던 누군가의 목소리가 문득 떠올랐다. '그냥 사소한 이질감일 수도 있어요. 때로는 아주 약간 잘못되어 보이는 것일 수도 있죠.'

컬러렌즈.

제인 도닝의 지인 가운데 콘택트렌즈를 끼는 사람은 스무 명이 넘었다. 대부분 객실 승무원으로 일하는 사람들이었다. 뭐라고 하는 사람은 없었지만, 제인이 생각하기에는 승객들이 안경 쓴 승무원을 기피하는 현상도 한몫하지 싶었다. 승객들은 그런 승무원을 보면 불안해했다.

그 많은 사람들 중에 제인이 아는 한 컬러렌즈를 쓰는 사람은 아마도 넷 정도였다. 콘택트렌즈는 대개 비싸게 마련이었고, 컬러렌즈는 특히 더욱 비쌌다. 제인의 지인들 가운데 그렇게 큰돈을 들여 컬러렌즈를 마련할 만한 사람은 전부 여자였고, 허영덩어리들이었다.

'그게 뭐 어때서? 남자가 허영에 빠질 수도 있잖아. 안 될 게 뭐람? 잘생기면 그만이지.'

아니. 그렇지 않았다. 귀엽기는 했지만 그뿐이었고, 얼굴이 해쓱해진 이상 더는 귀여울 것도 없었다. 그렇다면 컬러렌즈는 뭐 하러 낀단 말인가?

항공기 승객은 가끔 비행기 타기를 두려워한다.

하이재킹과 마약 밀수가 엄연한 현실인 세상에서, 항공기 승무원은 가끔 승객을 두려워한다.

옛 생각을 불러일으킨 목소리의 주인은 비행학교 교관이었다. 최초로 세계일주 단독비행을 한 와일리 포스트와 함께 항공우편을 배달했을 것 같은 그 역전의 노장은 이렇게 얘기했다. "의심이 들면 절대로 무시하지 마세요. 테러리스트로 의심되는 사람을 다루는 법이나 실제 테러리스트에 대응하는 법을 배우고 나서 모조리 잊어버린다고 해도, 이것 하나만은 기억해야 해요. 일단 의심이 들면 절대 무시하지 마세요. 앞으로 사고 사례를 여러 건 살펴볼 텐데, 그중 몇 건에는 이렇게 말하는 승무원이 나올 거예요. 범인이 수류탄을 뽑아 들고 '기수를 왼쪽으로 돌려 쿠바로 향하지 않으면 승객 전원이 제트기류에 휘말린다!'고 소리칠 때까지 아무것도 눈치 채지 못했다고 말하는 승무원들이죠. 하지만 보통은 이와 다른 얘기를 들려주는 사람이 적어도 두세 명은 있을 거예요. 대개는 객실승무원들이죠. 앞으로 한 달만 있으면 여러분도 그렇게 되겠지만요. 어쨌든, 그 사람들은 뭔가를 느꼈다고 해요. 사소한 이질감 같은 것. 예를 들면, 91C번에 앉은 남자나 5A번에 앉은 젊은 여성이 좀 이상하다는 느낌이에요. 그 직원들은 뭔가를 느꼈지만 아무 조치도 취하지 않았어요. 그들이 아무것도 하지 않았기 때문에 해고당한 걸까요? 천만의 말씀, 절대 아니에요! 여드름을 긁적거리는 꼴이 보기 싫다고 해서 남자 승객한테 구속복을 입힐 수는 없는 노릇이니까요. 그 사람들의 진짜 문제는 뭔가를 감지해 놓고도…… 그냥 잊어버린 거예요."

역전의 노장은 자기도 모르게 손가락까지 펴들고 열변을 토했다. 제인 도닝은 같은 반 동기들과 함께 넋을 놓고 교관의 말을 경청했다. "만일 이상한 느낌을 받으면, 일단은 아무것도 하지 마세요. 단…… 잊어버리는 일은 거기에 포함되지 않습니다. 어떤 상황이든 실제로 벌어지기 전에 막을 기회가 적어도 한 번은 있는 법이니까요. 예를 들면…… 중동 어딘가의 똥통 같은 공항 활주로에서 예정에도 없던 12일짜리 체류를 감행해야 하는 상황이라든가."

그냥 컬러렌즈일 뿐이지만……

'생키, 사이.'

잠꼬대였을까? 아니면 낯선 외국어로 중얼거리는 소리?

제인은 마음먹었다. 그를 지켜보기로.

또한 잊지 않기로.

10

'자, 이제 한번 해보는 거다.'

총잡이는 바닷가에 서 있는 문을 통과하여 이쪽 세계로 올 수 있었다. 이제 이쪽 세계에서 뭔가를 들고 저쪽으로 돌아갈 수 있는지 확인해 볼 차례였다. 물론 그 자신은 예외였다. 마음만 먹으면 언제라도 독에 중독되어 끙끙 앓는 몸으로 다시 돌아갈 자신이 있었다. 하지만 다른 것은? '형체가 있는' 것은? 가령, 지금 눈앞에 있는 음식이라든가. 제복 입은 여인이 참치 샌드위치라고 부른 음식. 총잡이는 참치가 뭔지 몰랐지만 실물을 보고 나서 팝킨임을 알아보았다. 익힌 것 같지 않아 신기하긴 했지만.

총잡이의 육체는 먹어야 했다. 마셔야 했다. 그러나 무엇보다도 급한 것은, 약이었다. 약이 없으면 가재 괴물의 독 때문에 죽을 터였다. 이쪽 세계에는 독을 치료할 약이 분명히 있을 터였다. 가장 강인한 독수리보다 훨씬 높이 나는 마차가 있는 세계라면 무엇이든 있을 게 분명했다. 하지만 이쪽 세계에 아무리 잘 듣는 약이 있다고 해도 손에 들고 문을 통과할 수 없다면 말짱 헛일이었다.

'이 몸 안에서 살아갈 수도 있어, 총잡이.' 머릿속 깊숙한 곳에서 검은 옷을 입은 남자가 속삭였다. '저기 자빠져서 숨만 깔딱거리는 몸뚱이 따위는 가재밥으로나 줘버려. 어차피 죽정이 아닌가.'

그럴 수는 없었다. 첫째로, 그랬다가는 최악의 강도질을 저지르는 셈이었다. 그랬다가는 역마차 창밖으로 흘러가는 경치를 감상하는 여행객처럼, 이 남자의 눈을 통해 바깥을 내다보며 세월을 보내야 했다. 총잡이는 그런 신세에 만족할 사람이 아니었다.

둘째로, 그는 롤랜드였다. 죽어야만 한다면 롤랜드로 죽을 각오였다. 죽어야만 한다면 탑으로 가는 길에 쓰러져 죽을 작정이었다.

그러나 총잡이의 본성 속에는 낭만주의자뿐 아니라 냉정한 실용주의자도 살고 있었다. 사슴 곁에 웅크린 호랑이 같은 그 실용주의자가 다시금 자기 존재를 피력했다. 아직 시도하지 않은 가능성을 두고 죽을 각오부터 할 필요는 없다고 역설했다.

총잡이는 팝킨을 집어들었다. 두 쪽으로 잘려 있었다. 한 손에 한 쪽씩 쥐었다. 그러고는 사로잡힌 남자의 눈을 뜨고 둘러보았다. 지켜보는 사람은 아무도 없었다(제인 도닝이 조리실에서 그를 생각하는 중이긴 했다. 그것도 아주 열심히.).

롤랜드는 양손에 팝킨을 한 쪽씩 쥐고 문 쪽으로 돌아선 다음, 앞으로 나아갔다.

11

들이치는 파도 소리가 맨 먼저 들렸다. 그다음은 기를 쓰고 일어나 앉는 총잡이를 보고 코앞의 바위에서 날아오르는 바닷새 소리였다('배짱도 없는 비겁자 놈들, 막 내 살점을 뜯어먹으려고 덤벼들 참이었겠지. 내가 숨을 쉬든 안 쉬든. 놈들은 송장 독수리일 뿐이다. 단지 깃털 색깔만 다를 뿐.'). 그리고 나서야 단단한 잿빛 모래 위에 떨어진 팝킨 한쪽이 눈에 들어왔다. 오른손에 쥐었던 놈이었다. 문을 통과할 당시에는 온전한 손으로 쥐고 있었지만 이쪽 세계에서는 4할이 잘려나간 손으로 움켜쥔 탓이었다.

총잡이는 오른손 엄지와 무명지로 팝킨을 어정쩡하게 쥐고 최선을 다하여 모래를 털어낸 다음, 망설이듯 살짝 베어물었다. 잠시 후, 그는 모래가 씹히건 말건 알 바 아니라는 듯 허겁지겁 먹어치웠다. 그러고는 남은 한 쪽으로 눈을 돌렸다. 두 번째는 세 입에 끝났다.

총잡이는 참치가 어떻게 생긴 놈인지도 몰랐다. 다만 맛있다는 것만 알았다. 그걸로 충분했다.

12

비행기 안에서 참치 샌드위치가 사라지는 광경을 목격한 승객은 한 명도 없었다. 에디 딘이 한 손에 한 쪽씩 샌드위치를 들고 엄지손가락 자국이 팰 정도로 꾹 움켜쥐는 동안 아무도 그의 손을 지켜보지 않았다.

샌드위치가 조금씩 투명해지다가 부스러기 몇 개만 남기고 감쪽같이 사라지는 동안, 아무도 눈치 채지 못했다.

약 20초 후, 제인 도닝은 피우던 담배를 눌러 끄고 객실 앞을 지나갔다. 핸드백에서 책을 꺼내오긴 했지만 사실은 3A번 남자를 한 번 더 보고 싶어서였다.

남자는 깊이 잠든 듯 보였는데…… 샌드위치가 없었다.

'세상에, 먹은 게 아니라 아예 통째로 삼키셨고만. 그러고는 곧바로 자는 척한다, 이거지. 지금 장난하셔?'

제인은 3A번의 미스터 '가끔은 연갈색 가끔은 연청색 눈'한테 왜 자꾸 신경이 쓰이는지 알 수 없었지만, 어쨌거나 계속 신경이 쓰였다. 그 남자는 뭔가 수상한 구석이 있었다.

뭔가가 있었다.

제3장
접촉, 그리고 착륙

1

에디는 약 45분 후 JFK 국제공항에 착륙할 거라는 부기장의 안내방송을 듣고 잠에서 깨어났다. 시계는 쾌청하고 바람은 서풍이 시속 16킬로미터로 부는 중이며, 기온은 섭씨 21도로 쾌적하다고 했다. 또한 다시 모실 기회가 있을지는 모르지만 델타항공을 이용해주신 승객 여러분 한 분 한 분께 감사드린다고도 했다.

에디는 주위를 둘러보았다. 승객들은 다들 세관 신고서와 신분증을 챙기는 중이었다. 나소에서 돌아오는 길이므로 운전면허증과 미국 본토의 은행에서 발급받은 신용카드만 있으면 충분했지만, 대개는 여권을 소지하고 있었다. 에디는 몸속 깊은 곳의 쇠줄이 바짝 조여지는 기분을 느꼈다. 잠이 들었다니 믿을 수가 없었다. 그것도 그토록 곤하게 잠들었다니.

그는 일어서서 화장실로 향했다. 겨드랑이에 묶어둔 코카인 봉지는 탈 없이 잘 있는 듯싶었다. 이름이 윌리엄 윌슨이라고 했던 말씨가 사근사근한 미국인 남자가 호텔방에서 몸 굴곡에 맞춰 꼼꼼하게 묶어준 모양 그대로 있는 것 같았다. 에드거 앨런 포의 유명한 단편 제목과 이름이 똑같은 그 남자는 봉지를 테이프로 다 묶고 나서 에디에게 셔츠를 건넸다(에디가 포 이야기를 넌지시 꺼냈을 때 윌슨은 그저 멍하니 눈만 껌벅거렸다.). 색이 약간 바랬지만 흔해 보이는 페이슬리무늬 셔츠였다. 시험 전에 잠깐 놀러갔다가 돌아오는 대학생이 기내에서 입을 법한 옷이었는데…… 다만 한 가지, 보기 흉하게 불룩 튀어나온 겨드랑이를 가리도록 특별히 재단한 옷이라는 점이 달랐다.

"착륙 전에 한번 확인해 봐요. 그냥 점검하는 차원에서. 뭐, 어차피 별 문제는 없겠지만요."

윌슨은 그렇게 얘기했다. 문제가 있을지 없을지는 모를 일이었지만, 어쨌든 에디한테는 '안전벨트를 착용하십시오.' 표시에 불이 들어오기 전에 화장실에 가야만 하는 이유가 한 가지 더 있었다. 그는 극심한 유혹을(전날 밤에는 유혹이 아니라 거의 맹목적인 갈망이었는데도) 가까스로 이겨냈고, 그 결과 누런 얼굴이 뻔뻔스럽게도 차이나화이트라고 부른 하얀 가루를 마지막으로 한 번 쏠 만큼 남겨두는 데 성공했다.

나소에서 오는 승객은 아이티나 퀸콘, 보고타 등지에서 오는 승객보다 세관을 통과하기 쉽다고는 하지만, 거기에도 지켜보는 사람은 있었다. 훈련받은 사람들이었다. 에디는 온 신경을 곤두세워야만 했다. 조금만, 아주 조금만 평정을 유지할 수 있다면, 그는 조직에서 최고가 될 수 있었다.

에디는 코로 가루를 들이마시고 나서 종이 쪼가리를 변기에 버리고 물을 내린 다음, 세면대에서 손을 씻었다.

'물론 통과한 후의 얘기지만. 어떻게 될지는 아직 모르는 일이잖아. 안 그래?' 아직은 모를 일이었다. 어차피 상관없는 일이기도 했다.

자리로 돌아가는 길에 채 다 마시지 못한 진 토닉을 갖다준 스튜어디스가 보였다. 그녀가 살짝 웃어 보였다. 에디는 마주 웃어주고 자리로 돌아와 벨트를 맨 다음, 앞에 꽂혀 있던 잡지를 펼치고 사진과 글을 훑어보았다. 아무것도 눈에 들어오지 않았다. 뱃속 깊숙한 곳의 쇠줄이 더욱 팽팽하게 감기는 중이었다. 칭칭 감기던 쇠줄은 '안전벨트를 착용하십시오.' 표시에 불이 들어오고 나서야 조임을 멈췄다.

헤로인이 퍼지기 시작했지만, 그 증거로 콧물이 주르륵 새어나왔지만, 에디는 약기운을 느끼지 못했다.

착륙 직전에 그가 느낀 것은 예의 기억상실 증세였다. 짤막하게 끝났으나…… 분명히 느낄 수 있었다.

보잉 727기는 롱아일랜드 해협 위를 선회하여 활주로로 들어섰다.

2

제인 도닝은 비즈니스석 주방에서 동료인 피터와 앤을 도와 식후 음료수잔을 정리하다가, 대학생처럼 보이는 그 남자가 일등석 화장실에 들어가는 장면을 목격했다.

남자가 자리로 돌아가려 하자 제인은 무심코 비즈니스석과 일등
석 객실 사이의 커튼을 걷고 걸음을 서둘렀다. 그러고는 웃음 띤 얼
굴로 남자의 눈길을 끌었다. 그러자 그가 고개를 들고 마주 웃어 보
였다.

눈이 다시 연갈색으로 돌아와 있었다.

'역시, 그럴 줄 알았어. 아까 잠들기 전에 화장실에 가서 렌즈를
뺐던 거야. 방금 일어나서 다시 렌즈를 끼고 나온 거고. 어휴, 나도
참! 괜히 쫄아가지고는!'

아니, 그녀는 쫄지 않았다. 딱 부러지게 말하기는 힘들었지만 그
녀가 괜히 겁을 집어먹은 것은 아니었다.

'저 사람 얼굴이 너무 창백해.'

'그게 뭐 어때서? 얼굴 창백한 사람이 어디 한둘이야? 당장 우리
엄마부터가 그렇잖아, 방광이 고장 난 다음부터.'

남자의 눈은 매력적인 푸른색이었다. 연갈색 컬러렌즈만큼 귀엽
지는 않았지만, 어쨌든 확실히 매력적이긴 했다. 그런데도 굳이 돈
과 수고를 들여 컬러렌즈를 낄 필요가 있을까?

'유명상표가 달린 눈으로 바꾸고 싶었나 보지. 그게 뭐 잘못됐
어?'

그럴 리가.

'안전벨트를 착용하십시오' 표시에 불이 들어오고 마지막 점검을
시작하기 직전, 제인은 일찍이 한 번도 해본 적 없는 일을 시도했다.
그러는 동안 머릿속으로는 예의 그 역전의 노장 교관이 들려준 이
야기를 되새겼다. 제인은 보온병에 뜨거운 커피를 붓고 빨간색 플라
스틱 마개를 덮었다. 마개의 잠금 버튼은 열어놓은 채였다. 그리고

는 병 주둥이의 나선이 맨 위의 한 줄만 잠기도록 마개를 살짝 돌렸다.

수지 더글러스가 착륙 전 마지막 안내방송을 시작했다. 담뱃불을 꺼주십시오, 사용하신 기내 비품은 제자리로 돌려놓아 주십시오, 입국장에서 델타 항공 직원이 여러분을 맞이할 겁니다, 세관 신고서와 신분증을 잊지 말고 챙기시기 바랍니다, 컵과 유리잔과 헤드폰 세트는 모두 회수하겠습니다 등등.

'다 마셨는지 안 마셨는지는 확인해야 하는 거 아닌가.' 제인은 뜬금없이 생각했다. 뱃속에서는 쇠줄이 내장을 휘감고 팽팽하게 조여드는 기분이었는데도.

"선배, 제 자리에 앉으세요."

마이크를 내려놓는 수지를 보고 제인이 말했다. 수지는 보온병을 흘끗 보고 나서 제인의 얼굴을 물끄러미 바라보았다.

"자기 괜찮아? 얼굴에 핏기가 하나도 없는 게 꼭……"

"괜찮아요. 제 자리에 앉으세요. 이따가 말씀드릴게요."

제인은 좌측 탑승구 옆에 있는 승무원 좌석을 쳐다보았다.

"전 탑승구 옆에 앉을게요."

"제인, 왜 그러는……"

"제 자리에 앉으시라니까요."

"그래, 알았어. 알았다고."

제인 도닝은 객실 통로에서 가장 가까운 탑승구 옆 승무원 좌석에 앉았다. 두 손으로 보온병을 꼭 쥐느라 안전벨트도 매지 않은 채였다. 그녀는 보온병을 단단히 쥐고 싶었고, 그러려면 두 손을 다 써야만 했다.

'수지 선밴 내가 돌아버린 줄 알겠지.'

제인은 차라리 그랬으면 하고 바랐다.

'맥도날드 기장님이 거칠게 착륙하면 안 되는데. 그랬다간 손이 온통 물집투성이가 될 거야.'

그쯤은 각오할 참이었다.

기체가 하강하기 시작했다. 3A번 자리의 남자, 창백한 얼굴에 색이 변하는 눈을 지닌 그 남자가, 갑자기 몸을 숙이고 의자 아래에서 여행가방을 꺼냈다.

'그래, 그럴 줄 알았어. 수류탄이든 기관단총이든, 아니면 뭐든지 간에 이제 꺼낼 때가 됐지.'

마침내 정체가 밝혀진 순간, 바로 그 순간에, 제인은 살짝 떨리는 손을 움직여 보온병의 빨간 마개를 열 작정이었고, 그리하면 혼비백산한 알라의 사도가 벌겋게 익은 얼굴을 감싸쥐고 델타 항공 901편의 객실 통로를 뒹굴 터였다.

3A번이 가방을 열었다.

제인은 움직일 채비를 했다.

3

총잡이가 생각하기에 이 사내는, 그의 정체가 사로잡힌 남자든 아니든 간에, 공중 마차에 탄 남자들 가운데 누구보다도 생존 기술을 잘 익힐 듯싶었다. 다른 사내들은 무엇보다 첫째로 뚱보였고, 비교적 날씬한 사내들조차도 축 늘어져서 무방비하기는 마찬가지였다. 낯짝은 하나같이 버릇없는 응석받이 애새끼들 같았다. 그런 사내들도 결국에는 싸움에 나서지만, 그에 앞서 우선은 끝도 없이 질질 짜게 마련이었다. 제 발등에 창자가 주르륵 쏟아진대도 분노나 고통은 간데없고 오로지 놀란 표정만 띤 채로 죽을 상판들이었다.

사로잡힌 남자는 개중에는 그래도 나은 편이었지만…… 아무래도 부족했다. 턱없이 부족했다.

'제복 입은 여인. 그녀가 뭔가를 봤다. 뭔지는 몰라도 이상한 낌새를 느낀 게지. 다른 이들과 달리 이 남자한테만 신경을 곤두세우고 있으니.'

사로잡힌 남자가 자리에 앉았다. 그는 머릿속으로 '긴애 잡지나 볼까.' 하고 생각하며 표지가 부들부들한 책을 들췄지만 긴애가 누군지, 또 그 애를 왜 잡는지는 롤랜드가 알 바 아니었다. 책은 그 자체로 놀라운 물건이었으나 총잡이가 보고파한 것은 책이 아니었다. 그는 제복 차림 여인을 보고 싶었다. 그런 까닭에 전면으로 나서서 이 남자를 조종하고 싶은 마음이 굴뚝같았다. 그러나 그는 이내 마음을 가라앉혔다. 잠시나마…… 잠깐이나마.

사로잡힌 남자는 어딘가에 들러서 약을 손에 넣었다. 남자 자신이 중독된 약도, 총잡이의 병든 육신을 고칠 수 있는 약도 아니었다. 법으로 금한 까닭에 사람들이 큰돈을 지불하고 사려 하는 약이었다. 남자는 약을 자기 형에게 건넬 참이었고, 그 형은 다시 발라자르라는 남자에게 그것을 건넬 예정이었다. 그 대가로 발라자르가 그들 형제에게 필요한 약을 넘겨주면 거래는 마무리될 터였다. 단, 그러려면 사로잡힌 남자는 총잡이가 모르는 의식을 통과해야만 했다 (이토록 기이한 세계라면 기이한 의식도 많을 터였다.). 그 의식의 이름은 '세관 통과하기'였다.

'하지만 저 여인이 보고 있는데.'

제복 입은 여인이 세관 통과하기를 방해하려 들까? 롤랜드는 필시 그러리라고 짐작했다. 그렇게 되면 그다음은? 감방행이었다. 사로잡힌 남자가 투옥당하면, 총잡이는 저쪽 세계에서 감염된 채 죽어가는 육신을 살릴 약을 구할 길이 없었다.

'이 친구는 세관을 통과해야만 한다. 반드시. 그다음엔 형과 함께 발라자르라는 남자를 찾아가야 해. 계획에 없던 일인 만큼 형이라는 사람은 싫어할 테지만, 그래도 가야만 한다.'

약을 취급하는 사람은 의사를 알거나 그 자신이 의사이게 마련이었다. 그에게 물어보면 총잡이의 몸이 어떤 상태인지 알 수 있을 테고, 그러면…… 어쩌면……

'이 친구는 세관을 통과해야만 한다.' 총잡이는 속으로 생각했다.

해답이 어찌나 명확하고도 단순했던지, 또 어찌나 가까이 있었던지, 총잡이는 하마터면 알아차리지 못하고 지나칠 뻔했다. 사로잡힌 남자가 들여오려는 약이야말로 세관 통과하기를 어렵게 만드는 원인임이 분명했다. 의심스러운 인물이 눈에 띄면 신탁의 소리가 울려 퍼질지도 모를 일이었다. 그렇지 않다면 세관 통과하기는 저쪽 세계에서 우방국의 국경을 넘는 일만큼이나 쉬운 일일 터였다. 그가 사는 세계에서는 군주에게 충성을 표하는 간단한 의례만 행하면 누구나 쉽게 국경을 통과할 수 있었다.

총잡이는 사로잡힌 남자의 세계에서 저쪽 세계로 물건을 가져갈 수 있었다. 참치 팝킨이 그 증거였다. 약 봉지도 팝킨처럼 가져갈 수 있을 듯싶었다. 그러면 사로잡힌 남자는 세관을 통과할 수 있었다. 그러고 나서 롤랜드가 약 봉지를 갖고 이쪽으로 돌아오면 그만이었다.

'할 수 있겠나?'

문득 떠오른 의문이 어찌나 막막했던지…… 총잡이는 창밖의 물을 바라보다가 눈길을 돌릴 수밖에 없었다. 이때껏 드넓은 대양 위를 날던 공중 마차가 해안선 쪽으로 방향을 틀었다. 해수면이 점점 가까워졌다. 공중 마차가 하강하는 중이었다(에디는 흘끗 보고 말았지만 총잡이는 첫눈을 본 어린아이처럼 창밖의 풍경에 열광했다.). 이쪽 세계에서 물건을 '가져가는' 일은 가능했다. 하지만 그것을 지닌 채 다시 돌아올 수 있을까? 아직은 모를 일이었다. 알아내야만 했다.

총잡이는 사로잡힌 남자의 주머니에 손을 넣고 남자의 손가락을 움직여 동전을 움켜쥐었다.

그러고는 문을 통과하여 자기 세계로 돌아갔다.

4

총잡이가 몸을 일으키자 새들이 푸드덕 날아갔다. 이번에는 놈들도 감히 가까이 오지 못했다. 그는 온몸이 쑤셨고, 어지러웠고, 열도 났지만…… 그래도 아까 먹었던 한 조각 요깃거리 덕분에 놀랄 만큼 힘이 솟았다.

총잡이는 쥐고 돌아온 동전을 살펴보았다. 은화 같았지만 불그스름한 가장자리로 보아 실은 더 값싼 금속으로 만들었는지도 모를 일이었다. 동전에 새겨진 남자의 옆얼굴에서 기품과 용기와 강단이 엿보였다. 얼굴 아래쪽에서 말아올린 머리칼이나 뒷덜미에서 땋은 머리칼을 보면 허영심도 없지 않은 듯 보였다. 총잡이는 동전을 뒤집어 뒷면을 보고 어찌나 놀랐던지, 그만 저도 모르게 쉰 목소리로 탄성을 내질렀다.

동전의 뒷면은 독수리였다. 이제는 기억조차 가물가물해진 오래전, 왕국이 있고 그 왕국을 상징하는 깃발이 있던 시절, 총잡이의 깃발에 새겨졌던 동물이었다.

'시간이 없다. 돌아가야 해. 서둘러라.'

그러나 총잡이는 잠시 미적거리며 생각했다. 이 머리로는 생각하기가 쉽지 않았다. 사로잡힌 남자의 머리도 맑음과는 거리가 멀었지만, 적어도 이때만큼은 총잡이의 머리보다 훨씬 맑았다.

동전을 쥐고 왔다갔다 해봤자 반쪽짜리 실험이 아닌가?

총잡이는 권총띠에서 총알을 하나 뽑은 다음, 동전과 함께 손에 꼭 쥐었다.

그는 다시 한 번 문을 통과했다.

5

사로잡힌 남자의 동전은 주머니 속 손 안에 꼭 쥐인 채 그대로였다. 총알이 어떻게 됐는지는 '전면'으로 나서서 확인할 필요도 없었다. 문을 통과하지 못했음이 자명했다.

어쨌거나 총잡이는 잠시 '전면으로 나섰다.' 한 가지 확인할 일이 있었다. '봐야만' 했다.

총잡이는 의자 등받이에 댄 종이 덮개를 바로잡으려는 양 몸을

돌리고 문 안쪽을 들여다보았다(존재했던 신들 모두의 축복으로 이쪽
세계는 사방에 종이가 넘쳐났다.). 몸뚱이는 전과 다름없이 고꾸라진
채였는데 이제는 뺨에서 피까지 흘렀다. 그가 벗어던지고 이쪽으로
건너올 때 쓰러지면서 돌에 긁힌 듯 보였다.

동전과 함께 쥐고 온 총알이 문 앞 모래 위에 뒹굴고 있었다.

답은 그것으로 충분했다. 사로잡힌 남자는 세관 통과 의식을 무
사히 마칠 수 있었다. 국경 수비대가 그를 머리끝부터 발끝까지, 항
문부터 입까지 철저히 뒤지고 또 뒤질 테지만.

그들은 아무것도 찾아내지 못하리라.

총잡이는 흡족한 마음을 안고 사로잡힌 남자의 의식 뒤편으로 물
러섰다. 남아 있는 문제가 얼마나 심각한지 아직 깨닫지 못한 탓이
었다.

6

보잉 727기가 공중에 배기가스 자국을 남기며 롱아일랜드의 개펄
위로 부드럽게 하강했다. 둔한 충격음과 함께 바퀴가 튀어나왔다.

7

두 가지 색 눈을 지닌 3A번 자리의 남자가 몸을 일으켰을 때, 제
인은 보았다. 실제로 보았다. 그는 손에 총신이 짧은 우지 기관단총

을 들고 있었다. 그러나 다시 보니 세관 신고서와 자그마한 여권 지갑일 뿐이었다.

비행기는 비단처럼 매끄럽게 착륙했다.

제인은 꾹 참았던 숨을 길게 내쉬고 보온병의 빨간 마개를 단단히 틀어 잠갔다.

"저 참 바보 같죠."

제인은 나지막한 목소리로 수지에게 말하고 나서 뒤늦게 안전벨트를 찼다. 수지에게는 착륙 전에 미리 대비하도록 그 남자 얘기를 해둔 터였다.

"뭐라고 하셔도 할 말이 없네요."

"아냐, 잘했어."

"괜히 호들갑만 떨었는데요, 뭐. 오늘 저녁은 제가 살게요."

"당연하지. 제인, 저쪽 보지 말고 나를 봐, 나를. 좀 웃어."

제인은 빙긋 웃으며 고개를 주억거렸다. '이제는' 어떻게 해야 할지 도무지 알 수가 없었다.

"자기 저 남자 손만 쳐다보고 있더라."

수지가 웃는 낯으로 소곤소곤 얘기했다. 제인도 따라 웃었다.

"근데 난 말이야, 저 사람이 몸을 숙였을 때 셔츠 겨드랑이가 먼저 눈에 들어왔어. 울워스 할인매장을 가득 채울 것처럼 불룩하던데? 뭔지는 몰라도 울워스에서 파는 물건이 아닌 건 분명하지만."

제인은 고개를 저으며 계속 웃기만 했다. 꼭두각시 인형이 된 기분이었다.

"선배, 이제 어떻게 하죠?"

수지는 제인보다 경력이 5년이나 앞선 선배였다. 제인은 방금 전

제3장 접촉, 그리고 착륙 89

만 해도 상황을 어떻게 타개해야 좋을지 몰라 절박한 심정이었지만, 이제는 수지가 곁에 있어 기쁘기만 했다.

"아무것도 할 필요 없어. 주기장에 진입하는 동안 기장님한테 귀띔만 하면 돼. 그럼 기장님이 세관에 연락할 테니까. 저 남자도 다른 승객들처럼 줄을 설 테지만, 머잖아 세관 사람들이 와서 줄에서 끌어낸 다음에 조그만 방으로 데려갈 거야. 저 사람 입장에선 아마도 앞으로 거쳐야 할 수많은 작은 방 중 첫 번째 방이겠지."

"세상에."

제인은 싱글싱글 웃는 낯이었지만 속으로는 오한을 느꼈다. 등골이 화끈거렸다가 오싹해졌다가 난리법석이었다.

엔진의 역분사 장치가 작동을 멈출 무렵, 제인은 안전벨트를 풀고 보온병을 수지에게 건넨 후에 자리에서 일어나 조종실 문을 두드렸다.

테러리스트가 아니라 마약 운반책이었다. 그나마 불행 중 다행이었다. 하지만 왠지 아쉬운 기분이었다.

'얼굴은 귀엽게 생겨 가지고.'

많이는 아니고, 조금.

8

'아직도 눈치를 못 챘단 말인가.' 총잡이는 노여움과 초조함을 동시에 느꼈다. '제기랄!'

에디가 세관통과 의식에 필요한 서류를 꺼내려고 몸을 숙였다가 다시 고개를 들었을 때, 제복 차림 여인은 그를 노려보고 있었다. 눈은 튀어나올 듯 휘둥그렸고 볼은 등받이의 종이 덮개만큼이나 새하얬다. 빨간 마개가 붙은 은색 병은 언뜻 보면 물통 같았지만 실은 무기임이 분명했다. 여인은 은색 병을 가슴에 대고 꼭 쥐고 있었다. 롤랜드가 보기에는 금방이라도 에디를 향해 집어던지든가, 아니면 빨간 마개를 열고 발사할 것만 같았다.

그러던 여인이 긴장을 풀더니 띠를 동여맸다. 총잡이와 사로잡힌 남자 둘 다 방금 전의 충격음을 듣고 공중 마차가 땅에 내려앉았음을 알아차렸는데도 그랬다. 여인은 곁에 앉은 제복 차림 동료를 돌아보고 뭐라고 얘기했다. 여인의 동료는 웃으며 고개를 끄덕였지만, 총잡이가 보기에는 진짜 웃음이 아니었다. 그 자신이 강두꺼비가 아니듯 자명한 사실이었다.

임시로나마 총잡이의 '카'를 담은 그릇인 이 남자가 어찌나 멍청했던지, 총잡이는 그만 어안이 벙벙할 지경이었다. 물론 그리 된 데에는 남자가 섭취한 약…… 즉, 이쪽 세계에 자라는 마귀풀 탓도 없지는 않았다. 그러나 풀 때문만은 아니었다. 사로잡힌 남자는 다른 사내들과 달리 여리거나 순종적이지 않았지만, 때로는 남들과 다를 바가 없었다.

'이들이 이리 된 까닭도 다 광명 속에서 살아가기 때문이 아닐까.' 불현듯 떠오른 생각이었다. '문명의 광휘를 무엇보다 높이 받들도록 가르침받기 때문에. 그들이 사는 세계는 변질하지 않았으니.'

롤랜드는 변질하지 않은 세계에서 사는 대가로 이런 인간이 되어야 한다면 딱히 어둠을 싫어할 까닭이 없다는 생각이 들었다. '변질하기 전의 세계에선 그랬지.' 저쪽 세계 사람들은 으레 아쉬움과 슬폼이 밴 말투로 중얼거리곤 했지만…… 어쩌면 이러리라고는 생각지 못했기에, 상상도 못했기에 슬퍼했는지도 모를 일이었다.

'저 여인은 내/사로잡힌 남자가 서류를 집으려고 몸을 숙였을 때 내/사로잡힌 남자가 무기를 꺼낼 거라고 짐작했을 터. 그러다가 손에 든 서류를 보고 나서야 다른 이들처럼 공중 마차가 땅에 닿기 전에 해야 할 일을 했다. 지금은 친구와 얘기를 나누며 웃고 있지만 둘의 표정은, 특히 은색 병을 든 저 여인의 표정은, 심상치 않아. 그래, 뭔가 얘기를 나누고 있지만 저 표정은…… 웃는 척하는 표정이다. 왜냐면 나/그의 이야기를 하는 중이기 때문이지.'

이때 공중 마차는 여러 갈래로 뻗은 기다란 콘크리트길 중 한 줄을 따라 움직이고 있었다. 총잡이는 제복 입은 여인을 주시하면서도 시야 한구석으로는 다른 길을 따라 뜨고 내리는 공중 마차들을 구경했다. 몇몇은 느리게 움직였다. 공중으로 솟아오를 준비를 하느라 놀랄 만큼 빠르게 움직이는 것들도 있었다. 마차가 아니라 총이나 대포가 쏘아낸 발사체 같았다. 상황은 갈수록 급박해졌건만, 총잡이의 마음 한편에는 전면으로 나서서 고개를 돌리고 저 탈것들이 하늘로 날아오르는 모습을 구경하고픈 욕심이 있었다. 사람이 만든 물건인데도 옛날 저 먼(아마도 신화 속의) 갈란 왕국에 살았다고 전해지는 거익조에 전혀 뒤지지 않을 만큼 근사했다. 어쩌면 더욱 근사하다는 생각도 들었다. 오직 사람의 힘만으로 만든 것이었으므로.

팝킨을 가져다준 여인이 (채운 지 1분도 안 된) 띠를 풀더니 작은 문으로 걸어갔다. '저 문 안에 마부가 있겠군.' 문이 열리고 여인이 들어갈 때 총잡이는 공중 마차를 모는 데 마부가 세 명이나 필요함을 깨달았다. 짧은 순간이나마 무수히 많은 눈금판과 조종간과 전등이 보였기에 그 이유를 짐작할 수 있었다.

사로잡힌 남자는 이때껏 모조리 보고 있었으면서도 무엇 하나 보지 못했다. 코트가 이곳에 있었더라면 일단 코웃음부터 친 다음에 그를 가장 가까운 벽에 집어던졌으리라. 사로잡힌 남자는 완전히 정신이 팔려 있었다. 의자 아래 있는 가방과 머리 위쪽 보관함에 넣어둔 얇은 재킷을 꺼내는 데에…… 그리고 험난한 의식을 통과하는 데에.

사로잡힌 남자는 아무것도 보지 못했다. 그러나 총잡이는 모조리 보았다.

'저 여인은 이 사내가 도둑 아니면 미치광이라고 짐작하고 있다. 그가, 아니, 어쩌면 내가(그래, 그럴 공산이 크지) 의심 살 짓을 했기 때문일 거다. 하지만 마음을 바꿨다. 곁에 있던 여인이 마음을 돌리게 했을 터. 이제 저들도 뭐가 잘못됐는지 알아차린 거다. 이 사내가 세관 통과하기 의식을 더럽히려 하는 줄 알아차린 거지.'

불현듯, 벼락처럼, 총잡이는 남아 있는 문제가 무엇인지 깨달았다. 첫째, 앞서 동전을 갖고 돌아갔을 때처럼 봉지를 갖고 돌아간다고 해서 해결될 문제가 아니었다. 동전과 달리 봉지는 끈끈이 줄로 칭칭 감겨서 사로잡힌 남자의 살갗에 착 들러붙은 상태였다. 끈끈이 줄은 오히려 사소한 부분이었다. 동전 여러 개 중에 한 개가 없어졌을 때에는 눈치 채지 못했지만, 뭐가 들었는지는 몰라도 목숨이 걸린 봉지가 순식간에 없어진다면, 사로잡힌 남자는 틀림없이 난장판을 벌일 테고…… 그렇게 되면?

사로잡힌 남자가 이성을 잃고 난동을 부리기 시작하면 의식을 더럽히는 경우 못지않게 신속한 속도로 감방에 처박힐 게 분명했다.

그냥 사라지게 하는 건 끔찍한 일이었다. 겨드랑이에 감춰둔 봉지가 까닭도 없이 사라져버리면 그는 자기가 '정말로' 미쳤다고 생각할지도 모를 일이었으므로.

이미 땅에 내려앉은 공중 마차가 황소처럼 느리게 왼쪽으로 방향을 틀었다. 총잡이는 이제 더 생각할 시간 따위는 사치임을 깨달았다. 전면에 나서는 것만으로는 부족했다. 에디 딘과 접촉해야만 했다.

그것도 당장.

9

에디는 세관 신고서와 여권을 가슴주머니에 꽂았다. 뱃속의 쇠줄이 멈추지 않고 더욱 깊숙이 조여든 탓에 신경이 바짝 곤두섰다. 별안간 머릿속에서 목소리가 말을 했다.

생각이 아니었다. '목소리'였다.

〈이봐, 자네. 내 말 잘 듣게. 똑똑히 들어야 해. 무사히 통과하고 싶거든 이제부터 저 제복 입은 여인들의 의심을 키울 만한 낯빛은 하지 마. 의심은 이미 충분히 하고 있으니.〉

처음에 에디는 자기가 여태 기내용 이어폰을 끼고 있다가 조종실에서 송출하는 묘한 통신 내용을 들었다고 생각했다. 그러나 기내용 이어폰은 이미 5분 전에 거둬가고 없었다.

뒤이어 그는 누가 곁에 서서 얘기하는 중이라고 생각했다. 그래서 왼쪽으로 고개를 반쯤 돌렸지만, 터무니없는 생각이었다. 마음에 들건 안 들건 간에 진실은 자명했다. 목소리는 틀림없이 머리 '속에서' 들려왔다.

어쩌면 전파 신호를 수신하는 중인지도 몰랐다. 충치에 때워넣은 금속 충전물이 AM, FM, 아니면 VHF 같은 전파를 수신하는지도 몰랐다. 그 비슷한 이야기를 언젠가 들은 적이……

〈정신 차려라, 이 굼벵아! 그리 미친놈처럼 굴지 않아도 이미 충분히 의심스러워 보인단 말이다!〉

에디는 귀싸대기라도 맞은 양 소스라쳐서 등을 쭉 폈다. 헨리 형 목소리가 아니었다. 하지만 무척이나 비슷했다. 공영주택 단지에서 함께 자라던 어린 시절, 여덟 살 많은 헨리 형과 지금은 기억조차 희미한 셜리나 누나와 함께 살던 시절에 듣곤 했던 말투였다. 셜리나는 에디가 두 살이고 헨리가 열 살이었을 적에 차에 치여 죽었다. 그 시절, 죽을 날을 한참 앞둔 에디가 셜리나처럼 서둘러 소나무 코트를 입으려고 위험한 짓을 하면 헨리는 어김없이 지금 들리는 저 명령조의 거친 말투로 호되게 야단을 쳤다.

'아니 이런 씨발 도대체 뭐가 어떻게 돼가는 거야?'

〈없는 소리를 듣는 게 아니다.〉

머릿속 목소리가 다시 입을 열었다. 아니, 헨리 목소리가 아니었다. 더 나이든, 더 걸걸한…… 더 강인한 목소리였다. 하지만 헨리 목소리와 비슷했고…… 그래서 안 믿을 수가 없었다.

〈우선은 그 얘기부터 해 주마. 넌 미치지 않았다. 난 너 아닌 다른 사람이다.〉

〈이거 뭐 텔레파시 같은 거야?〉

에디는 완벽하게 무표정한 얼굴을 하고 있었고 스스로도 이를 감지했다. 이 상황에서 그럴 수 있다니 아카데미 남우주연상감이라는 생각이 들었다. 창밖을 보니 비행기가 케네디 국제공항의 델타 항공 도착장에 들어서는 중이었다.

〈텔레파시가 무슨 뜻인지는 아는 바 없다. 허나 내가 아는 사실이 하나 있지. 저 제복 입은 여인들은 네가 감추고 있는……〉

목소리가 끊겼다. 곧이어 이루 형용할 수 없는 느낌, 보이지 않는 손가락으로 골을 뒤적거리는 느낌이 에디를 엄습했다. 머릿속이 통신판매 카탈로그가 된 기분이었다.

〈……헤로인인지, 아니면 코카인인지를 눈치 챘다. 둘 중 어떤 건지 나는 모른다. 다만 너 자신이 쓸 약을 사려고 네가 쓰지 않는 약을 운반하는 걸 보면, 필시 코카인이 아닌가 싶은데.〉

"뭐, 제복이 어쨌다고?"

에디가 나지막이 내뱉었다. 소리 내어 말하는 줄도 모른 채로.

"지금 도대체 뭐라고 씨불거리는……"

귀싸대기가 한 번 더 울렸다. 머리가 윙윙댈 정도로 강렬했다.

〈입 다물어라, 배냇병신아!〉

〈알았어, 알았다고! 염병할!〉

또다시 손가락으로 골을 휘젓는 느낌이 들었다.

〈제복 입은…… 스튜어디스 말이다. 내 말 알아들었나? 네 잡생각에 일일이 대답해 줄 시간이 없다, 사로잡힌 남자여!〉

"방금 뭐라고……"

에디가 말을 꺼내려다 말고 입을 꾹 다물었다.

〈방금 날 뭐라고 불렀지?〉

〈신경 쓸 것 없다. 그냥 듣기만 해라. 시간이 촉박하다, 그것도 매우. 여인들이 눈치를 챘다. 스튜어디스들이 네가 코카인을 지니고

있는 줄 안단 말이다.〉

〈어떻게? 말도 안 돼!〉

〈어떻게 알아차렸는지는 아무래도 상관없는 일인즉, 내 알 바 아니다. 그중 한 명이 마부들에게 고하러 갔다. 마부들은 의식을 주관하는 사제들에게 고할 테고, 그럼 세관 통과하기 의식은……〉

머릿속 목소리가 사용하는 어휘가 어찌나 고풍스럽고 낯설었던지 오히려 귀여울 정도였으나…… 전하고자 하는 바는 또렷했다. 에디는 전과 다름없이 무표정한 얼굴이었지만 입속에서는 이를 덜덜 떨었고, 이 사이로는 뜨거운 숨을 들이마셨다.

목소리는 '게임 오버'라고 얘기하고 있었다. 아직 비행기에서 내리지도 않았는데 게임이 끝났다고 했다.

그러나 현실이 아니었다. 현실일 리가 없었다. 단지 머릿속에서 들리는 소리일 뿐, 최후의 순간을 앞두고 약간 신경이 과민해졌을 뿐, 그뿐이었다. 무시할 작정이었다. 그냥 무시해버리면 저절로 사라질……

〈무시할 생각은 아예 하지도 마라, 그리했다가는 너는 감방행, 나는 저승행이다!〉

목소리가 부르짖었다.

〈다…… 당신 도대체 누구야?〉

에디는 겁에 질려 머뭇거리다가 물었다. 머릿속에서 소리가 들렸다. 누군가가, 또는 무언가가, 길고 거세게 안도의 한숨을 내쉬었다.

10

‘녀석이 믿는구나. 존재하는 신과 존재했던 신들 모두의 축복으로, 녀석이 내 말을 믿는구나!’

11

비행기가 정지했다. ‘안전벨트를 착용하십시오’ 표시에 불이 꺼졌다. 탑승교 차량이 다가와서 비행기 앞쪽 탑승구에 부드럽게 몸을 붙였다.

그들은 이미 도착해 있었다.

12

〈세관 통과하기 의식을 거행하는 동안 네 물건을 보관할 장소가 있다. 안전한 곳이다. 나중에, 네가 의식을 무사히 끝난 후에, 되찾아서 발라자르라는 남자에게 전해주면 된다.〉

승객들이 일어서서 위쪽 보관함에 넣어둔 물건을 꺼내고 겉옷을 걸치는 중이었다. 기장이 안내방송으로 알려준 바에 따르면 겉옷을 입기에는 더운 날씨였다.

〈가방을 챙겨라. 겉옷도. 그다음엔 변소로 가는 거다.〉

〈변소……?〉

아아. 화장실 말이었다. 기내 화장실.

〈그치만 스튜어디스들이 약을 눈치 챘다며. 내가 변기에 버리려고 하는 줄 다 알 텐데.〉

하지만 에디가 생각하기에도 그 점은 걱정할 필요가 없었다. 승무원들이 화장실 문을 부수지는 않을 듯싶었다. 그랬다가는 승객들이 겁에 질릴 것이므로. 게다가 코카인 1킬로그램을 기내 화장실 변기에 쏟아붓고 흔적 없이 물을 내릴 수 없는 이치쯤은 그들도 잘 터였다. 혹시라도 저 목소리가 하는 말이 진실이라면…… 안전한 장소가 있기만 하다면……

〈그치만 그런 데가 어딨단 말이야?〉

〈어디든 상관없지 않나, 급살 맞을 놈아! 어서 움직여!〉

에디가 움직였다. 그제야 겨우 상황을 이해한 탓이었다. 그는 롤랜드가 수년에 걸쳐 무자비하게 구타당하고 교정당하며 익힌 눈매로 본 것까지 다 보지는 못했지만, 적어도 스튜어디스들의 표정만큼은 놓치지 않았다. 그는 여인들의 진짜 표정을, 옷가방이나 종이상자를 내려주는 친절한 손길과 미소 뒤에 숨은 그네들의 진짜 표정을 보았다. 자신을 향해 마치 채찍처럼 흘끗대는 여인들의 눈길을 몇 번이고 느꼈다.

에디가 가방을 집어들었다. 재킷도 걸쳤다. 탑승교로 나가는 문이 열려 있었고 승객들은 벌써 통로에 늘어서 있었다. 조종실로 가는 문도 열려 있었고 문 앞에 기장이 서서 웃고 있었는데…… 기장은 부스럭거리며 짐을 챙기는 일등석 승객들을 둘러보다가, 에디 쪽으로 눈길을 돌렸다. 아니, 그를 노려보았다. 그러고는 다시 눈을 돌려 승객들에게 인사를 하고 어린아이의 머리를 쓰다듬어 주었다.

에디는 차가워졌다. 냉동 칠면조가 되지는 않았지만 그래도 차가 워졌다. 냉정을 되찾으려고 머릿속 목소리한테 도움을 구할 필요는 없었다. 때로는 이렇게 서늘한 기분도 괜찮았다. 그저 얼어죽을 정 도로까지 식지 않게 조심만 하면 괜찮았다.

에디는 앞으로 걸어가서 왼쪽으로 돌면 탑승교가 나오는 지점에 도착했고…… 거기서 갑자기 손으로 입을 틀어막았다.

"속이 좀 안 좋아서요. 실례합니다."

그는 일등석 화장실 문을 살짝 가린 조종실 입구 문을 젖힌 다음, 통로 오른편에 있는 화장실 문을 열었다.

"죄송합니다만, 지금 비행기에서 내리셔야 합니다."

화장실 문을 여는 에디한테 기장이 차갑게 말했다.

"승객님, 지금……"

"토할 것 같아서 그래요. 기장님 구두에 토하면 안 되잖아요, 물 론 내 신발도 안 되고."

곧장 화장실로 들어선 에디는 문을 걸어잠갔다. 기장이 뭐라고 중얼거렸다. 에디는 알아듣지 못했지만, 알아듣고 싶지도 않았다. 중요한 점은 기장이 소리를 지르는 대신 얘기를 한다는 사실이었다. 에디 생각이 옳았다. 하나뿐인 탑승구로 250명이 넘는 승객이 내릴 참인데 그 앞에서 소리를 지를 사람은 아무도 없었다. 화장실에 들 어왔으니 일단은 안심이었지만…… 이제 어쩌면 좋단 말인가?

〈거기 당신, 누군진 몰라도 뭘 할 거면 빨리 하는 게 좋을 거야.〉

묵묵부답이었던 시간은 잠깐뿐이었지만 실로 끔찍했다. 잠깐뿐 이었지만 에디 딘의 머릿속에서는 그 짧은 시간이 마치 어릴 적 여 름에 헨리 형이 가끔 사주던 보노모 터키시 태피 사탕처럼 끝도 없이 축축 늘어지는 느낌이었다. 헨리는 에디가 말썽을 피우면 흠씬 패주었지만 말을 잘 들으면 터키시 태피 사탕을 사주었다. 여름방학 동안 동생을 돌볼 책임이 한층 커진 헨리가 임무를 수행하는 방식이었다.

〈젠장, 이럴 줄 알았어. 어이구, 내가 미쳤지, 내가 미쳤……〉

〈준비해라.〉오싹한 목소리가 들렸다. 〈나 혼자선 못하는 일이다. 난 전면으로 나설 수는 있어도 너를 건너오게 할 수는 없다. 네가 나와 함께 해야 한다. 자, 돌아서라.〉

한순간 에디는 두 쌍의 눈으로 보았고, 두 사람 몫의 신경으로 반응했고(그러나 낯선 이의 신경은 온전치 않았다. 이제 막 몸의 일부를 잃어버린 탓에 고통스러운 비명을 내질렀다.), 오감이 아닌 십감으로 느끼면서, 두 개의 골로 생각했다. 두 개의 심장이 그의 피를 머금고 고동쳤다.

에디가 돌아섰다. 화장실 벽에 문처럼 보이는 구멍이 나 있었다. 구멍 저편에 자갈이 널린 잿빛 모래톱이, 그 위로 부서지는 오래된 흰 양말 색 파도가 보였다.

파도소리가 들려왔다.

짠물 냄새가, 콧속에 찬 눈물처럼 찝찌름한 냄새가 풍겨왔다.

〈자, 건너와라.〉

화장실 밖에서는 누군가가 문을 두드리고 있었다. 밖으로 나오라고, 즉시 비행기에서 내려야 한다고 했다.

〈건너오란 말이다, 급살 맞을 놈아!〉

에디는 신음을 흘리며, 벽에 난 문으로 걸어 들어갔고, 넘어져 뒹굴다…… 다른 세계로 떨어졌다.

13

슬금슬금 일어나서 내려다봤더니 오른손 바닥이 조개껍데기 모서리에 베여 있었다. 에디는 손바닥의 생명선을 죽 가로질러 배어나는 피를 멍하니 들여다보다가, 돌연 오른편에서 비틀거리며 일어나는 낯선 남자의 존재를 알아차렸다.

흠칫 놀란 에디가 옆으로 물러섰다. 당혹감과 멍한 혼란감이 삽시간에 소름끼치는 공포로 바뀌었다. 이 남자는 자기가 죽은 줄도 모르고 있었다. 표정이 수척했고, 두개골을 덮은 얼굴 거죽은 흡사 뾰족한 쇳덩이를 팽팽하게 감싸고 찢어지기 직전인 옷감 같았다. 낯빛이 온통 거무튀튀했다. 양쪽 광대뼈와 턱 아래 목 양 옆에 벌겋게 달아오른 부분, 또 어린애가 힌두교도 흉내를 내려고 찍은 듯 보이는 미간의 붉은 점만은 예외였다.

그러나 눈만은, 새파랗고, 침착하고, 명징한 눈만은, 강력한 생기를 내뿜었다. 남자가 입은 검은 옷은 손수 지은 것 같았다. 소매를 걷은 셔츠는 거의 회색으로 바랜 검은색이었고 바지는 청바지로 보였다. 허리춤에 권총띠 두 줄을 비껴 맸는데 총알 꽂는 구멍은 거의 빈 채였다. 총집에 45구경 리볼버로 보이는 권총이 꽂혀 있었다. 까마득히 오래전의 45구경이었다. 나무로 만든 매끈한 권총 손잡이 속에서 은은한 빛이 뿜어나오는 듯 보였다.

에디는 입을 열 생각이 없었다. 실은 할 말도 없었다. 그러나 입으로는 저도 모르게 중얼거렸다.

"……유령인가?"

"아직은 아니다."

총을 찬 남자가 쉰 목소리로 대답했다.

"마귀풀을 내놔라. 코카인 말이다. 이름이 뭐든 상관없다. 어서 셔츠를 벗어라."

"하지만, 당신 팔이……"

에디가 그의 팔을 내려다보았다. 마카로니웨스턴에나 나올 법한 우스꽝스러운 총잡이의 두 팔에 선명한 붉은 선이 불길하게 돋아 있었다. 에디는 그 선이 무엇을 의미하는지 알았다. 패혈증의 증거였다. 마귀가 뿜어낸 숨이 엉덩이를 간질거리는 단계는 이미 지났다. 독이 혈관을 타고 심장으로 기어드는 중이었다.

"내 팔은 상관하지 마라!"

창백한 낯을 한 유령이 소리쳤다.

"셔츠를 벗고 마귀풀을 꺼내란 말이다!"

파도소리가 들렸다. 거침없이 부는 바람소리도 들렸다. 보이는 것은 다 죽어가는 미친 남자와 황량한 풍경뿐이었다. 그러나 등 뒤에서는 비행기에서 내리는 승객들이 웅얼거리는 소리와 화장실 문을 두드리는 둔중한 소리가 들려왔다.

"딘 고객님!" '저 소리. 저쪽 세계에서 들리는 소리야.' 의심할 여지가 없었다. 소리가 마치 굵직한 마호가니 토막을 파고드는 못처럼 에디의 머리를 두드렸다. "고객님, 지금 바로 내리셔야……"

"여기다 두고 가면 된다. 나중에 찾을 수 있다."

총잡이가 그르렁거렸다.

"제기랄, 나한테 말 할 기운이 없는 걸 모르겠나? 한계란 말이다! 이제 시간이 없다, 멍청아!"

에디한테 그런 소리를 지껄였다가는 죽어 자빠질 놈이 적지 않았으나…… 그러나 에디는 눈앞의 남자를 죽일 자신이 없었다. 차라리 죽는 편이 나은 몰골을 한 남자였는데도 그랬다.

남자의 시퍼런 두 눈에서 에디는 진심을 느꼈다. 광기로 불타는 그의 눈은 어떤 의문도 허락지 않았다.

에디는 셔츠 단추를 하나씩 풀었다. 처음에는 철로에 묶인 로이스 레인을 구하러 출동하는 클라크 켄트처럼 후드득 잡아뜯고 싶었지만, 현실 세계에서는 곤란한 일이었다. 머지않아 사라진 단추의 행방을 설명해야 했으므로. 그래서 그는 등 뒤에서 들리는 소리를 무시한 채 천천히 단추를 풀었다.

청바지에서 셔츠 자락을 꺼내고 완전히 벗어서 땅에 내던지자 에디의 가슴을 빙 둘러 감은 포장용 테이프가 드러났다. 심각한 갈비뼈 골절에서 막 회복한 환자 같았다.

에디는 뒤를 흘끗 돌아보았다. 문이 열려 있었고…… 잿빛 모래톱에 문의 아래 모서리가 그린 부채꼴 자국이 보였다. 누군가가, 필시 저 죽어가는 남자가 열었을 때 남은 자국일 터였다. 문 저편에 일등석 화장실 세면대와 거울이…… 그리고 거울에 비친 자신의 절박한 얼굴이, 이마와 연갈색 눈 위로 흘러내린 검은 머리칼이 보였다. 얼굴 뒤편으로 총잡이와 해변이, 또 뭔지 모를 무언가를 노리고 날카롭게 소리치며 급강하하는 바닷새도 보였다.

테이프를 더듬어 봤지만 어디서부터 시작해야 할지, 어디가 끝인지 도무지 알 수가 없었다. 절망감이 스멀스멀 솟아났다. 시골길을 반쯤 건너간 사슴이나 토끼가 문득 머리를 돌렸는데 달려오는 전조등 불빛이 보일 때 꼭 이런 심정일 것만 같았다.

에드거 앨런 포 덕분에 유명해진 윌리엄 윌슨이 테이프를 묶는데 20분이 걸렸다. 승무원들이 일등석 화장실 문을 열 때까지 남은 시간은 5분, 길어야 7분이었다.

"난 못해."

에디가 눈 앞에 서서 비틀거리는 남자에게 말했다.

"댁이 누군지, 여기가 어딘지는 몰라. 하지만 테이프가 너무 두꺼워서 뜯을 시간이 없는 것만은 확실해."

14

맥도널드 기장은 3A번 승객한테서 대답이 들리지 않자 화가 난 나머지 화장실 문을 두들기기 시작했다. 디어 부기장이 그를 말렸다.

"어차피 도망갈 곳도 없잖습니까. 뭘 어쩌겠어요? 설마 변기 구멍으로 빠져나가겠어요? 그러기엔 덩치가 너무 크잖아요."

"저 사람이 뭔가 갖고 있는 것 같아서 그래. 뭔가……"

코카인을 꽤 여러 번 쿵쿵댄 디어 부기장이 기장의 말을 끊었다.

"약을 갖고 있다면 틀림없이 양이 꽤 많을 거예요. 저 안에서 다 처리할 수는 없어요."

"그럼 일단 화장실 물부터 잠가야겠군."

맥도널드 기장이 불쑥 말했다.

"벌써 잠갔습니다."

항법사였다(그 또한 간간히 코카인을 쿵쿵댄 경험이 있었다.).

"그치만 별 문제 없을 것 같은데요. 변기에 버려봤자 분뇨통에 남아 있을 텐데, 그건 녀석도 어쩔 수 없잖습니까."

승무원들이 화장실 문 앞에 둘러서서 조곤조곤 얘기하는 동안 문 위에 켜진 '사용중' 표시등이 그들을 놀리듯 은은히 빛났다.

"마약단속국 요원들이 통을 검사할 겁니다. 표본을 채취해서 분석하면 저놈은 꼼짝없이 걸릴 거예요."

"앞사람이 버리고 갔다고 둘러대는 게 저놈들 수법 아닌가."

기장이 잔뜩 곤두선 목소리로 대답했다. 그는 도란도란 얘기만 할 게 아니라 뭔가 조치를 취하고 싶었다. 승객이 아직 다 내리기 전이었고, 화장실 문 앞에 둘러선 승무원들한테 비상한 관심을 보이는 승객이 적지 않은 줄 똑똑히 알면서도 그러했다. 승무원 입장에서 보면 그런 짓을 했다가는 승객 한 명 한 명의 의식 깊은 곳에 잠든 테러리스트 공포증을 깨워 일으킬 게 뻔했다. 맥도널드 기장이 보기에도 부기장과 항법사가 한 말이 옳았다. 약은 플라스틱 봉지에 들어 있을 테고 봉지에는 놈의 지문이 남아 있을 테지만, 그럼에도 그는 머릿속에서 비상벨이 울리는 기분이 들었다. 뭔가 잘못된 느낌이었다. 머릿속에서 누군가가 외쳤다. '이건 속임수다! 사기야!' 마치 3A번 승객이 손바닥에 에이스를 쥐고 이제 막 장난질을 치려 하는 촌뜨기 타짜라도 되는 듯싶었다.

"기장님, 변기에 흘려버릴 것 같진 않아요. 세면대 수도꼭지도 안 건드렸는걸요. 물을 틀었다면 소리가 났을 테니까요. 무슨 소리가 들리긴 해도 물 내리는 소리는……"

"돌아가 있어."

기장이 수지 더글러스의 말을 딱 잘랐다. 그러고는 제인 도닝에게로 눈을 돌렸다.

"자네도 돌아가. 우리가 처리할 거야."

제인은 볼이 빨개져서 자리를 뜨려고 돌아섰지만, 수지는 차분하게 기장에게 대꾸했다.

"제인은 아까부터 그 사람을 지켜봤어요. 저도 그 사람 겨드랑이가 불룩 튀어나온 걸 알아챘고요. 맥도널드 기장님, 저흰 여기 있을 겁니다. 항명행위로 보고하시려거든 그렇게 하십시오. 하지만 명심하세요, 이러다간 마약단속국이 군침을 흘릴 큰 사건을 망치고 말 거예요."

둘의 시선이 맞부딪혔고, 불꽃이 튀었다.

"기장님, 우리 지금까지 일흔 번, 아니 여든 번은 넘게 같이 비행했잖아요. 전 도우려고 이러는 거예요."

맥도널드 기장이 수지를 가만히 응시하다가 고개를 끄덕였다.

"알았어. 그래도 둘 다 조종실 쪽으로 좀 물러나 있어."

기장이 발뒤꿈치를 돋우고 돌아보니 맨 마지막 승객이 일반석에서 비즈니스석 객실로 들어서는 중이었다. 남은 시간은 앞으로 2분, 어쩌면 3분쯤.

기장은 탑승구 앞에 서서 자신을 유심히 보던 도착장 직원에게로 눈을 돌렸다. 그도 무언가 심상치 않은 일이 일어난 줄 눈치 챈 게 분명했다. 허리춤에서 워키토키를 뽑아 손에 들고 있었다.

"자네, 저 친구한테 가서 세관 직원들을 보내달라고 해."

기장이 항법사에게 조용히 지시했다.

"서너 명쯤 와달라고 해. 전부 무장한 사람으로. 지금 당장."

항법사는 줄 선 승객들 사이로 태연하게 웃으며 비집고 지나간 후에 도착장 직원에게 조용히 말을 전했다. 직원 또한 워키토키를 입에 대고 조용히 보고했다.

아스피린보다 센 약은 평생 한 번도 먹어본 적 없는, 그나마도 아주 가끔 먹어본 맥도널드 기장이 디어 부기장 쪽으로 돌아섰다. 입을 어찌나 꽉 다물었던지 입술이 꼭 하얀 흉터자국 같았다.

"마지막 승객이 내리면 곧바로 문을 부술 거야. 세관이 도착하든 안 하든 상관없어. 알았나?"

"옛."

부기장이 일등석으로 들어서는 마지막 승객을 보며 대답했다.

15

"내 칼을 써라. 저 걸낭에 들어 있다."

총잡이가 모래 위에 놓인 낡은 가죽 가방을 손짓으로 가리켰다. 걸낭이라기보다는 큼지막한 배낭처럼 생긴 가방이었다. 그런 가방은 원래 애팔래치아 산맥을 종주하면서 대자연을 벗 삼아 이따금 풀을 태우는(가끔은 미사일만큼 굵직한 놈을 태우는) 히피들이나 매고 다니는 법이었지만, 눈앞에 있는 가방은 진짜배기였다. 얼간이의 환상 속에 나타나는 가짜가 아니었다. 수년에 걸친 고된(어쩌면 위험천만한) 여정의 흔적이 밴 진짜 가방이었다.

총잡이는 손짓만 할 뿐, 손가락을 뻗지는 않았다. 손가락을 뻗을 수가 없었다. 에디는 그가 왜 오른손에 더러운 셔츠 쪼가리를 감고 있는지를 그제야 깨달았다. 손가락 몇 개가 잘려나가고 없었다.

"칼을 꺼내라. 그걸로 줄을 잘라. 몸을 베지 않도록 조심해라. 어렵진 않을 게다. 베지 않도록 조심하되, 마찬가지로 늦지 않도록 조심해야 한다. 시간이 얼마 안 남았다."

"그, 그건 나도 알아."

에디가 모래톱에 무릎을 꿇었다. 전부 다 환상이었다. 환상일 뿐이었고, 환상이어야만 했다. 위대한 현자이시자 못 말리는 약쟁이이신 헨리 딘 님께서 보셨더라면 이렇게 말씀하셨을 터였다. '팔딱팔딱, 쿵덕쿵덕, 정신줄은 놔 버리고 끝까지 가는 거야. 어차피 인생은 소설이고 세상은 거짓말이거든. 자, 우리 함께 시시알 노래나 들으면서 작대기 한 대 짚어보자꾸나.'

전부 다 환상일 뿐, 유달리 생생한 환각일 뿐, 그러니 넙죽 엎드려서 흐름에 몸을 맡기는 것이 최선일 뿐이었다.

그러나 '정말로' 생생한 환각이었다. 에디가 남자의 '걸낭'을 열려고 지퍼나 벨크로를 찾다 보니 생가죽끈을 갈지자로 묶어서 여민 가방 입구가 눈에 띄었다. 끈 몇 가닥에는 끊어진 부분을 세심하게 다시 이은 매듭이 보였다. 끈이 금속 고리를 통과할 수 있을 만큼 작디작은 매듭이었다.

맨 위쪽의 나비매듭을 풀고 가방을 연 에디는 셔츠 조각으로 싸맨 약간 축축한 총알 꾸러미 아래에서 칼을 발견했다. 자루만 봐도 숨이 턱 막힐 정도로 아름다운 칼이었다. 은은하게 빛나는 순은 칼자루에 새겨진 정교한 무늬가 눈을 사로잡았다. 에디가 칼을 뽑으려 할 때……

귓속에서 폭발이 일어나더니, 통증이 머리를 휘저었다. 한순간 눈앞에 붉은 구름이 자욱했다. 열린 걸낭 위로 고꾸라진 에디가 모래 위에 앉은 채로 올려다보니, 찢어진 장화를 신은 창백한 남자가 보였다. 환각이 아니었다. 그 남자의 죽어가는 얼굴에서 시퍼렇게 빛나는 눈이야말로 오직 하나뿐인 진실이었다.

"감상은 나중에 해라, 사로잡힌 자여. 지금은 칼을 쓸 때다."

에디는 귀가 윙윙거렸고, 어지럼증까지 느꼈다.

"왜 아까부터 날 그렇게 부르는 거지?"

"테이프나 잘라라. 어물거리고 있다가 저쪽 사람들이 화장실을 부수고 들어오기라도 하면, 넌 아마 꽤 오랫동안 여기 머물러야 할 거다. 게다가 머지않아 시체와 함께 머무르게 될 거다."

에디는 칼집에서 칼을 뽑아들었다. 오래된 정도가 아니었다. 아예 고대의 유물처럼 보였다. 끝이 거의 안 보일 정도로 예리하게 간 칼날이 쇠에 깃든 유장한 역사를 보여주었다.

"뭐, 잘 들 것 같기는 하네."

에디가 말했다. 목소리가 떨렸다.

16

마지막 승객 몇 명이 탑승교로 건너가는 중이었다. 그중 일흔 살쯤 되어 보이는 노파가 제인 도닝 앞에 딱 멈춰 서더니, 비행기를 처음 타는 노인이나 영어가 서툰 승객이 종종 그렇듯이 항공권을 디밀었다.

"나 몬트리올행으로 갈아타야 하는데, 어디로 가야 돼? 내 가방은 또 어디서 찾아? 세관 수속은 여기서 해? 아니면 거기 도착해서 해?"

"고객님, 탑승교를 건너가시면요, 반대편에 있는 도착장 직원이 자세히 알려드릴 겁니다."

"그냥 색시가 가르쳐 주지, 왜. 저 통로에는 아직 사람 많잖아."

"죄송하지만 내리셔야 합니다, 손님. 저희가 좀 바쁩니다."

맥도널드 기장이 끼어들자 노파가 통명스럽게 대꾸했다.

"허이구, 안 죽고 살아 있어서 미안하우, 그래. 내가 영구차 타고 가다가 떨어져서 그만 깨어났지 뭐유!"

그러고는 멀리서 풍겨오는 탄내를 맡은 개처럼 코를 바짝 쳐들고 한손에는 핸드백을, 한손에는 여권 지갑을 들고 두 사람 앞을 성큼성큼 지나갔다(여권 지갑에는 탑승권 쪼가리가 수도 없이 붙어 있었다. 지구 반대편에서 출발하여 들르는 곳마다 비행기를 갈아타며 여기까지 온 사람이라고 해도 믿을 법했다.).

"저 할머니 다시는 델타 항공 안 타시겠네요."

"싫으면 슈퍼맨 팬티에 들어가서 불알이라도 타고 다니든가. 수지, 이제 승객은 다 내렸지?"

기장이 말하자마자 제인이 그들 앞을 지나 뛰어가더니 비즈니스석을 살펴보고 일반석 객실로 머리를 디밀었다. 승객은 한 명도 없었다.

제인이 동료들에게 돌아와서 비행기가 텅 비었다고 보고했다.

맥도널드 기장이 탑승교 쪽으로 고개를 돌리자 마침 인파를 헤치며 이쪽으로 다가오는 제복 차림 세관 직원 둘이 보였다. 그들은 입으로는 미안하다고 사과하면서도 방금 떠밀고 지나온 사람을 돌아보지도 않았다. 마지막으로 아까 불평을 늘어놓던 노인이 그들에게 부딪혀 여권 지갑을 떨어뜨렸다. 종이가 사방으로 날리다가 바닥에 떨어졌고, 노인은 직원들을 돌아보고 성난 까마귀처럼 깍깍거렸다.

"오케이. 두 분 다 여기서 멈추세요."

기장이 세관 직원들에게 명령했다.

"기장님, 저흰 연방 관세청 소속……"

"알아요. 그래서 부탁드리는 겁니다. 이렇게 빨리 와주셔서 정말 감사하지만, 우선은 여기서 기다려주세요. 이 비행기 책임자는 접니다. 저 안에 있는 놈도 제가 책임져야 할 제 기러기고요. 일단 비행기에서 내려서 탑승교로 들어서면 여러분 기러기니까, 그때 가서 굽든 삶든 맘대로 하세요."

그러고는 디어 부기장을 보고 고개를 까닥했다.

"저 자식한테 마지막으로 한 번 더 기회를 주자고. 그래도 안 나오면 문을 부수고 들어가는 거야."

"전 준비됐습니다."

기장이 손 뒤꿈치로 문을 두드리며 소리쳤다.

"어이, 밖으로 나와! 이게 마지막 경고다!"

묵묵부답이었다.

"오케이."

맥도널드 기장이 중얼거렸다.

"그럼 시작해볼까."

17

어렴풋이, 노인 목소리가 들렸다. "허이구, 안 죽고 살아 있어서 미안하우, 그래. 내가 영구차 타고 가다가 떨어져서 그만 깨어났지

뭐유!"

에디가 포장용 테이프를 반쯤 뜯어낸 후였다. 노파 목소리를 듣고 손을 움찔한 탓인지 배 위로 흘러내리는 핏줄기가 보였다.

"이런, 씹."

"지금은 별 수 없다."

총잡이가 걸걸한 목소리로 말했다.

"급한 일부터 끝내라. 그런데 너, 피를 보면 힘을 못 쓰나?"

"내 피일 경우에만."

배 바로 위쪽부터 테이프가 둘러져 있었다. 자르면서 위로 올라올수록 내려다보기가 힘들어졌다. 손가락 길이만큼 위로 올라왔을 때 에디는 또다시 살을 벨 뻔했다. 맥도널드 기장이 세관 직원에게 엄포 놓는 소리가 들렸다. "*오케이. 두 분 다 여기서 멈추세요.*"

"끝내는 건 별 일 아닌데, 이러다간 내 배때기까지 끝장나겠어. 댁이 좀 해주면 안 될까? 손이 안 보여서 그래. 턱에 가려서."

총잡이가 왼손으로 칼을 받아들었다. 손이 덜덜 떨렸다. 에디는 오싹할 정도로 예리한 칼날이 바들바들 떨리는 광경을 보고 끔찍이도 불안해졌다.

"저기, 그래도 그냥 내가 하는 게……"

"기다려라."

총잡이가 왼손을 뚫어지게 응시했다. 에디는 텔레파시의 존재를 딱히 부정하지는 않았지만, 그렇다고 굳게 믿지도 않았다. 그러나 이때 그는 무언가를 느꼈다. 오븐에서 쏟아져 나오는 열기처럼 생생하고 또렷했다. 몇 초가 지나고 나서 그는 깨달았다. 그 기운의 정체는 낯선 남자가 그러모은 의지의 총합이었다.

'염병할 다 죽어가는 놈이 이렇게 기가 세다니 말이 돼?'

덜덜 떨던 남자의 손이 서서히 멈춰갔다. 이내 잔잔한 진동마저도 잦아들었다. 10초도 지나지 않아 손이 돌처럼 굳게 멈췄다.

"이제 됐다."

총잡이가 칼을 들고 한 걸음 다가서자 이번에는 다른 기운이 에디에게 확 끼쳐왔다. 뜨뜻한 악취였다.

"당신 왼손잡이야?"

"아니다."

"어휴, 씨발."

에디는 차라리 잠깐 눈을 감으면 속이 편하겠구나 싶었다. 포장용 테이프가 서걱 소리를 내며 잘려나갔다.

"됐다."

총잡이가 한 걸음 물러섰다.

"이제 힘껏 잡아뜯어라. 등짝은 내가 맡으마."

화장실 문을 얌전히 노크하던 소리는 간데없이 사라졌고, 이제 쾅쾅거리는 소리가 들려왔다. '승객들이 다 내렸구나. 이제 점잖게 얘기할 필요 없다, 이거지. 젠장.'

"*어이, 밖으로 나와! 이게 마지막 경고다!*"

"잡아뜯으란 말이다!"

총잡이가 으르렁거렸다. 에디는 양 손에 두툼한 테이프 뭉치를 쥐고 힘껏 잡아당겼다. 죽을 듯이 아팠다.

'우는소리 하지 마, 인마. 그나마 다행인 줄 알아야지. 헨리 형처럼 가슴털이 북슬북슬했어 봐, 얼마나 아팠겠어.'

에디가 고개를 숙였다. 가슴뼈 위를 가로질러 폭이 한 뼘 남짓 되는 붉은 테이프 자국이 보였다. 칼에 찔렸던 곳은 명치 바로 위였다. 송골송골 배어난 피가 진홍빛 실개울을 그리며 배꼽으로 흘러내렸다. 양쪽 겨드랑이의 약봉지는 엉성하게 매어놓은 안장처럼 디룽거렸다.

"오케이." 화장실 문 바깥에서 누군가가 곁에 있는 사람에게 웅얼거렸다. "그럼 시……"

뒤에 이어진 목소리는 등에서 밀려온 통증의 파도에 뒤덮여 제대로 들리지도 않았다. 총잡이가 등에 붙은 테이프를 무람없이 잡아뜯은 탓이었다.

에디는 터져나오는 비명을 억누르느라 이를 꽉 물었다.

"셔츠를 입어라."

방금 전까지는 살아 있는 인간이 도달할 수 있는 가장 창백한 색깔이었던 총잡이의 안색이 어느덧 다 타버린 재 색깔로 바뀌어 있었다. 총잡이는 왼손으로 테이프 뭉치를 들고 한쪽으로 집어던졌다(테이프로 둘둘 휘감은 하얀 약봉지가 꼭 누에고치처럼 기괴했다.). 임시로 감아놓은 오른손 붕대에 새로 번져가는 핏자국이 보였다.

"서둘러라."

쿵쿵거리는 소리가 들렸다. 문을 열라고 두드리는 소리가 아니었다. 에디가 눈을 돌리자마자 때마침 부르르 떠는 화장실 문이 보였다. 문 틈새로 새어든 빛이 파르르 떨었다. 승무원들은 문을 부수고 들이닥칠 작정이었다.

셔츠를 주워들다 보니 손가락이 갑자기 퉁퉁 불어서 무척이나 굼떠진 느낌이었다. 셔츠 왼팔 소매가 뒤집혀 있었다. 에디는 소맷부리 쪽에 손을 넣고 소매를 바깥으로 뒤집으려고 했다. 처음에는 제대로 뒤집었지만, 한참동안 손을 꿈지럭대다가 홱 잡아빼는 바람에 원래 상태로 되돌아오고 말았다.

'쿵.' 화장실 문이 또 한 번 부르르 떨렸다.

"맙소사, 어쩌면 이렇게 굼뜰 수가 있단 말이냐."

총잡이가 신음을 흘리더니 에디의 셔츠 왼쪽 소매에 자기 주먹을 쑤셔넣었다. 총잡이가 소맷부리를 꺼내자 에디가 냉큼 붙잡았다. 이제 총잡이는 아예 주인을 시중드는 집사처럼 에디를 위해 셔츠를 들고 섰다. 에디는 셔츠를 입고 맨 아래 단추를 찾아 더듬거렸다.

"아서!"

총잡이가 으르렁거리더니 다 찢어진 셔츠 밑단을 또 찢어서 에디에게 건넸다.

"이걸로 배부터 닦아라!"

에디는 할 수 있는 한 깨끗이 배를 닦았다. 칼에 살갗을 베인 명치 부근에서 계속 피가 배어났다. 칼날은 역시 예리했다. 몹시 예리했다.

그는 피 묻은 총잡이의 셔츠 쪼가리를 땅에 집어던지고 자기 셔츠의 단추를 채웠다.

"쿵." 화장실 문이 이번에는 부르르 떨다 못해 아예 틀에 매달린 채로 휘어지는 듯 보였다. 에디는 모래톱에 서 있는 문 건너편을 바라보았다. 세면대 옆에 있던 물비누통이 그의 가방 위로 떨어졌다.

처음에는 단추를 다 채우고(신기하게도 전부 다 똑바로 채우고) 나서 셔츠를 바지에 쑤셔넣을 생각이었다. 그러다가 불현듯 좋은 생각이 떠올랐다. 에디는 셔츠를 집어넣는 대신 허리띠를 풀었다.

"그러고 있을 시간이 없어!"

총잡이는 고함을 지르고 싶었지만 그럴 기운이 없었다.

"한 번만 더 치면 변소 문이 부서질 거다!"

"내가 알아서 할게."

에디는 부디 그럴 수 있기를 바라면서, 청바지 단추를 풀고 지퍼를 내리면서, 두 세계를 연결하는 문으로 뒷걸음쳐 들어갔다.

총잡이는 잠시 황망하고 암담한 기분에 휩싸여 있다가 에디 뒤를 따랐다. 방금 전까지 육신과 그 육신을 가득 메운 고통을 모두 지녔던 그가 순식간에 에디 머릿속으로 들어왔고, 이때부터는 오직 서늘한 '카'만이 그와 함께했다.

18

"한 번 더."

맥도널드 기장이 무뚝뚝하게 내뱉었다. 디어 부기장이 고개를 끄덕였다. 승객들은 비행기는 물론 탑승교 바깥으로 건너간 후였고, 세관 직원들은 총을 들고 대기하는 중이었다.

"에잇!"

조종사 둘이 달려가서 문을 들이받았다. 문짝이 날아가듯 열리고 자물쇠에 남아 대롱거리던 문 조각도 이내 바닥에 떨어졌다.

문제의 3A번 남자는 바지를 무릎까지 내린 채로 변기에 앉아 있었다. 색이 바랜 페이슬리무늬 셔츠 앞자락이 남자의 물건을 (간신히) 가려주었다. '으음, 어쨌든 현행범으로 잡은 건 확실하군.' 맥도널드 기장은 맥이 탁 풀렸다. '다만 문제는, 지금 저놈이 하는 짓이

법에 저촉되는 행위가 아니라는 거지. 적어도 내가 아는 한은.' 기장은 문득 화장실 문을 들이받은 어깨가 욱신거리는 느낌이 들었다. 몇 번 부딪혔던가…… 세 번? 네 번?

기장이 큰소리로 외쳤다.

"승객님, 지금 여기서 뭐 하시는 겁니까?"

"어, 똥 싸는 중인데요. 하지만 다들 급하신 것 같으니까 닦는 건 도착장에 가서 할게요. 전 다 쌌으니까 다음 분이……"

"밖에서 두드리는 소리도 못 들으셨다, 이겁니까?"

"문에 손이 안 닿아서 말이죠."

3A번 남자가 손 뻗는 시늉을 해보였지만 문은 이미 왼쪽으로 비스듬히 기운 상태였다. 기장은 남자의 속뜻을 파악했다.

"일어나서 똑똑 두드릴까 생각도 해봤는데, 제가 그, 뭐냐, 발등에 불똥이 떨어진 상황이었거든요. 근데 사실 불똥이 떨어진 데가 발등은 아니었어요, 무슨 말인지 아시겠지만요. 그리고 사실, 불똥이든 그냥 똥이든 발등에 떨어지면 안 되잖아요. 역시 무슨 말인지 아시겠지만."

3A번 남자가 의기양양하지만 왠지 멍청하게 씩 웃었다. 맥도널드 기장이 보기에는 거의 9달러짜리 지폐의 존재나 다름없이 믿기 힘든 웃음이었다. 남자가 하는 말을 듣고 있자니 아무도 그에게 몸을 숙이는 법을 가르쳐 주지 않은 모양이었다.

"그만 일어서요."

"아, 기꺼이. 그런데 숙녀분들은 좀 비켜주시면 안 될까요?"

3A번의 웃음이 매혹적인 미소로 바뀌었다.

"요즘 세상에 구식인 줄은 알지만 그래도 어쩌겠어요. 제가 낯을 좀 가려서요. 사실은 가리는 게 많아서 탈이지만."

그가 왼손을 처들더니 엄지와 검지를 1센티미터쯤 벌리고 주절거렸다. 남자의 윙크를 받은 제인 도닝은 얼굴을 붉힌 채 곧장 탑승교를 향해 달려갔고, 그 뒤를 수지가 바짝 따랐다.

'가리기는 니미.' 맥도널드 기장이 속으로 생각했다. '네놈 낯짝이 꼭 어물전에 뛰어든 고양이 같구나. 딱 그 짝이야.'

스튜어디스가 시야에서 사라지자 3A번이 일어서서 속옷과 바지를 끌어올렸다. 그러고는 물을 내리려고 손을 뻗었지만, 맥도널드 기장이 냉큼 가로막고 어깨를 잡아 통로 쪽으로 빙글 돌려세웠다. 디어 부기장은 남자의 뒤춤을 꽉 틀어줬었다.

"워, 워, 우리 감정은 자제합시다."

목소리는 가볍고 또렷했지만(실제로야 어떠했든 에디 스스로는 그렇게 생각했지만) 속으로는 온 세상이 무너져 내리는 심정이었다. 에디는 자기 안에 있는 그 남자를 똑똑히 느낄 수 있었다. 남자는 의식 속에 우뚝 서서 유심히 살펴보다가 에디가 일을 그르치면 대신 나설 작정이었다. 맙소사, 이게 다 꿈이라면 좋으련만. 그렇게는 안 되겠지? '안 될까?'

"가만히 있어."

디어 부기장이 다그쳤다. 맥도널드 기장은 변기를 살폈다.

"뭐야, 개똥도 없잖아."

항법사가 이 말을 듣고 피식 웃자 기장이 그에게 눈을 부라렸다. 에디가 너스레를 떨었다.

"아니 왜, 그럴 때 있잖아요. 나온다 싶었는데 알고 보니 가짜 경보일 때. 그래도 두세 발은 진짜배기가 나왔어요. 그러니까, 메탄가스가. 한 3분 전에 여기서 성냥불을 켰더라면 추수감사절 칠면조도 구울 수 있었을걸요. 진짜라니까요? 비행기 타기 전에 먹은 게 잘못 됐나 봐요. 내 생각엔 그……"

"끌고 나가."

기장의 명령을 받은 디어 부기장이 에디의 뒤춤을 틀어쥔 채로 탑승교까지 밀고 갔다. 세관 직원 둘이 팔을 한쪽씩 붙잡았다. 에디가 고함을 질렀다.

"어이! 내 가방! 내 재킷!"

"아, 물론 '전부' 다 가져가셔야지."

위장약과 위산 냄새가 진하게 밴 세관 직원의 숨결이 에디 얼굴에 확 끼쳐왔다.

"우린 댁의 소지품에 볼일이 많거든. 자, 갑시다, 손님."

에디는 줄곧 천천히 가자고, 살살 하라고, 혼자서 걸을 수 있다고 주절거렸지만, 나중에 생각해 보니 727기 탑승구에서 도착장 입구까지 가는 동안 탑승교 바닥에 발이 닿은 적은 세 번 아니면 네 번뿐이었지 싶었다. 도착장에 세관 직원 셋과 공항 경찰 대여섯이 서 있었다. 세관 직원들은 에디를 기다리는 중이었고, 경찰들은 끌려가는 에디를 불안과 흥미가 깃든 눈으로 구경하는 승객들을 제지하는 중이었다.

제4장

탑에 사는 사람들

1

에디 딘은 의자에 앉아 있었다. 의자는 작은 흰색 방 안에 있었다. 작은 흰색 방에 의자라고는 그가 앉은 것 하나뿐이었다. 작은 흰색 방에는 사람이 가득했다. 작은 흰색 방에는 연기도 가득했다. 에디는 속옷 차림이었다. 담배를 피우고 싶었다. 그 작은 흰색 방에 있던 사람들은 에디만 빼고 여섯, 아니 일곱 명 모두 옷을 걸친 상태였다. 그들은 에디 주위에 서서 그를 둘러쌌다. 그중 셋, 아니 넷이 담배를 피웠다.

에디는 떠벌떠벌 떠들고 싶었다. 펄쩍펄쩍 뛰고 싶었다.

대신 그는 의자에 가만히 앉아서, 태연하게, 사뭇 흥미로워하는 눈으로 주위 사람들을 둘러보았다. 마치 작대기 한 대 짚고 싶어서 미칠 지경이 아닌 양, 폐소공포증으로 돌아버릴 지경이 아닌 양.

의식 속의 그 남자 덕분에 그럴 수 있었다. 처음에 에디는 그를 두려워했다. 이제는 그가 있어주어서 너무나 고마웠다.

남자는 앓고 있었고 어쩌면 죽어가는 중인지도 몰랐지만, 그럼에도 뱃속에 두둑한 배짱을, 겁에 질린 스물한 살짜리 약쟁이에게 얼마간 빌려주고도 남을 만큼 두둑한 배짱을 품고 있었다.

"가슴이 시뻘건 게 참 참 인상적이군."

첫 번째 요원이 입을 열었다. 입가에 담배가 뎅그러니 매달려 있었다. 셔츠 주머니에 담뱃갑이 보였다. 에디는 그 담뱃갑에서 한 다섯 개비쯤 뽑아 입에 주르륵 물고 한꺼번에 불을 붙여 깊숙이 한 모금 빨고 나면 마음이 좀 편해질까 싶었다.

"무슨 자국 같은데. 테이프로 뭔가를 붙인 자국 말이야. 그런데 갑자기 확 잡아뜯어서 버리는 게 낫다는 생각이 들었겠지. 안 그런가, 에디?"

"바하마에 갔다가 알레르기에 걸려서 그래요. 얘기했잖아요, 몇 번이나. 전 정말 좋게좋게 얘기하고 싶은데, 이런 식으로 가면 저도 유머감각을 유지하기가 힘들어요."

"유머감각 같은 소리 하고 앉았네, 씨발놈이."

두 번째 요원이 매섭게 쏘아붙이는 소리를 듣고 에디는 예전에 들었던 똑같은 말투가 떠올랐다. 추운 바깥에서 밤늦도록 누군가를 기다렸는데 결국 오지 않았을 때 에디 자신이 지껄이던 말투였다. 그놈들은 대개 약쟁이라서 그런 법이었다. 그놈들이 여기 이놈들과 다른 점이 있다면 단 하나, 헨리와 에디한테서 약을 공급받는다는 사실이었다.

"뱃가죽에 난 구멍은? 에디, 그건 어디서 뚫은 거야? 출판 정보센터에서 책 만들기 실습이라도 했어?"

세 번째 요원이 칼에 찔린 자국을 가리켰다. 출혈은 멈추고 이제 검붉은 피딱지가 보였지만 살짝 건드리기만 해도 쩍 벌어지는 건 일도 아닐 듯싶었다. 테이프를 붙였던 자국을 가리키며 에디가 너스레를 떨었다.

"가려워서 긁었나 봐요."

거짓말은 아니었다.

"비행기에서 깜박 잠이 들었는데 말이죠, 못 믿겠으면 스튜어디스한테 물어보세요. 어쨌든 그랬는데……"

"에디, 왜 우리가 안 믿을 거라고 생각하지?"

"그야 저도 모르죠. 평소에 비행기에서 깜박 잠드는 거물 운반책이 심심찮게 걸려든다거나, 뭐 그럴 수도 있잖아요?"

에디는 말을 끊고 그들이 유머를 음미하도록 시간을 준 다음, 양손을 내밀었다. 손톱이 너덜너덜했다. 삐쭉빼쭉한 놈도 있었다. 에디가 발견한 바에 따르면 식은 칠면조 단계 초기에 접어든 사람에게 가장 맛있는 간식은 바로 손톱이었다.

"손톱이 이 모양이라 기를 쓰고 잘 참았는데, 자다가 그만 신나게 긁어버렸나 봐요."

"잠든 게 아니라 뽕 간 상태였을 수도 있지. 그게 작대기 짚은 자국이라면 말이야."

그러나 에디에게나 요원에게나 이 정도는 기초상식이었다. 신경조직으로 따지면 배전판이나 다름없는 명치에 작대기를 짚었다가는, 아예 두 번 다시 작대기에 손댈 수 없게 되는 법이었다.

"에이, 이거 왜 이러세요. 아저씨 아까 나랑 얼굴 맞대고 동공 검사 했잖아요. 하도 바짝 달라붙기에 무슨 프렌치키스 하는 줄 알았는데. 저 약 같은 거 안 한 줄 아시잖아요."

세 번째 요원이 진저리를 쳤다.

"자넨 순한 양이라고 보기 힘들어, 에디. 왜냐면 마약에 관해 아는 게 너무 많거든."

"「마이애미 바이스」에서 봤든가, 아니면 분명히 《리더스 다이제스트》에서 읽은 내용일 거예요. 그러니까 이제 솔직히 가르쳐줘요. 도대체 이 짓을 몇 번이나 더해야 돼요?"

네 번째 요원이 조그만 플라스틱 봉지를 내밀었다. 봉지 안에 섬유 몇 가닥이 들어 있었다.

"섬유 조직이다. 감식 결과는 아직 안 나왔지만 뭔지는 벌써 밝혀졌어. 포장용 테이프 조직이지."

"호텔에서 체크아웃 하기 전에 샤워할 시간이 없었다니까요."

에디가 같은 얘기를 네 번째 되풀이했다.

"풀장에 누워 있었어요, 살 좀 태우려고. 볕을 쬐면 두드러기도 없어질까 해서. 그러니까, 알레르기 말이에요. 그러다 잠들었어요. 비행기를 안 놓친 게 천만다행이라니까요. 공항까지 죽어라 달렸죠. 근데 바람이 막 불더라고요. 내 살에 뭐가 붙고 뭐가 안 붙었는지 어떻게 알겠어요?"

다른 요원이 팔을 뻗더니 에디의 왼팔 팔꿈치 안쪽을 손가락으로 10센티미터쯤 슥 훑었다.

"이것도 작대기 짚은 자국이 아니다, 이거지."

에디가 그의 손을 홱 뿌리쳤다.

"모기 물린 자국이라니까요. 다 얘기했잖아요, 거의 다 나았다고. 어휴, 진짜. 눈으로 보고도 몰라요!"

요원들도 아는 바였다. 하룻밤 만에 생긴 자국이 아니었다. 에디는 한 달 전에 팔뚝에 짚기를 끊었다. 헨리에게는 불가능한 일인 동시에 조직이 에디를 보낸 이유, 에디를 보내야만 했던 이유 중 한 가지였다. 안 짚고는 도저히 못 버틸 상태에 이르면 에디는 왼쪽 허벅지 깊숙한 곳에 작대기를 짚었다. 왼쪽 고환이 다리와 만나는 부위…… 즉, 전날 밤 누런 얼굴 병신이 결국 쓸 만한 약을 가져다주었을 때 작대기를 꽂은 바로 그곳이었다. 평소에는 코로 들이마시기만 했다. 형인 헨리는 더 이상 만족할 수 없는 방법이었다. 에디는 이런저런 생각을 하다가 문득 묘한 기분이 들었다. 자부심, 그리고…… 수치심이 뒤섞인 기분이었다. 만일 요원들이 거기까지 확인하려고 들면, 그러니까 음낭까지 젖히고 샅샅이 뒤지려고 들면, 에디는 심각한 위기에 처할 판이었다. 피검사를 했다가는 더욱 심각한 위기에 처할 테지만 그건 증거 없이 할 수 있는 일이 아니었기에 아직은 먼 일이었고, 증거야말로 요원들에게 없는 유일한 것이었다. 그들은 전부 다 알았지만 아무것도 입증할 수 없었다. 현실과 소망 사이의 괴리, 에디 어머니는 그렇게 말씀하셨으리라.

"모기 물린 자국이라고."

"옙."

"가슴의 벌건 자국은 알레르기 반응이란 말이지."

"예. 바하마에서 심해졌어요. 원래 이 정도는 아니었는데."

"실제로 바하마에 가는 바람에 심해졌는지도 모르지."

요원 중 한 명이 동료에게 말했다.

"흐음. 자넨 이 자식 말을 믿어?"

"그럼."

"그럼 자네 혹시 산타클로스가 있다고 믿나?"

"당연하지. 어릴 적에 같이 사진도 찍었는걸. 어이, 에디. 자네 바하마에 놀러가기 전에 찍은 사진 중에 혹시 그 벌건 자국이 찍힌 놈 없어?"

에디는 대답하지 않았다.

"진짜로 결백하다면 피검사는 왜 안 받겠다는 거야?"

다시 담배를 꼬나문 첫 번째 요원 차례였다. 담배가 필터 바로 앞까지 타들어간 후였다.

에디는 화가 치솟았다. 분노가 불길처럼 일어났다. 그는 자기 안의 소리에 귀를 기울였다.

'좋을 대로 해라.' 목소리가 즉시 대답하자 에디는 상대방의 승인 정도가 아니라 무조건 승낙을 얻은 기분이었다. 헨리 형이 껴안고 머리를 쓰다듬고 어깨를 다독거릴 때와 똑같은 기분이었다. 그럴 때 형은 이렇게 말하곤 했다. 잘했다, 동생아. 그렇다고 너무 막나가지는 말고. 그래도 참 잘했다.

"내가 결백하단 건 벌써 밝혀졌잖아."

에디가 벌떡 일어섰다. 너무 급작스러운 일이라 다들 뒤로 물러났다. 에디는 바로 옆에서 담배를 피우던 요원을 노려보았다.

"아저씨, 경고하는데, 내 눈앞에서 그 관뚜껑 못 당장 치우는 게 좋을 거야. 안 치우면 내가 날려버릴 거니까."

요원이 흠칫 물러섰다.

"비행기 똥통은 벌써 뒤져봤을 거 아냐. 니미럴, 이때껏 세 번은 뒤지고도 남았겠다. 내 짐도 다 뒤져봤을 테고. 댁들이 세상에서 제일 긴 손가락으로 똥구멍을 후벼팔 때도 난 얌전히 몸을 숙이고 참

왔어. 그거에 비하면 전립선 검사는 애무야, 애무. 하도 겁이 나서 아래를 볼 엄두도 안 났단 말이야. 좆대가리에서 그 양반 손톱이 푹 튀어나올까 봐 얼마나 무서웠는데."

에디가 요원들에게 눈을 희번득거렸다.

"댁들은 내 똥구멍도 훑어보고, 내 짐도 다 훑어봤어. 그런데 난 달랑 팬티만 입고 여기 앉아서 댁들이 뿜어내는 담배 연기만 맡고 있다, 이거야. 피검사? 그거 좋지, 검사할 사람 불러와."

요원들이 서로 쳐다보며 뭐라고 중얼거렸다. 당황스러웠으므로. 불안했으므로.

"하지만 법원 명령을 받아오는 게 좋을 거야. 안 그랬다가는, 검사원한테 주사기랑 통을 넉넉히 들고 오라고 당부해야 할 거야. 왜냐면 나 혼자 좆 되기는 싫거든. 난 연방 보안관 입회하에 피를 뽑을 거고, 댁들도 한 명 한 명 빠짐없이 똑같이 뽑아야 해. 댁들 통에는 이름하고 계급도 다 써놔. 통은 전부 다 연방 보안관한테 넘기고. 또 내 피로 코카인이든 헤로인이든 각성제든 마리화나든, 무슨 검사를 하든지 간에 댁들 피도 똑같이 검사해야 해. 검사 결과는 내 변호사한테 넘겨줘."

"오호, 그래. 변호사를 찾으시겠다. 그게 니들 수법이지, 안 그래, 에디? 누구 변호사 없는 사람도 있냐? 어디 내 변호사랑 한번 붙어봐라, 이 개똥같은 새끼야!"

"근데 사실 지금은 변호사가 없어."

에디가 한 말은 사실이었다.

"변호사가 필요할 줄 몰랐거든. 그치만 여러분 덕분에 생각이 바뀌었지. 댁들은 아무것도 못 찾아냈어, 왜냐면 내가 아무것도 안 갖고 있었으니까. 그런데도 계속 날 뺑뺑이 돌리시겠다? 뺑뺑이 한번 쳐볼까? 좋아. 하지만 나 혼자선 안 해. 당신들도 다 같이 치는 거야."

두껍고도 불편한 침묵이 방 안에 깔렸다.

"딘 씨, 속옷을 한 번 더 내려주셔야겠습니다."

요원 중 한 명이 말했다. 나이 지긋한 사람이었다. 이곳 책임자처럼 보이는 남자였다. 에디 짐작으로는, 그냥 짐작이었지만, 드디어 새 주사자국이 있는 곳을 들킨 듯싶었다. 거기는 아직 살펴보기 전이었다. 팔, 겨드랑이, 다리, 전부 살폈지만…… 거기는 아직 아니었다. 요원들이 큰 건을 잡았다고 기세등등해진 탓이었다.

"벗어라, 내려라, 이제 지긋지긋해. 사람을 불러서 다 함께 피검사를 해, 아니면 난 나갈 거야. 자, 어쩔 거야?"

또다시 침묵이 내려앉았다. 요원들이 자기들끼리 눈치를 보기 시작할 즈음, 에디는 승리를 확신했다.

〈우리가 이겼어. 근데 당신 이름이 뭐야?〉

〈롤랜드. 자네 이름은 에디지. 에디 딘.〉

〈귀가 밝군.〉

〈귀도 눈도 다 밝지.〉

"어이, 저 사람 옷 가져와."

나이든 요원이 짜증스러운 듯 에디를 쳐다보았다.

"갖고 있던 게 뭔지, 어떻게 처리했는지는 못 밝혀냈지만, 반드시 찾아낼 테니까 각오하는 게 좋을 거다."

그러고는 에디를 천천히 훑어보았다.

"참 느긋하게도 앉아 있군. 앉아서 실실 쪼개고 있다, 이거지. 난 네놈이 한 말 때문에 토하고 싶은 게 아니야. 네놈 존재 자체가 역 겹단 말이다."

"'내'가 '당신'을 토하게 만든다고?"

"말 그대로다."

"이런, 맙소사. 거 나쁘지 않네. 이 좆만 한 방에 갇혀서, 옷이라 곤 달랑 팬티 한 장만 걸치고, 허리에 권총을 찬 덩치 일곱 명한테 둘러싸여 있는 '내'가, '당신'을, 토하게 만든다고? 맙소사, 아저씨 머리가 어떻게 된 거 아냐?"

에디가 그를 향해 불쑥 다가섰다. 나이든 요원은 처음에는 꿈쩍 도 안 했지만 에디의 눈에 떠오른 무언가를(연갈색에서 연청색으로 변 하는 터무니없는 눈 색깔을) 보고 저도 모르게 흠칫 물러섰다.

"나한텐 아무것도 없어! 그만 해! 그만 하라고! 날 가만히 놔두란 말이야!"

또다시 침묵. 잠시 후, 나이든 요원이 돌아서서 소리쳤다.

"내 말 못 들었나? 저놈 옷 가져와!"

그것으로 끝이었다.

2

"손님, 미행당하는 것 같아요?"

택시 운전사가 물었다. 왠지 즐거워하는 목소리였다.

뒤를 돌아보던 에디가 앞으로 몸을 틀었다.

"왜요?"

"아까부터 계속 뒤만 보고 있잖아요."

"미행은 생각도 안 해 봤는데."

에디가 한 말은 분명 진실이었다. 미행이 붙은 줄은 맨 처음 돌아봤을 때 이미 알아차렸다. 그것도 하나가 아니었다. 일일이 확인하려고 두리번거릴 필요도 없었다. 때는 바야흐로 5월 어느 날 늦은 오후, 정신지체 장애인 요양소에서 퇴소한 사람이라고 해도 에디가 탄 차를 놓치기 힘들 터였다. 롱아일랜드 간선도로에는 오가는 차가 드물었다.

"그냥 교통 상황 조사하는 거예요."

"아하."

운전사가 대꾸했다. 다른 직종에 종사하는 사람이라면 에디의 엉뚱한 대답을 듣고 질문을 던졌을 테지만, 뉴욕 택시 운전사들은 질문을 거의 하지 않았다. 대신 그들은 자기주장을 펼쳤다. 그것도 딱딱한 말투로. 첫마디는 대개 '이놈의 도시는 말이지!'였다. 흡사 설교에 앞서 던지는 기도 문구 같았는데…… 보통은 그들의 주장도 설교로 흐르게 마련이었다. 하지만 에디를 태운 운전사는 달랐다.

"내 장담하건대, 혹시 미행당한다고 생각했다면 오해한 거예요. 이놈의 도시는 말이지! 세상에! 내가 근무 시간에 미행을 얼마나 많이 해봤는지 알아요? 차에 올라타자마자 '저 차를 따라가 주세요.' 하는 사람이 얼마나 많은지 알면 놀랄 걸요. 영화에나 나오는 얘기 같죠? 물론 그렇겠죠. 그치만 왜 그런 말도 있잖아요, 예술은 삶을 모방하고, 삶은 예술을 모방한다. 진짜 그렇다니까요! 또 미행을 떨치는 법으로 말할 것 같으면, 상대를 속이는 요령만 알면 간단한 일이에요. 이를테면 말이죠……"

에디는 머릿속에서 운전사의 설교 소리를 배경 소음 정도로 줄인 다음, 때맞춰 장단을 맞춰줄 정도로만 신경을 썼다. 그렇게 하다 보니 운전사의 랩 소리도 꽤 들어줄 만했다. 미행하는 차 중 한 대는 암청색 세단이었다. 에디가 보기에 세관 차량 같았다. 나머지 한 대는 옆면에 '지넬리 피자'라고 쓴 밴이었다. 밴에는 피자도 그려져 있었는데 실은 사내아이의 웃는 얼굴이었고, 그 아이는 제 입술을 쪽쪽 빨고 있었으며, 그림 아래에는 '우왕! 진짜진짜 맛있는 피자예요!'라고 씌어 있었다. 다만 어느 젊은 길거리 예술가가 스프레이 페인트와 미숙한 유머감각을 동원하여 '피자'에 줄을 죽 긋고 그 위에 '보지'라고 적어놓은 점이 아쉬웠다.

지넬리. 에디가 아는 지넬리는 한 사람뿐이었다. '포 파더스'라는 레스토랑의 주인이었다. 피자 가게는 부업이자 어음 위조 및 세금 포탈용이었다. 지넬리와 발라자르. 둘은 핫도그와 겨자소스처럼 붙어다니는 사이였다.

원래 계획대로라면 에디를 태우고 발라자르의 사업장, 즉 시내에 있는 살롱까지 모셔갈 리무진이 공항 도착장 앞에 대기하고 있어야 했다. 그러나 당연한 얘기지만, 에디가 하얀 방에서 보낸 두 시간은 원래 계획에 없었다. 세관 요원 한 무리가 에디를 꼬치꼬치 심문한 두 시간 동안 다른 요원 한 무리는 물에 흘려보내거나 녹일 수 없는 큼직한 물건을 찾으려고 델타 901편의 오물통을 샅샅이 뒤졌다.

또한 당연한 얘기지만, 에디가 바깥으로 나왔을 때 리무진 같은 것은 없었다. 운전사가 미리 지시받은 대로 했을 터였다. 마지막 승객이 나오고 나서 15분이 지나도 운반책이 나타나지 않으면, 즉시 차를 몰고 떠나도록. 리무진 운전사가 쉽게 감청당하는 카폰을 쓸 정도로 멍청할 리는 없었다. 발라자르가 사람들에게 전화를 걸어서 에디에게 문제가 있음을 알아내고 이제 자기 문제를 처리하려고 준비 중일 터였다. 발라자르는 에디의 배짱을 알아보았지만, 그래봤자 에디가 약쟁이라는 사실은 바뀌지 않았다. 약쟁이는 결코 믿음직한 선수가 될 수 없었다.

말인즉슨, 뒤를 밟는 피자 밴이 택시 바로 옆 차로에 다가올 수도 있었고, 그 차에 탄 누군가가 차창을 내린 다음 기관단총을 내밀 수도 있었고, 그렇게 되면 이 택시 뒷자리가 피투성이 치즈 강판으로 변할 수도 있었다. 세관에 붙잡혀서 보낸 시간이 두 시간이 아니라 네 시간이었더라면 에디는 조금 더 불안해했을 터였고, 만일 네 시간이 아니라 여섯 시간이었더라면 심각하게 불안해했을 터였다. 그러나 단 두 시간이라면…… 그 정도라면 발라자르가 그를 믿고 입술을 빨면서 기다려줄 듯싶었다. 자기 물건을 확인하려고.

에디가 뒤를 돌아본 진짜 이유는 '문'이었다.

그 문이 에디의 눈을 사로잡았다.

세관 직원 둘에게 붙잡혀 반은 들리고 반은 질질 끌리면서 JFK 공항 본부로 이어진 계단을 내려가는 동안 에디가 뒤를 돌아보았을 때, 문은 그곳에 있었다. 불가능한데도 분명히, 의심할 여지없이 실제로, 약 1미터 뒤에 둥둥 떠 있었다. 쉼 없이 들이치며 모래톱에 부서지는 파도가 보였다. 저쪽 세계는 날이 저물어 어두워질 무렵이었다.

문은 마치 숨은 그림이 들어 있는 속임수 그림처럼 보였다. 처음 본 사람은 그 숨은 그림을 못 알아보지만, 일단 알아보고 나면 아무리 안 보려고 애를 써도 안 볼 수가 없는 법이었다.

문은 딱 두 번 사라졌는데 두 번 다 총잡이가 그를 두고 돌아갈 때였다. 그때마다 에디는 공포에 휩싸였다. 취침등이 꺼져버린 어린 아이가 된 기분이었다. 첫 번째는 취조실에서였다.

〈가봐야겠어.〉 롤랜드의 목소리가 세관 요원들이 묻는 소리를 깨끗이 가르고 들려왔다. 〈금방 돌아온다. 걱정 마라.〉

〈왜? 왜 가는 건데?〉

"뭐야, 왜 그래? 갑자기 겁먹은 표정인데."

세관 요원 중 한 명이 물었다.

에디는 실제로도 갑자기 겁을 먹긴 했지만, 눈앞의 멍청이는 짐작도 못할 사정 때문이었다.

에디가 어깨 너머로 고개를 돌리자 세관 직원들도 그를 따라 눈을 돌렸다. 그러나 소리를 죽이려고 구멍을 뚫은 하얀 판자로 덮인 하얀 벽밖에 보이지 않았다. 전과 마찬가지로 1미터 뒤에 서 있는 문은 에디에게만 보였다(심문실 벽에 문이 나 있었다. 요원들은 볼 수 없는 비상 탈출구처럼.). 에디 눈에는 무언가가 더 보였다. 파도에서 기어나오는 것들, 특수효과가 관객의 기대를 살짝 초월할 정도로 생생한 공포영화의 소품처럼 보이는 것들, 너무 특수한 나머지 전부 다 진짜처럼 보이는 것들이었다. 새우와 가재와 거미를 교배한 듯 끔찍한 형상이었다. 놈들은 기분 나쁜 소리까지 냈다.

"슬슬 금단증상이 시작됐냐? 어이, 에디. 벽에 벌레가 막 벌벌 기어다녀? 응?"

요원이 어쩌나 정확히 지적했던지 에디는 하마터면 웃음을 터뜨릴 뻔했다. 그래도 롤랜드라는 남자가 왜 돌아가려 하는지는 짐작할 수 있었다. 롤랜드의 의식은 당분간이나마 안전했지만, 괴물들이 그의 몸을 향해 움직이는 중이었다. 에디가 보기에 롤랜드는 지금 있는 자리에서 서둘러 벗어나지 않으면 돌아갈 몸이 없어질 위기에 처해 있었다.

불현듯 에디 머릿속에서 록 가수 데이비드 리 로스가 '오오 이이 예에에 아무도 없어 아무도' 하고 고함을 쳤다. 이번에는 에디도 그만 웃음을 터뜨리고 말았다. 도저히 참을 수가 없었다.

"뭐가 그렇게 우스워?"

에디에게 벌레가 보이냐고 물었던 요원이 다시 물었다.

"전부 다요. 유쾌한 건 아니고, 좀 묘해요. 영화로 치면 우디 앨런보다는 페데리코 펠리니 작품에 가깝죠. 무슨 말인지 아시려나?"

〈자네 괜찮겠나?〉 롤랜드가 물었다.

〈그럼, 괜찮지. 댁은 가 일 봐.〉

〈무슨 말인지 모르겠는데.〉

〈가서 자기 일 보라고.〉

〈아. 그래. 하지만 곧 돌아올 거다.〉

곧이어 롤랜드가 슥 사라졌다. 그냥 쓱 없어졌다. 희미한 연기가 산들바람에 훅 날려가듯이. 에디가 돌아보았지만 오직 흰 벽뿐, 문도 바다도 괴물 떼도 보이지 않았다. 뱃속이 철렁 내려앉는 기분이었다. 결국, 의심할 여지 없이 모두 환상에 불과했다. 약효가 다한 탓에 사라졌을 뿐이었고, 에디가 원하는 답도 그뿐이었다. 그러나 롤랜드는…… 어쨌든 그는 에디에게 도움을 주었다. 그 덕분에 일이 쉬워졌다.

"그 벽에다 그림이라도 걸어줄까?"

"아뇨."

요원이 한 말을 듣고 에디가 한숨을 내쉬었다.

"그냥 날 풀어주기만 하면 돼요."

"싸구려 헤로인을 어떻게 했는지 털어놓으면 바로 풀어주지. 아니면 코카인인가?"

다른 요원이 말했다. 뒤이어 또다시 취조가 시작됐다. 그들은 언제 끝날지 모를 똑같은 질문과 대답을 되풀이하고 또 했다.

10분 후, 무던히도 길었던 10분이 지난 후에, 롤랜드가 불쑥 에디의 의식 속으로 돌아왔다. 방금 전까지도 없던 그가 순식간에 생겨났다. 에디가 느끼기에 그는 완전히 탈진한 상태였다.

〈일 다 봤어?〉

〈그래. 늦어서 미안하다.〉 잠시 침묵. 〈기어오느라 좀 늦었다.〉

에디가 다시 뒤를 돌아보았다. 문은 제자리에 돌아와 있었지만 그 너머로 보이는 저쪽 세계 풍경은 전과 조금 달랐다. 에디는 그제야 깨달았다. 이쪽 세계에서 그와 함께 움직이는 문이 저쪽 세계에서는 롤랜드와 함께 움직였다. 그렇게 생각하니 돌연 소름이 끼쳤다. 낯선 남자와 기괴한 탯줄로 연결된 기분이었다. 총잡이의 몸뚱이는 전과 다름없이 문 앞에 고꾸라진 채였으나, 그 뒤편으로는 괴물들이 으르렁거리며 배회하는 구불구불한 만조선이 내려다보였다. 괴물들은 파도가 밀려올 때마다 집게발을 쳐들었다. 오래된 다큐멘터리 영화에서 히틀러의 연설을 들으며 일제히 '승리하리라, 만세!'를 외치던 독일 국민들처럼 보였다. 마치 그들의 운명이 거기에 달렸다는 듯 팔을 한껏 높이 올린…… 하긴, 따지고 보면 실제로도 그랬지만. 모래톱에 총잡이가 기어오면서 남긴 고통스러운 자국이 보였다.

에디가 보고 있는 동안 괴물 떼 중 한 놈이 번개처럼 뛰어올랐다. 해변에 너무 가까이 날던 바닷새 한 마리가 놈의 집게발에 걸렸다. 새는 핏덩이 두 조각이 되어 모래톱에 떨어졌다. 핏덩이가 경련을 멈추기도 전에 게딱지 괴물들이 몰려와 뒤덮었다. 흰 깃털 한 점이 위로 날아올랐다. 집게발이 냉큼 잡아챘다.

'이런 씨발. 저 집게발 괴물들은 다 뭐야?'

"왜 자꾸 뒤를 돌아보는 건가?"

책임자로 보이는 요원이 물었다.

"아니, 한 번씩 해독제를 좀 맞아줘야 하거든요."

"무슨 독에 걸렸는데?"

"아저씨 얼굴이오."

3

에디를 내려준 택시 운전사는 1달러 팁을 받고 인사를 남긴 다음 차를 몰고 떠났다. 브롱크스에 위치한 코업 시티 건물 중 한 동 앞이었다. 에디는 한 손에 가방을 들고 한 손으로는 재킷을 쥐고 어깨에 걸친 채 우두커니 서 있었다. 에디가 방 두 개짜리 아파트를 빌려 형과 함께 지내는 곳이었다. 에디는 가만히 서서 모양도 색깔도 크래커 상자를 완벽하게 본뜬 거대한 건물을 올려다보았다. 건물에 나 있는 수많은 유리창이 교도소 감방처럼 보였기에 에디는 마음이 무거웠지만, 롤랜드는 딱 그만큼 감탄한 모양이었다.

〈한 번도 없어. 어릴 적부터 지금까지 이토록 높은 건물은 한 번

도 본 적이 없다. 게다가 이토록 여러 채라니!〉

〈음. 여기 사람들은 개미굴의 개미 떼처럼 살거든. 당신이 보기엔 그럴듯하겠지만. 하지만 롤랜드, 명심해. 이런 집도 낡게 마련이야. 그것도 굉장히 빨리 낡아버려.〉

암청색 세단이 그들을 지나 달려갔다. 피자 밴은 이쪽으로 다가오는 중이었다. 에디가 멈칫하자 의식 속의 롤랜드도 신경을 곤두세웠다. 어쩌면 놈들이 끝내 그를 날려버리기로 작정했는지도 몰랐다.

〈문으로 갈 텐가? 건너가고 싶어? 가길 원하나?〉

롤랜드가 물었다. 에디가 보기에 롤랜드는 어떤 수라장이라도 준비된 듯싶었지만 목소리는 차분하기만 했다.

〈아니, 아직은. 잘하면 그냥 말로 끝낼 수도 있을 거야. 그래도 어쨌든 준비는 해둬.〉

그 말은 괜히 했다는 생각이 들었다. 에디가 생각하기에 정신을 바짝 곤두세운 자신보다 차라리 곤히 잠든 롤랜드가 더 준비된 사람일 듯싶었다.

옆면에 웃는 아이 얼굴을 그린 피자 밴이 둘을 향해 다가왔다. 밴의 조수석 창이 열리는 동안 에디는 그의 운동화 코에서 뻗어나간 기다란 그림자와 함께 아파트 건물 현관 앞에 서서, 기다렸다. 차창에서 튀어나오는 것이 얼굴일지, 아니면 총일지를.

4

롤랜드가 두 번째로 에디를 떠난 때는 세관 요원들이 결국 단념

하고 에디를 풀어준 지 채 5분도 지나지 않은 시점이었다.

총잡이는 요기를 하긴 했지만 부족했다. 마실 것이 필요했다. 무엇보다도 약이 필요했다. 에디는 롤랜드에게 절실히 필요한 약을 구할 길이 없었다(발라자르에게 약이 있을 거라는 총잡이의 말은 에디가 보기에도 옳았지만…… 그것도 발라자르에게 도와줄 뜻이 있을 때의 얘기였다.). 그러나 에디는 쉽게 구할 수 있는 아스피린만으로도 총잡이가 테이프를 끊으러 다가왔을 때 뿜어냈던 열을 조금은 가라앉힐 수 있겠다는 생각이 들었다. 그래서 그는 공항 청사 매점 앞에 멈춰 섰다.

〈당신이 사는 곳에도 아스피린이 있어?〉

〈들어본 적 없는 이름이다. 마법인가? 아니면 약?〉

〈내 생각엔 둘 다야.〉

에디는 매점에 들러서 초강력 아나신을 한 통 샀다. 그다음에는 스낵바에 들러서 핫도그 대짜 두 개와 제일 큰 컵에 담은 펩시콜라를 샀다. 그는 소시지에(헨리는 핫도그 대짜를 '고질라 도그'라고 불렀다.) 겨자소스와 케첩을 뿌리다가 문득 자기가 먹을 게 아니라는 생각이 떠올랐다. 어쩌면 롤랜드는 채식주의자일 수도 있었다. 어쩌면 이 불량식품이 롤랜드에게는 극약일 수도 있었다.

'뭐, 이제 와서 어쩌겠어.' 롤랜드가 말할 때, 움직일 때, 에디는 그가 실제로 존재한다고 느낄 수 있었다. 그러나 그가 입을 다물고 있을 때에는 전부 다 꿈이라는 기분이 들었다. 아직 뉴욕행 델타항공 901편에서 잠든 채로 꾸고 있는 생생한 꿈이라는 께름칙한 기분이 다시금 스멀스멀 몰려왔다.

롤랜드는 자기 세계로 음식을 가져갈 수 있다고 했다. 에디가 자는 동안 벌써 무언가 들고 간 적이 있다고 했다. 에디는 직접 확인하고도 믿을 엄두를 못 냈지만, 롤랜드가 사실이라고 안심시켜 주었다.

〈어쨌든 당분간은 정신 바짝 차려야 해. 세관 새끼 둘이서 날 미행하는 중이야. 아니, 우리를 미행하는 중이지. 나든 우리든 뭐든 간에.〉

〈정신 차려야 하는 줄은 나도 안다. 그건 그렇고, 미행은 둘이 아니다. 다섯이다.〉

에디는 평생 처음 경험하는 기괴한 느낌을 감지했다. 움직이지도 않았는데 눈이 저절로 움직이는 느낌이 들었다. 롤랜드 짓이었다.

공중전화로 통화 중인, 몸에 착 붙는 셔츠를 입은 남자.

벤치에 앉아 핸드백을 뒤적거리는 여자.

에디가 방금 들렀던 매점에서 티셔츠를 고르는, 아직 덜 아문 언청이 수술 자국만 빼면 눈이 휘둥그레지게 잘생긴 흑인 청년.

언뜻 보면 의심스러운 구석이 없는 이들이었지만 에디는 그들이 누군지 알아보았다. 아이들이 갖고 노는 퍼즐에 숨어 있는 그림을 한번 알아보면 평생 안 보려야 안 볼 수 없는 것과 같은 이치였다. 앞서 에디는 둘밖에 잡아내지 못했다. 이 셋은 그래도 실력이 괜찮은 편이었지만, 그래봤자 대단치는 않았다. 통화 중일 때에는 원래 멍한 눈으로 상대방을 상상하게 마련인데 수화기를 든 남자는 생기가 도는 눈으로 어딘가를 힐긋거렸고…… 그가 자꾸만 힐긋거리는 곳은 바로 에디가 있는 자리였다. 핸드백을 뒤적거리는 여인은 한참이 지나도록 물건을 찾지 못했고, 그렇다고 물건 찾기를 포기하지도 않았으며, 그저 뒤지기에만 여념이 없었다. 매점에 있는 남자는 회전 옷걸이에 걸린 셔츠 한 장 한 장을 적어도 열 번은 살펴보았을 터였다.

에디는 뜬금없이 다섯 살 적으로 돌아간 기분이 들었다. 헨리 형이 손을 잡아주지 않으면 무서워서 길도 못 건너던 시절이었다.

〈괜찮다, 음식에 너무 마음 쓰지 마라. 난 살아 있는 벌레를 먹은 적도 있다. 몇 마리는 어찌나 팔팔하던지 목구멍을 타고 기어 내려가더군.〉

〈그러셨군. 하지만 여긴 뉴욕이야.〉

에디는 핫도그와 콜라를 들고 카운터 끝자리로 가서 중앙 통로를 등지고 앉았다. 그러고는 왼쪽 모퉁이로 눈을 돌렸다. 고혈압 환자의 눈처럼 튀어나온 볼록거울이 보였다. 거울에 미행자들이 모조리 비쳤지만 핫도그와 콜라를 눈여겨볼 만큼 가까이 있는 사람은 없었고, 앞으로 어찌될지 에디 자신도 알 수 없었다. 그로서는 잘된 일이었다.

〈아스틴을 고기에 넣어라. 그다음엔 전부 다 손으로 쥐어라.〉

〈아스피린이야.〉

〈그래. 아스피린이든 아스파라거스든 맘대로 불러라, 사로잡힌…… 에디. 어쨌든 내 말대로 해라.〉

주머니에 넣어둔 아나신 봉투를 꺼내어 핫도그에 올려놓으려던 에디는 문득 롤랜드가 포장을 뜯기 힘들 거라는 생각이 들었다. 그의 손은 약통을 열기는커녕 포장도 뜯기 힘든 상태였다.

에디는 손수 포장을 뜯고 냅킨에 세 알을 덜어놓은 다음, 곰곰이 생각한 끝에 세 알을 더 덜었다.

〈세 알은 지금, 세 알은 나중에. 나중이 있다면 말이지만.〉

〈그래. 고맙다.〉

〈이제 어떡하지?〉

〈전부 다 손에 쥐어라.〉

에디가 볼록거울을 다시 확인했다. 미행자 둘이 스낵바 쪽으로 태연하게 어슬렁어슬렁 다가오는 중이었다. 어쩌면 에디가 등을 돌리고 앉은 꼴이 마음에 안 들었는지도 몰랐다. 어쩌면 그가 무슨 속임수를 쓰는 중이라고 여기고 자세히 보려고 다가오는지도 몰랐다. 에디로서는 앞으로 무슨 일이 일어나든 빨리 일어나야만 했다.

에디가 손을 벌려 음식을 모조리 쥐었다. 보드라운 흰 빵에서 배어나는 소시지의 열기와 펩시콜라의 냉기가 동시에 느껴졌다. 한순간 그는 아이들에게 간식을 갖다주는 남자처럼 보였으나…… 다음 순간, 모두 다 '녹아내리기' 시작했다.

아래를 내려다보는 에디의 눈이 점점, 점점 커졌다. 나중에는 눈알이 툭 빠져서 시신경에 매달린 채 대롱대롱 흔들릴까 봐 두려울 지경이었다.

흰 롤빵 너머로 소시지가 들여다보였다. 컵 안쪽의 펩시콜라도 보였다. 얼음 재운 콜라가 넘실거리며 눈에 보이지 않는 형상으로 바뀌어갔다.

곧이어 핫도그 아래의 빨간색 포마이카 카운터와 펩시콜라 컵 너머의 흰 벽이 보였다. 두 손이 맞은편 손을 향해 슬슬 다가갔고, 손을 막는 저항은 점차 약해졌으며…… 끝내는 손바닥끼리 딱 마주쳤다. 핫도그…… 냅킨…… 펩시콜라…… 아나신 여섯 알…… 에디가 쥐고 있던 것이 모조리 사라지고 없었다.

'하느님도 놀라서 자빠질 일이잖아.' 에디가 멍하니 생각했다. 그러고는 볼록거울을 올려다보았다.

문은 사라지고 없었고…… 의식 속에 함께 있던 롤랜드도 사라지고 없었다.

"많이 드시게, 친구." 에디가 중얼거렸지만…… 롤랜드라는 낯선 존재가 과연 친구였던가? 판단하기에는 아직 턱없이 이르지 않은가? 에디를 도와주기는 했지만, 분명히 그랬지만, 그럼에도 롤랜드가 보이스카우트 같지는 않았다.

옆자리에 앞서 들른 손님이 남긴 것으로 보이는 겨자소스 묻은 냅킨이 있었다. 에디는 그 냅킨을 둥그렇게 구겨서 출입구 옆 쓰레기통에 던져넣은 다음, 마지막 핫도그 한 입을 씹는 듯 입을 우물거리는 시늉을 하며 스낵바에서 걸어나왔다. 그러고는 '짐 찾는 곳'과 '대중교통'이라고 적힌 표지판 쪽으로 걸어갔고, 도중에 흑인 청년 곁을 지날 때에는 트림까지 했다. 그러고는 청년에게 말을 걸었다.

"맘에 드는 셔츠가 없었나 봐요?"

"예?"

아메리칸 항공사의 안내화면 앞에서 출발 시각을 보는 척하던 청년이 에디를 돌아보았다.

"난 형씨가 가슴팍에 이렇게 적힌 셔츠라도 찾는 줄 알았죠. '밥 좀 줍쇼. 저 연방 정부 공무원입니다요.'"

에디는 말을 마치고 가던 길을 갔다.

계단 쪽으로 가다가 흘긋 돌아보니 아까 벤치에서 핸드백을 뒤지던 여인이 가방을 급히 닫고 벌떡 일어섰다.

'와, 씨발. 아주 그냥 추수감사절 기념행진을 해라, 그래.'

환장하게 재미나는 하루였다. 에디가 생각하기에 끝나려면 아직 한참 남아 있었다.

5

가재 괴물 떼가 또다시 파도에서 쏟아져 나올 무렵(하지만 파도가 놈들을 데려오지는 않았다. 밤이 되면 몰려오는 게 틀림없었다.), 롤랜드는 놈들에게 들켜 뜯어먹히기 전에 몸을 움직이려고 에디 딘의 의식을 떠났다.

고통은 이미 예상한 바였고 감내할 준비도 되어 있었다. 실로 오랫동안 더불어 살았던 까닭에, 고통은 총잡이의 벗이나 다름없었다. 그럼에도 신열이 어찌나 빠르게 치솟았던지, 체력이 어찌나 빠르게 줄어들었던지, 그는 더럭 겁이 났다. 이전까지 죽어가는 중이 아니었다면 바로 지금 죽어가는 게 틀림없었다. 사로잡힌 남자가 사는 세상에 과연 지금 닥쳐오는 죽음을 막을 만큼 강력한 무언가가 있을까? 어쩌면. 그러나 앞으로 여섯 시간, 길어야 여덟 시간 안에 얻지 못하면 있든 없든 상관없을 터였다. 상태가 더욱 악화된다면 저쪽 세계 아니라 그 어떤 세계의 약도 마법도, 그를 회복시킬 수 없을 터였다.

도저히 걸을 수가 없었다. 기어서 움직여야만 했다.

총잡이가 몸을 움직이려고 마음먹은 순간, 배배 꼬인 포장 테이프와 마귀풀 가루가 든 봉지가 눈에 띄었다. 그대로 뒀다가는 가재 괴물들이 찢어발길 게 분명했다. 바닷바람이 가루를 사방으로 흩날릴 게 틀림없었다. '그래봤자 본래 있던 곳으로 돌아가는 것뿐이다.' 잔혹한 생각이 고개를 쳐들었지만, 그리 되게 놔둘 수는 없는 노릇이었다. 때가 무르익었을 때 저 가루를 들고 돌아가지 않으면 에디 딘이 깊고 깊은 고난의 수렁에 빠져들 게 뻔했다. 발라자르라는 남자가 총잡이가 짐작하는 부류의 인간이라면 그를 속일 방법은 없다고 보는 편이 옳았다. 그는 자기가 대가를 치른 물건을 보려 할 게 분명했고, 그가 확인을 마칠 때까지 에디는 작은 군대를 무장시킬 만큼 많은 총에 둘러싸여 있을 게 분명했다.

총잡이는 배배 꼬인 테이프를 끌어당긴 다음 목에 걸었다. 그러고는 모래톱 위쪽을 향해 움직이기 시작했다.

총잡이가 20미터쯤 기어갔을 무렵, 이제 안전한 곳까지 왔구나 싶을 무렵에, 얼핏 소름 끼치는(한편으로는 몹시도 우스꽝스러운) 생각이 고개를 쳐들었다. 문을 뒤에 남겨두고 그냥 왔던 것이다. 이토록 고생하는 이유가 바로 그 문이 아니었던가?

총잡이가 고개를 돌리자 문이 보였다. 모래톱 위가 아니라 그의 1미터 뒤에 있었다. 그는 한동안 우두커니 보고만 있었다. 신열이 들끓지 않았더라면, 저쪽 세계에서 에디에게 '어디서, 어떻게, 왜, 언제' 그랬냐고 쉼 없이 캐묻는 이단 심문관들의 고함소리가 들리지 않았더라면 벌써 깨달았을 테지만(심문 소리는 이제 파도에서 꾸물꾸물 기어나오는 집게발 괴물들의 질문과 어우러져 기괴한 화음을 이루었다. '대드, 어, 초크? 대드, 어, 첨? 디드, 어, 치크?'), 그는 단지 헛것이려니 하고 여겼다. 그러나 헛것일 리가 없었다.

'이제 내가 어디를 가든 따라오는구나. 저쪽 세계에서 에디를 따라다니듯이. 앞으로 우리가 어디를 가든 함께 따라다닐 테지, 결코 떨쳐낼 수 없는 저주처럼.'

이는 의심할 여지 없이 명징한 사실이었으며…… 다른 한 가지 사실도 그러했다.

둘 사이에 서 있는 문이 한번 닫히고 나면, 다시는 열리지 않으리라는 사실이었다.

'그때가 되면,' 총잡이는 냉혹하게 다짐했다. '그는 이쪽 세계에 있어야 한다. 나와 함께.'

'총잡이여, 그대야말로 선행의 귀감이로구나!'

검은 옷을 입은 남자가 웃음을 터뜨렸다. 그는 총잡이 머릿속에 영원토록 머물 집을 지은 듯 보였다.

'그대는 아이를 죽었어. 그 아이는 그대가 나를 잡는 대가로 바친 제물이자, 내 생각엔 두 세계 사이에 문을 만드는 데 필요한 제물이기도 했어. 그런데 지금은 어떤가, 운명의 세 사람을 하나씩 하나씩 끌어들여 그대 스스로는 결코 가지 않을 길로 몰아넣는 중이 아닌가. 낯선 세계에서, 그들이 야생에 풀려난 동물원 짐승처럼 덧없이 죽어 자빠질 낯선 세계에서 여생을 보내도록 말일세.'

'탑까지만이다.' 롤랜드가 소리 없이 으르렁거렸다. '탑에 도착하기만 하면, 무언지는 몰라도 그곳에서 내가 해야 할 일을 마치고 나면, 부활이든 속죄든 내가 이루어야 할 사명을 성취하고 나면, 그러면 그들은……'

그러나 검은 옷을 입은 남자, 이미 죽었는데도 롤랜드의 더럽혀진 양심과 함께 살아 있는 그가 소름 끼치는 웃음을 터뜨렸기에, 롤랜드는 더 생각할 수 없었다.

언젠가 자신이 배신을 저지를지 모른다는 고민도 그를 붙잡아 세우지 못했다.

그는 가까스로 10미터쯤 더 기어간 후에 고개를 돌렸다. 기어다니는 괴물들 중 가장 큰 놈조차도 만조선에서 5미터 이상은 올라오지 못했다. 이미 그 세 배가 넘는 거리를 기어온 후였다.

'이 정도면 됐다.'

'된 건 아무것도 없어! 그대도 알 텐데!'

검은 옷을 입은 남자가 유쾌하게 대꾸했다.

'닥쳐.' 롤랜드가 생각하자 놀랍게도 목소리가 정말로 닥쳤다.

롤랜드는 마귀풀 가루가 든 봉지를 바위틈에 집어넣고 억새풀 몇 가닥으로 덮어두었다. 일을 마치고 잠시 쉬고 있으려니 머리는 뜨거운 물주머니처럼 울렁거렸고, 살갗에는 열과 오한이 번갈아 일어났다. 그는 이내 저쪽 세계의 다른 육신과 이어진 문으로 기어들어갔다. 감염으로 죽어가는 육신은 잠시 버려둔 채로.

6

두 번째로 자기 몸에 돌아왔을 때, 몸이 너무나 곤히 잠들어 있었던 탓에 총잡이는 혼수상태가 아닌가 하고 의심했다. 신체 활동이 어찌나 미약했던지 의식이 금방이라도…… 어둠 속으로 기나긴 추락을 시작할 것만 같았다.

총잡이는 어둠 속으로 떨어지는 대신 몸을 깨우는 쪽을 택했다. 어두운 동굴로 기어드는 대신 바깥으로 기어나오도록, 자기 몸에 주먹질을 퍼부었다. 심장이 더욱 빨리 뛰도록 재촉했고, 살갗을 태울 듯 뜨거운 열을 신경에 되돌려 주었으며, 고통스러운 현실로 돌아오도록 육신을 각성시켰다.

밤이었다. 하늘에 별이 나와 있었다. 차가운 공기 속에 에디가 보내준 팝킨만이 가느다란 온기를 피워올렸다.

당장은 먹고 싶지 않았지만 언젠가는 먹을 음식이었다. 하지만 먼저……

손에 쥔 하얀 알약을 내려다보았다. 아스틴. 에디는 그렇게 불렀다. 아니, 정확하진 않았지만 롤랜드는 에디가 부른 이름을 정확히 발음할 수 없었다. 어쨌거나 약이었다. 다른 세계에서 온 약.

'사로잡힌 남자여, 만일 너희 세계에서 온 것이 내게 해를 입힌다면, 그건 아마 팝킨이 아니라 약일 거다.'

롤랜드는 냉정하게 생각했다.

그러나 먹어야만 했다. 총잡이를 깨끗이 치료해 줄 약은 아니었지만(에디 생각으로는) 그래도 열은 내릴 수 있을지도 몰랐다.

총잡이는 세 알을 입에 털어넣고 종이컵 뚜껑을 연 다음(흰색 뚜껑은 종이도 아니고 유리도 아닌 신기한 물질이었는데 왠지 둘 다와 비슷했다.), 음료를 머금고 약을 삼켰다.

처음 들이킨 한 모금에 완전히 매혹당한 총잡이는 바위에 기댄 채 한동안 우두커니 앉아 있을 수밖에 없었다. 휘둥그렇게 커져서 별빛을 머금고 딱 굳어버린 그의 눈을 혹시라도 지나가던 사람이 봤더라면 이미 죽었다고 확신했으리라. 잠시 후, 그는 두 손으로 컵을 쥐고 게걸스레 들이켰다. 음료에 완전히 홀린 탓에 손가락 뿌리에서 욱신욱신 치미는 통증도 거의 느끼지 못했다.

'달아! 맙소사, 이렇게 달 수가! 이렇게 달 수가! 이렇게……'

음료에 들어 있던 네모난 얼음조각 한 개가 목에 걸렸다. 총잡이는 기침을 하고 가슴을 두드린 끝에 간신히 얼음을 뱉어냈다. 새로운 통증이 머리를 짓눌렀다. 너무 차가운 음료를 갑자기 들이켰을 때 찾아오는 시린 통증이었다.

총잡이는 가만히 앉아 있었다. 심장이 폭주하는 엔진처럼 고동치는 느낌, 신선한 활력이 어찌나 빨리 샘솟았던지 실제로 몸이 폭발할 것만 같은 느낌이 들었다. 자기가 무슨 일을 하는지 스스로도 깨닫지 못한 채로, 총잡이는 이제 목에 걸린 누더기나 다름없는 셔츠를 또 찢어서 한쪽 다리에 걸쳐 놓았다. 음료를 다 마시면 셔츠 조각으로 얼음을 싸서 욱신거리는 손에 댈 생각이었다. 그러나 마음은 딴 곳에 가 있었다.

'달아!' 이 한마디가 거듭 또 거듭 울려퍼졌다. 달디 단 느낌을 붙잡으려는 듯, 어쩌면 말에 밴 의미를 말 스스로 납득하려는 듯 거듭 울려퍼졌다. 앞서 에디의 의식 속에 총잡이가 출현했을 때 그가 보인 반응과 흡사했다. 그때 에디는 총잡이를 자기 정신이 스스로를 기만하려고 일으킨 착란이 아니라 실재로서 받아들이려고 애썼다.

'달아! 달아! 달아!'

거무스름한 음료에는 설탕이 듬뿍 들어 있었다. 금욕적인 외양 뒤에 게걸스러운 식탐을 숨긴 마튼이 다우너 식당에서 커피에 넣던 양보다 훨씬 많이 들어 있었다.

'설탕…… 하얀…… 가루……'

총잡이가 봉지로 눈을 돌렸다. 풀에 가려 거의 보이지도 않는 봉지를 보면서 그는 잠시나마 음료에 든 물질과 봉지에 든 물질이 똑같은 것이 아닌가 하고 의심했다. 두 사람이 저마다 제 몸을 지닌 채로 이쪽 세계에 건너왔을 때, 에디는 총잡이가 하는 말을 완벽하게 이해했다. 총잡이는 자신이 육신을 지니고 에디의 세계로 건너간다 해도(그럴 수 있으리라고 본능적으로 직감했지만…… 만에 하나 건너가 있는 동안 문이 닫힌다면, 그는 저쪽 세계에 영원토록 머물러야 했다.

반대 경우에 에디가 그러하듯이.), 마찬가지로 저쪽 언어를 완벽하게 이해할 수 있으리라고 짐작했다. 에디의 의식을 토대로 유추해 보면 두 세계의 언어는 애초부터 비슷했다. 비슷하되 완전히 똑같지는 않았다. '샌드위치'는 이쪽 세계에서 '팝킨'이었다. '강궤하다'는 저쪽 세계에서 '먹을 것을 마련한다'는 뜻이었다. 그렇다면…… 에디가 코카인이라고 부르는 약을 총잡이가 사는 세계에서는 설탕이라고 부를 수도 있지 않을까?

다시 생각해 보니 그럴 성싶지는 않았다. 에디는 세관의 사제들에게 감시당하는 줄 알면서도 거리낌 없이 음료를 샀다. 게다가 롤랜드가 느끼기에 에디가 치른 돈은 액수가 상당히 적었다. 고기로 만든 팝킨보다도 훨씬 쌌다. 설탕은 코카인이 아니었다. 그렇긴 해도 설탕처럼 강력한 약이 그토록 흔하고 값싼 세계에 사는 사람들이 왜 코카인 같은 불법적인 약을 사는지, 그는 도무지 이해할 수가 없었다.

다시 고기 팝킨으로 눈을 돌리자마자 총잡이는 허기를 느꼈고…… 어느새 기분이 나아졌다는 사실을 깨닫고는, 경악과 감사한 마음이 뒤섞인 복잡한 감정을 느꼈다.

음료였을까? 그것 덕분이었을까? 음료에 든 설탕 덕분에?

그럴지도 몰랐다. 그러나 극히 일부에 지나지 않았다. 맥 풀린 사람이 설탕을 섭취하고 원기를 회복하는 경우가 있기는 했다. 이는 총잡이가 일찍부터 아는 바였다. 그러나 설탕이 통증을 누그러뜨리거나, 감염 때문에 불처럼 치솟는 신열을 내리지는 못했다. 그런데 그 일이 바로 그에게 일어났고…… 이때에도 일어나는 중이었다.

발작처럼 일어나던 오한이 그쳤다. 이마의 땀이 서서히 말라가는 중이었다. 목구멍에 걸린 낚싯바늘 같은 통증도 서서히 무디어져갔다. 믿기 힘들었지만 분명한 사실이었다. 결코 상상이나 소망이 아니었다(사실 총잡이는 오랫동안, 알 수도 없고 짐작도 못 할 만큼 긴 시간 동안, 소망이라는 것을 품어본 적이 없었다.). 잃어버린 손가락과 발가락이 여전히 꿈틀대며 고함쳤지만, 그는 이 통증 또한 가시리라고 믿었다.

롤랜드는 고개를 젖히고 눈을 감은 채 신에게 감사를 드렸다.

신과 에디 딘에게.

'롤랜드, 그 사내에게 마음을 허락하는 실수는 저지르지 마라.' 의식 저 깊숙한 곳에서 목소리가 들려왔다. 경박하게 킥킥거리는 검은 옷을 입은 남자 목소리도, 걸걸한 코트 목소리도 아니었다. 총잡이가 듣기에 아버지 목소리 같았다. '그가 오로지 자기 이익을 위하여 네게 호의를 베풀었음은 너도 이미 알 터. 게다가 비록 이단 심문관이라 할지라도 그들이 저 사내를 두고 했던 말은 어느 정도, 어쩌면 완전히 옳은 얘기다. 그는 연약한 도구다. 허나 조직이 그를 택한 까닭은 멍청함도 비천함도 아니다. 그에게는 배짱이 있다. 그건 인정해야겠지. 그러나 그는 약점 또한 지니고 있다. 요리사 핵스와 마찬가지야. 핵스는 마지못해 음식에 독을 풀었지만…… 그러나 마지못해 저지른 짓이라고 해서, 그 독을 먹고 내장이 터져 죽어간 이들의 비명소리가 줄어들지는 않는다. 게다가 조심해야 할 이유는 또 있으니……'

그러나 총잡이에게 다른 이유를 설명해 줄 목소리 따위는 필요치 않았다. 제이크가 마침내 총잡이의 뜻을 깨달았을 때, 그때 아이의 눈에 떠오른 빛을 그는 똑똑히 보았다.

'롤랜드, 그 사내에게 마음을 허락하는 실수는 저지르지 마라.'

유익한 충고였다. 사람들은 언젠가 결국 해쳐야 할 상대를 사랑함으로써 스스로를 해치는 법이었다.

'사명을 명심해라, 롤랜드.'

"잊은 적은 한 번도 없소."

총잡이가 쉰 목소리로 내뱉었다. 별들은 냉혹한 빛을 비추었고, 파도는 해변에 밀려와 부서졌고, 가재 괴물들은 우둔하게 질문을 되뇌었다.

"나는 사명을 이루도록 저주받은 몸이오. 저주받은 몸이 도망갈 까닭이 뭐란 말이오?"

총잡이가 혼잣말을 했다. 그러고는 에디가 '도그'라고 부른 팝킨을 먹었다.

개를 먹다니 그리 내키지 않을뿐더러 참치 샌드위치에 비하면 맛도 내장 찌꺼기에 가까웠지만, 그토록 맛있는 음료를 먹고 나서 구시렁거릴 수가 있을까? 감히 그럴 수는 없었다. 게다가 그런 걸로 고민하고 있을 때가 아니었다.

총잡이는 음식을 모조리 먹어치우고 나서 에디가 있는 곳으로 돌아갔다. 금속으로 두른 길 위로 질주하는 신기한 탈것 안이었는데, 근처에 비슷한 탈것이 여러 대 있었다. 수십 대…… 어쩌면 수백 대도 넘어 보였다. 말이 끄는 탈것은 한 대도 없었다.

7

브롱크스 코업 시티 앞, 피자 밴이 다가오는 동안 에디는 몸을 팽팽히 긴장시키고 기다렸다. 에디 안에 있던 롤랜드는 더욱 곤두서 있었다.

〈다이애나가 꾼 꿈의 닮은꼴이군.〉 롤랜드가 생각했다. 〈상자 안에 든 게 뭘까? 황금 대접일까, 아니면 독사일까? 어쨌거나 열쇠를 돌리고 뚜껑에 손을 얹으면 곧바로 엄마가 부르는 소리가 들릴 테지. '다이애나, 일어나! 소젖 짜러 갈 시간이다!'〉

〈그러게 말이야.〉 에디가 속으로 대꾸했다. 〈과연 뭐가 튀어나올까? 아가씨? 아니면 호랑이?〉

피자 밴의 조수석에 앉은 남자가 창밖으로 얼굴을 내밀었다. 낯빛은 해쓱하고 여드름에 뻐드렁니까지 나 있었다. 에디가 아는 얼굴이었다.

"안녕, 콜."

에디가 심드렁하게 인사했다. 콜 빈센트 옆의 운전석에는 헨리가 '늙다리 못난이'라고 부르는 잭 안돌리니가 앉아 있었다.

'그치만 면전에서 그렇게 부른 적은 한 번도 없지.'

물론, 안 될 말이었다. 잭의 면전에 대고 그렇게 부르는 건 확실한 자살행위였다. 잭은 원시인처럼 툭 튀어나온 이마와 그에 못지않게 튀어나온 주걱턱의 소유자였다. 엔리코 발라자르하고는 인척관계였는데…… 처조카 아니면 처사촌, 대충 그런 사이라고 했다. 밴운전대에 얹어놓은 거대한 손이 꼭 나뭇가지를 쥔 원숭이 손 같았다. 귓구멍에는 털 몇 가닥이 비죽 튀어나와 있었다. 에디 눈에는 그

귀가 한쪽밖에 보이지 않았다. 잭 안돌리니가 고개를 한 번도 돌리지 않고 옆모습만 보인 탓이었다.

늙다리 못난이. 그러나 헨리조차도(물론 헨리가 세상에서 최고로 똑똑한 사람이 아닌 줄은 에디도 잘 아는 바였지만) 잭을 감히 늙다리 명청이라고 부르는 실수는 저지른 적이 없었다. 콜린 빈센트는 거들먹거려봤자 고작 심부름꾼에 불과했다. 그러나 잭은 네안데르탈인처럼 생긴 이마 뒤에 발라자르의 오른팔로 활약할 만큼 똑똑한 두뇌를 장착하고 있었다. 에디는 발라자르가 그처럼 중요한 인물을 보냈다는 사실이 마음에 들지 않았다. 마음에 조금도 들지 않았다.

"야, 에디. 누가 그러던데 너 사고 쳤다며."

"내가 알아서 처리할 거야."

문득 정신을 차려보니 에디는 저도 모르게 한쪽 팔을 긁고 나서 다른 팔도 긁으려던 참이었다. 전형적인 약쟁이의 금단증상, 세관에 잡혀 있는 동안 기를 쓰고 참은 행동이었다. 에디가 긁기를 멈추었다. 하지만 콜은 이미 실실 쪼개는 중이었고, 에디는 녀석의 웃는 낯에 주먹을 처박아 뒤통수까지 꿰뚫고 싶은 충동을 느꼈다. 실제로 그렇게 할 수도 있었건만…… 잭이 곁에 있었다. 잭은 여전히 앞만 보고 있었다. 마치 눈앞의 세상을 단순한 원색과 단조로운 움직임으로 파악하며 미숙한 상상을 펼치는 저능아처럼 보였다(모르는 사람이 보면 그렇게 보일 법했다.). 그러나 에디가 익히 아는 바에 따르면 잭은 콜 빈센트가 평생 동안 본 것보다 더욱 많은 것을 단 하루 동안 볼 수 있는 사람이었다.

"오호, 거 다행이네. 다행이야."

침묵. 콜이 에디를 보고 실실 웃었다. 그는 기다리는 중이었다. 에디가 다시 금단증상을 보이기를, 몸을 긁적거리기를, 소변 마려운 어린애처럼 발을 바꿔가며 폴짝폴짝 뛰기를, 무엇보다 여긴 무슨 일로 왔냐고, 그런데 혹시 약 가진 거 있냐고 묻기를 기다리는 중이었다.

그러나 에디는 다만 콜을 마주보기만 할 뿐, 몸을 긁기는커녕 움직이지도 않았다.

실바람을 타고 날아온 링딩 풍선껌 포장지가 주차장 바닥에 굴러갔다. 들리는 거라곤 껌종이가 바닥을 스치면서 틱틱거리는 소리와 피자 밴이 공회전하면서 털털거리는 소리뿐이었다.

다 안다는 듯 실실 웃던 콜이 슬슬 표정을 구겼다.

"에디, 차에 타라. 드라이브나 하자."

잭이 고개도 돌리지 않고 말했다.

"어디 가는 건데요?"

에디는 다 알면서 물었다.

"발라자르 형님네."

잭은 돌아보지 않았다. 대신 운전대에 올려둔 손만 쭉 폈다. 그가 손을 움직이자 오른손 약지에 낀 큼지막한 순금 반지가 반짝거렸다. 반지에는 거대한 곤충의 눈처럼 생긴 오닉스가 박혀 있었다.

"물건이 어떻게 됐는지 궁금해하셔."

"물건은 갖고 있어요. 안전해요."

"잘됐네. 그럼 아무도 걱정할 필요 없겠네."

잭 안돌리니는 여전히 앞만 보며 말했다.

"우선 집에 좀 들를게요. 옷도 갈아입고, 헨리 형한테……"

"왜, 작대기도 한 대 짚으셔야지. 그걸 잊으면 안 되잖아."

콜이 끼어들더니 싯누런 이를 내보이며 실쭉 쪼갰다.

"그치만 작대기는 구경도 못할 거다, 이 촉새 같은 새끼야."

'초크새? 대드, 어, 초크?'

에디의 의식 속에서 총잡이 혼자 떠올린 생각이었지만, 진저리 치기는 둘 다 마찬가지였다.

에디가 몸을 부르르 떨자 콜의 웃음이 더욱 크게 번져갔다. 웃는 얼굴이 마치 이렇게 말하는 듯 보였다. '오, 드디어 신호가 왔군. 언제 봐도 정겨운 금단증상. 에디, 신호가 한참 안 와서 걱정했잖아.' 입술이 벌어지면서 새로 드러난 이의 상태는 앞서 보이던 이보다 나을 것이 없었다.

"무슨 소리야?"

"발라자르 형님이 그러시더라, 너희 집을 깔끔하게 치워두는 편이 좋겠다고 말이야. 혹시라도 누가 찾아올 경우에 대비해서."

잭은 여전히 앞만 보면서 말했다. 모르는 사람이 보면 물색도 모르는 주제에 세상을 관찰하는 저능아처럼 보일 법했다.

"연방법원이 발부한 수색영장을 들고 찾아오는 놈들 말이지. 예를 들면."

콜이 중얼거렸다. 그러고는 얼굴을 숙이고 눈을 치떴다. 에디는 느낄 수 있었다. 이제 롤랜드마저도 녀석의 썩은 이에 주먹을 날리고파서 안달이 나 있었다. 녀석의 웃음은 그만큼 꽤씸했고, 구제불능이었다. 에디는 롤랜드와 동질감을 느낀 덕분인지 조금은 용기가 솟았다.

"인마, 형님이 아예 청소 대행업체를 보내셨어. 벽도 닦고 카펫도 진공청소기로 샅샅이 훑었을 거야. 그래도 너한텐 땡전 한 푼 안 받으실 거니까 걱정 마!"

'자, 그럼 이제 나한테 물어볼 차례지?' 콜의 웃는 얼굴이 이렇게 얘기하는 듯 보였다. '왜 그래, 에디. 얼른 물어봐, 이 좆만 한 새끼야. 너 지게꾼은 싫어해도 작대기는 좋아하잖아, 안 그래? 네가 숨겨둔 약을 발라자르 형님이 싹 치워버렸다고 가르쳐줬잖아, 그러니까 이제……'

불현듯 생각이, 추잡하고도 두려운 생각이 에디 머릿속에서 번득였다. 숨겨둔 약이 없어졌다면…….

"우리 형 어딨어?"

에디가 버럭 소리를 지르자 콜이 흠칫 놀랐다.

잭 안돌리니가 드디어 고개를 돌렸다. 그러나 어찌나 천천히 돌렸던지 상당히 힘든 일, 그래서 좀처럼 안 하는 일처럼 보였다. 굵다란 목에서 뻑뻑한 경첩 소리가 들릴 것만 같았다.

"헨리는 잘 있어."

잭은 이 말만 남기고 다시 전과 똑같이 느린 속도로 고개를 원래 자리로 돌렸다.

피자 밴 옆에 서서, 에디는 의식을 뒤덮고 사고를 방해하는 공포에 맞서 싸웠다. 불현듯, 이때껏 잘 참아왔던 작대기 생각이 몹시도 간절해졌다. 한 대 짚어야만 했다. 한 대 짚으면 머리를 굴릴 수 있을 테고, 그러면 충동을 통제할 수도……

〈아서라!〉

머릿속에서 롤랜드가 어찌나 크게 외쳤던지 에디는 저도 모르게 주춤했다(콜은 고통스러워하다가 화들짝 놀라는 에디를 보고 금단증상이 더욱 심해지는 줄 알았는지 다시 실실 쪼개기 시작했다.).

〈아서! 네게 필요한 통제는 내가 다 해주마!〉

〈당신은 아무것도 몰라! 헨리는 우리 형이란 말이야! 씨발 우리 형이라고! 발라자르가 우리 형을 잡아갔다고!〉

〈넌 마치 내가 형이란 말을 모른다는 듯이 얘기하는구나. 형 일이 그렇게 걱정되나?〉

〈그래! 걱정된다, 제기랄!〉

〈그럼 저들이 원하는 대로 해라. 울어라. 질질 짜면서 애원해. 네가 작대기라고 부르는 걸 달라고 구걸해라. 저들은 네가 그리할 줄 이미 알 터, 또 그것을 지니고 있을 터. 원하는 대로 다 해봐라. 저들을 확신시켜라. 그리하면 네 두려움이 사함받을 것이다.〉

〈지금 대체 무슨 소리를⋯⋯〉

〈말인즉, 저들한테 겁먹은 기색을 드러냈다가는 네 소중한 형의 명을 더욱 재촉할 뿐이다. 그것이 네가 원하는 바인가?〉

〈그래, 알았어. 머리를 식힐게. 당신이 알아들을지 어떨지는 몰라도, 좀 식힐게.〉

〈여기선 그렇게 표현하나 보지? 그래, 알았다. 좀 식혀라.〉

"일을 이런 식으로 처리하면 안 될 텐데요." 에디는 콜을 무시하고 곧바로 잭 안돌리니의 털 난 귓구멍을 향해 얘기했다. "내가 이 꼴을 보려고 입 꾹 다물고 발라자르 씨 물건을 지킨 줄 알아요? 내가 아니라 다른 놈이 잡혔더라면, 형량 1년 깎아줄 때마다 관계자 이름 다섯 개씩 댄다고 거래를 했을 거예요."

"발라자르 형님은 네 형을 데리고 있는 편이 더 안전하다고 생각하셔. 말하자면 '보호 감호' 같은 거야."

잭은 여전히 이쪽을 보지 않고 얘기했다.

"거 괜찮네요. 발라자르 씨한테 저 대신 감사하다고 좀 전해주세요. 또 내가 돌아왔다고, 물건은 안전하다고, 형은 내가 돌볼 수 있다고도 전해주세요. 형이 날 돌봐준 것처럼요. 난 맥주를 얼음에 재워뒀다가 형이 집에 돌아오면 같이 한잔할 거예요. 그러고 나서 형이랑 같이 차를 타고 시내에 가서 원래 계획대로 거래를 끝낼 거예요. 우리가 정한 대로."

"에디, 발라자르 형님이 보고 싶으시단다."

잭의 목소리는 차갑고 굵직했다. 머리는 미동도 하지 않았다.

"차에 타라."

"좆 까! 차는 네 똥구멍에나 처박아둬, 이 씹새끼야!"

에디가 소리쳤다. 그러고는 건물 현관 쪽으로 돌아섰다.

8

현관까지는 지척이었지만, 에디가 그 짧은 거리를 채 절반도 가기 전에 잭의 바이스 같은 손아귀가 에디 팔을 단단히 움켜잡았다. 뒷목을 간질이는 잭의 숨결이 꼭 황소의 날숨처럼 뜨거웠다. 모르는 사람이 봤더라면 덜떨어져 보이는 잭 안돌리니의 두뇌가 이제 슬슬 손에게 차 문고리를 당기라고 명령하겠구나 했을 만큼 짧은 순간에 일어난 일이었다.

에디가 뒤로 돌아섰다.

〈식혀라, 에디.〉 롤랜드가 속삭였다.

〈식힐게.〉 에디가 대답했다.

"뒈지고 싶냐, 에디. 내 앞에서 똥구멍 타령을 하고도 무사할 놈은 아무도 없어. 특히 너 같은 약쟁이 새끼는 더더욱."

"좆 까, 씨발아!"

에디가 고함을 쳤지만…… 미리 계산한 행동이었다. 굳이 토를 달면, 차게 식힌 고함이었다. 때는 바야흐로 금빛 햇살이 땅을 가득 뒤덮은 늦봄 어느 날 해질녘, 그들이 서 있는 곳은 브롱크스 코업 시티라는 낡디낡은 공영주택단지 앞이었다. 고함소리가 들리면, 게다가 '좆 까'라는 소리까지 들리면, 라디오를 듣던 주민들은 라디오 볼륨을 높일 터였고 혹시 라디오를 안 듣던 주민들이라면 일단 라디오를 켜고 나서 볼륨을 높일 터였다. 왜냐하면 그러는 편이 안전하므로.

"리코 발라자르가 약속을 어겼어! 난 그놈을 위해서 버텨줬는데, 그놈은 날 배신했다고! 그래서 댁한테 똥구멍에나 처박으라고 했다, 왜! 그놈한테는 못할 것 같아? 어떤 새끼한테든 다 할 수 있어! 똥구멍에나 처박으라고!"

잭 안돌리니가 에디를 가만히 응시했다. 눈동자의 갈색이 진하다 못해 아예 바깥으로 흘러나와 각막을 오래된 양피지처럼 누렇게 물들인 듯 보였다.

"레이건 대통령이라도 나랑 한 약속을 어기면 똥구멍에 처박으라고 퍼부어줄 거다! 그 늙은이가 직장암인지 뭔지에 걸렸다고 봐줄 것 같아, 씨발!"

에디가 내뱉은 말은 벽돌과 콘크리트에 부딪친 다음 메아리가 되어 사그라졌다. 아이 하나가, 하얀 농구팀 반바지와 발목이 높은 하얀색 농구화 때문에 피부가 더욱 검게 보이는 흑인아이 하나가, 팔꿈치와 몸통 사이에 농구공을 끼고 길 건너 농구장에 서서 그들을 지켜보는 중이었다.

"다 했냐?"

마지막 메아리가 그치자 안돌리니가 물었다.

"예."

에디의 목소리는 아무렇지도 않은 양 태연하기만 했다.

"좋았어."

안돌리니가 유인원처럼 큼지막한 손을 쫙 펴더니…… 씩 웃었다. 그가 웃으면 두 가지 현상이 동시에 일어났다. 하나는 그의 웃음이 너무나 매력적인 까닭에 사람들이 마음을 놓게 되는 것, 다른 하나는 그가 얼마나 영리한지 사람들이 깨닫게 되는 것이었다. 그는 위험할 정도로 영리했다.

"그럼 이제 얘기를 시작해볼까?"

에디는 양손으로 머리를 쓸어 넘긴 다음 한 번에 양쪽 팔을 다 긁을 요량으로 살짝 팔짱을 꼈다.

"그러는 게 낫겠네요. 이런 식으로는 답이 안 나올 테니까요."

"그래. 우리 아직 아무 얘기도 안 했잖아. 누가 누굴 배신한 것도 아니고 말이야."

안돌리니는 고개를 돌리지도, 말투를 흐트러뜨리지도 않고 차분히 한마디를 덧붙였다.

"차에 죽치고 있어라, 병신새끼야."

콜 빈센트였다. 안돌리니가 열어둔 운전석 쪽 문으로 살금살금 내렸던 콜은 서둘러 차에 오르다가 머리를 찧고 말았다. 그러고는 운전석을 지나 전에 앉았던 조수석으로 돌아가면서 머리를 문지르며 뭐라고 구시렁거렸다.

안돌리니가 조곤조곤 얘기했다.

"거래 조건은 세관 짭새들이 붙었을 때 이미 바뀐 거야. 그건 네가 이해해야지. 발라자르 형님은 큰손이시잖냐. 챙겨야 할 이권이 있단 말이야. 챙겨야 할 사람도 있고. 네 형인 헨리도 어쩌다 보니 그중 한 명이 된 거야. 허튼소리 같으냐? 그럼 네 형이 지금 어떤 상태인지 한번 생각해 봐."

"우리 형은 괜찮아요."

말은 이렇게 했지만 실은 에디도 이미 아는 사실이었고, 심지어 목소리에까지 아는 기색이 드러났다. 에디도 알았고 잭 안돌리니도 알았다. 최근 들어 헨리는 항시 약에 취한 상태처럼 보였다. 셔츠에 담뱃불 자국이 숭숭 나 있었다. 포치에게 주려고 고양이 먹이 통조림을 따다가 전자동 깡통따개에 손을 벤 적도 있었다. 에디는 도대체 어떻게 하면 전자동 깡통따개로 손을 썰 수 있는지 알 길이 없었지만, 어쨌든 헨리는 해냈다. 가끔은 주방 식탁에 헨리가 남긴 가루가 버석거릴 때도 있었고, 화장실 세면대에 시커멓게 탄 검댕이 보일 때도 있었다.

'형.' 에디는 형에게 얘기해 주고 싶었다. '헨리 형. 제발 어떻게 좀 해봐, 이러다가 어쩌려고 그래. 형은 지금 꼭 터지기만 기다리는 폭탄 같아.'

'걱정 마라, 막둥아.' 그러면 헨리는 아마도 이렇게 대답했으리라. '아무 일도 아니야. 내가 다 알아서 한다.' 그러나 가끔 헨리의 해쓱한 잿빛 얼굴과 멍한 눈을 볼 때마다 에디는 형이 알아서 할 수 있는 일 따위는 아무것도 없다고 생각했다.

그러나 에디가 정작 형에게 해주고 싶었으나 못했던 말은 이러다가 형이 터질 거라거나, 둘 다 함께 터질 거라는 얘기가 아니었다. 에디가 정작 해주고 싶었던 말은 따로 있었다. '형, 형은 지금 죽을 자리만 찾아다니는 사람 같아. 딱 그 꼴이야. 그러니까 씨발 좀 그만하란 말이야. 형이 죽으면 난 어떻게 살라고.'

"에디, 헨리는 괜찮지가 않아. 보살펴줄 사람이 필요하단 말이다. 헨리한테는 그…… 그 노래 제목이 뭐더라? 그래, 험한 세상에 다리가 되어. 헨리한테 필요한 건 그거야. 험한 세상을 건널 다리. '일 로슈'가 바로 그 다리지."

'일 로슈는 지옥으로 가는 다리잖아.' 에디가 속으로 생각했다. 그러고는 소리 높여 대꾸했다.

"형 있는 데가 거기예요? 발라자르 씨네 가게?"

"그래."

"내가 발라자르 씨한테 물건을 넘겨주면, 발라자르 씨가 형을 돌려보내는 건가요?"

"네가 쓸 물건도 함께. 그걸 잊으면 안 되지."

"그러니까 다른 말로 하면, 거래를 원래대로 진행하는 거군요."

"그렇지."

"그럼 나한테 정말로 그렇게 될 거라고 얘기해 봐요. 어서요, 잭. 얘기해 봐요. 날 똑바로 보면서 그렇게 얘기할 수 있는지 봐야겠어요. 날 똑바로 보면서 그렇게 얘기하면 당신 코가 얼마나 길어지는지 확인할 수 있으니까."

"에디, 난 네가 무슨 소리를 하는지 모르겠다."

"다 알면서 왜 그래요. 발라자르 씨가 나한테 아직 물건이 있을 거라고 생각할까요? 혹시라도 그렇게 생각한다면 바보천친데, 난 발라자르 씨가 바보가 아닌 줄 다 알아요."

"발라자르 형님이 무슨 생각을 하시는지는 몰라. 그건 내 알·바 아니니까. 다만 형님이 아시는 게 몇 가지 있지. 네가 바하마를 뜰 때 형님 약을 갖고 있었다는 거, 세관이 널 잡았다가 그냥 풀어줬다는 거, 네가 지금 교도소가 있는 라이커스 섬이 아니라 네 집 앞에 있다는 거, 그러니 형님 물건이 어딘가에는 있어야 한다는 거, 그게 다."

"그럼 세관 짭새들이 잠수복처럼 나한테 딱 달라붙어 있는 줄도 알겠군요. 왜냐면 댁도 알고 있으니까요. 차에 있는 무전기로 다 알려줬을 거 아녜요. '피자에 치즈 추가요. 안초비는 빼고.' 뭐 이런 암호문을 보냈을 거 아녜요. 어때요, 내 말이 틀렸어요?"

잭 안돌리니는 말없이 느긋한 표정으로 서 있기만 했다.

"그래봤자 어차피 처음부터 다 알고 있었겠지만요. 따로 떨어진 점들을 선으로 잇는 것처럼. 이미 무슨 그림인지 다 알면서."

안돌리니는 슬슬 선명한 주황색으로 변해가는 금빛 석양 속에 서서 여전히 느긋한 표정으로 여전히 아무 말도 하지 않았다.

"발라자르 씨는 세관이 날 설득시켰다고 짐작했겠죠. 내가 세관의 끄나풀이 됐을 거라고 생각할 거예요. 내가 세관 끄나풀이 될 정도로 명청하다고 생각할 테니까. 그렇다고 탓하는 건 아니에요, 사실 당연한 반응이잖아요? 나 같은 약쟁이는 무슨 짓이든 하는 법이니까. 어때요, 확인해 볼래요? 내가 도청기를 붙이고 있는지?"

"없다는 거 다 안다. 밴에 기계가 있거든. 과속카메라 탐지기 같은 건데, 카메라가 아니라 단파 무전기 신호를 잡는 장치지. 어쨌거나 네가 FBI 놈들한테 넘어간 게 아닌 줄은 나도 알아."

"그래요?"

"그래. 그럼 이제 차에 타고 시내로 갈래? 어쩔래?"

"나한테 선택할 여지가 있긴 한가요?"

〈아니.〉 에디 머릿속에서 롤랜드가 대답했다.

"아니."

안돌리니의 대답도 같았다.

에디가 밴으로 다가갔다. 농구공을 든 아이는 여태 길 건너에 서 있었다. 아이 그림자가 어느새 건널목 차단기처럼 기다래졌다.

"야, 꼬마. 집에 가. 넌 여기 온 적도 없고, 뭘 본 적도 없는 거야. 아무것도, 아무도. 얼른 꺼져."

에디가 말하자 아이가 냉큼 뛰어갔다.

콜이 에디를 보고 실실 쪼갰다.

"콜, 안으로 들어가."

"가운데는 네 자리야, 병신새끼야."

"들어가라고."

에디가 재차 말했다. 콜은 에디를 보다가 안돌리니 쪽으로 고개를 돌렸다. 그러나 안돌리니는 운전석 문을 닫고 나서 꼭 휴가를 즐기는 부처님처럼 느긋하게 앞만 보고 있을 뿐, 좌석 배정은 둘이 알아서 하라는 양 거들떠보지도 않았다. 콜이 에디를 노려보다가 결국 가운데로 자리를 옮겼다.

일행이 뉴욕 시내를 향해 출발했다. 총잡이는 미처 몰랐지만(그는 홀린 듯 구경하기에 바빴다. 훨씬 높고 세련된 건물, 넓은 강 위로 강철 거미줄처럼 이어진 다리, 기계 벌레처럼 날개가 돌아가는 기묘하게 생긴 공중 마차가 보였다.), 그들의 목적지는 다름 아닌 탑이었다.

9

안돌리니와 마찬가지로 엔리코 발라자르도 에디가 FBI에 넘어갔다고 생각하지 않았다. 안돌리니와 마찬가지로 그도 그냥 '알았다.'

바는 텅 비어 있었다. 문에는 '임시 휴일'이라고 쓴 표지판이 걸려 있었다. 발라자르는 사무실에서 안돌리니와 콜 빈센트가 딘 꼬맹이를 데려오기를 기다렸다. 경호원 두 명, 즉 잭의 동생인 클라우디오 안돌리니와 치미 드레토가 그와 함께 있었다. 둘은 발라자르의 커다란 책상 왼쪽에 있는 소파에 앉아 발라자르가 쌓아올리는 탑을 멍하니 바라보는 중이었다. 사무실 문은 열려 있었다. 문 바깥은 짧은 복도였다. 복도 오른쪽으로 가면 바 뒤편과 바에 이어진 주방이 나왔다. 주방에서는 간단한 파스타를 만드는 중이었다. 복도 왼쪽으로 가면 경리 사무실과 창고가 나왔다. 경리 사무실에서는 발라자르의 '신사들'로 불리는 사내 셋이 헨리 딘을 데리고 퀴즈 맞히기 게임인 '트리비얼 퍼슈트'를 하는 중이었다.

"좋아. 어이 헨리, 이번엔 쉬운 거야. 헨리? 야, 헨리. 지구로 돌아와, 헨리. 지구인들한텐 네가 필요해. 헨리 나와라, 오버. 반복한다. 헨리 나와라……"

"나왔다, 오버. 나왔다."

조지 비온디가 떠들자 헨리가 대답했다. 흐릿하게 우물거리는 목소리가 꼭 잠든 채로 아내에게 5분만 더 자겠다고 얘기하는 남자 같았다.

"그래. 이번 퀴즈는 예술 및 연예 분야야. 뭐냐면…… 헨리? 야 이 씨발아, 사람이 얘기를 하면 들으란 말이다!"

"듣고 있잖아!"

헨리가 짜증나는 듯 소리쳤다.

"그래, 문제 나간다. '윌리엄 피터 블래티가 쓴 소설로서, 워싱턴 디시의 상류층이 사는 조지타운 교외를 무대로 한, 귀신 들린 소녀가 나오는 유명한 작품의 제목은?'"

"답은 조니 캐시."

"이런 씹!"

트릭스 포스티노가 소리쳤다.

"뭘 물어봐도 다 조니 캐시래! 넌 아는 게 조니 캐시밖에 없냐 새끼야!"

"조니 캐시는 최고야."

헨리가 걸걸한 목소리로 대답했고, 사람들은 하도 어안이 벙벙해진 나머지 한동안 침묵하다가…… 걸걸한 웃음을 터뜨렸다. 헨리와 함께 있던 사람들뿐 아니라 창고에 있던 '신사' 둘도 함께 웃었다.

"형님, 문 닫을까요?"

발라자르의 사무실에 있던 치미가 조용히 물었다.

"아니, 됐다."

발라자르가 대답했다. 그는 시칠리아계 이민 2세였지만 말투에 이탈리아 억양이 전혀 남아 있지 않았고, 말투 자체도 길거리에서 교과과정을 마친 사람의 것이 아니었다. 같은 업계에 종사하는 동년배들과 달리 발라자르는 고등학교를 졸업한 사람이었다. 실은 훨씬 더 배운 사람이었다. 2년 동안 경영학과를, 그것도 뉴욕대학교에서 다녔던 것이다. 그의 목소리는 그 자신의 경영기법과 마찬가지로 차분하고 교양 있고 미국식이었으며, 바로 이 점 때문에 그는 잭 안 돌리니 만큼이나 겉보기와 다른 사람이었다. 그의 또렷하고 매끄러운 미국식 억양을 처음 들은 사람은 거의 예외 없이 마치 훌륭한 복화술 공연을 본 관객처럼 어리둥절한 표정을 지었다. 생김새만 놓고 보면 머리가 좋아서가 아니라 단지 적절한 때에 적절한 장소에 태어난 덕분에 성공을 거둔 농사꾼, 아니면 여관 주인, 또는 잔챙이 마피아처럼 보인 탓이었다. 그는 앞 세대의 조직원들이 '콧수염쟁이 피트'라고 부른 외모의 소유자였다. 차림새로 보면 농사꾼이 따로 없었다. 이날 밤에는 목깃을 풀어놓은(겨드랑이는 땀으로 물든) 하얀 면셔츠에 회색 능직 바지 차림이었다. 살이 뒤룩뒤룩 찐 발에는 양말도 안 신고 갈색 로퍼를 신었는데, 하도 오래되어서 구두가 아니라 꼭 슬리퍼 같았다. 복사뼈 주위에 시퍼런 정맥이 울퉁불퉁 도드라져 보였다.

치미와 클라우디오는 넋을 잃고 발라자르를 바라보았다.

왕년에 발라자르는 '일 로슈', 즉 바위라고 불렸다. 오래된 지인들은 지금도 그렇게 불렀다. 여느 사업가라면 메모장이나 펜, 종이 클립 따위 문구를 넣어둘 책상 오른쪽 맨 위 서랍에, 엔리코 발라자르는 카드 세 벌을 넣어두었다. 그러나 그 카드로 게임을 하지는 않았다.

대신 카드 쌓기를 했다.

먼저 카드 두 장을 서로 기대어 세워서 가운데 획이 없는 에이(A) 자를 만들었다. 그다음엔 똑같은 에이 자를 하나 더 만들었다.

에이 자 두 개 위에는 카드 한 장을 올려 지붕을 씌웠다. 이런 에이 자를 계속 만들면서 책상 위에 카드를 층층이 쌓아 올렸고, 나중에 는 책상 위에 카드 집을 지었다. 허리를 굽히고 들여다보면 세모꼴 을 이어 만든 벌집처럼 보였다. 치미는 카드 집이 무너지는 꼴을 수 백 번이나 보았지만, 발라자르가 무너진 집 때문에 화를 낸 적은 단 한 번뿐이었다(클라우디오도 꽤 자주 보긴 했지만 그보다 서른 살이나 더 먹은 치미만큼은 아니었다. 치미는 머지않아 은퇴하여 개 같은 여편네와 함께 뉴저지 주 북부에 사둔 농장으로 물러날 참이었다. 그곳에서 그는 정 원 가꾸기에, 또…… 개 같은 여편네보다 더 오래 살기에 여생을 바칠 참이 었다. 그러나 장모보다 오래 살기는 힘들지 싶었다. 언젠가는 라 몬스트라 (괴물 노파)의 장례식에서 밤샘을 하며 페투치니 파스타를 먹을 꿈에 부풀 었던 치미였지만, 그것도 이미 오래전 이야기였다. 라 몬스트라는 영원불 멸하므로. 그러나 적어도 개 같은 여편네보다 오래 살리라는 희망은 있었 다. 치미의 아버지가 종종 이렇게 말씀하셨기 때문이었다. 대강 번역하면 '주님은 날마다 네 등짝에 오줌을 갈기시지만 네가 그 오줌에 빠져죽는 건 한 번뿐이다'였는데, 치미는 이 말을 주님이 그래도 꽤 착한 분이라는 뜻 으로 알아들었다. 그래서 그는 최소한 둘 중 한쪽보다는 오래 살 거라고 기 대했다.). 카드 집은 보통 별 것도 아닌 일로 무너지곤 했다. 다른 방 에서 누가 문을 세게 닫았거나, 주정뱅이가 복도 벽에 부딪힌 탓이 었다. 가끔은 단지 주크박스의 베이스 소리가 너무 큰 탓에 발라자 르 씨가(치미는 지금도 체스터 굴드의 만화 주인공처럼 사람들 앞에서 그 를 '두목님'이라고 불렀다.) 몇 시간에 걸쳐 쌓아올린 대저택이 무너 지기도 했다. 그도 아니면 그저 너무 가벼운 재료로 지은 탓인지 별 이유도 없이 무너지곤 했다. 한번은 무너진 집을 보고 계시던 '두목님'께서 치미 쪽으로 고개를 돌리고 이렇게 말한 적이 있었다(치미가 적어도 5,000번은 우려먹은 이야기이자 그를 아는 사람이라면 누구나 진저리를 치는 이야기였다. 물론 그 자신만 빼고.).

"치미, 봤지? 차에 치여죽은 아들을 보고 하느님께 저주를 퍼붓는 어머니든, 공장에서 일자리를 잃고 쫓겨나 사장한테 저주를 퍼붓는 아버지든, 장애를 안고 태어나서 하느님께 억울함을 호소하는 어린애든, 돌아올 대답은 바로 이거야. 우리네 인생이란 게 내가 지은 집하고 똑같아. 가끔은 아무 이유 없이 무너져버려. 가끔은 아무 이유도 없이 무너져버린단 말이야."

카를로치미 드레토는 이 말이야말로 자기가 인생에 관하여 들은 금언 중에 가장 심오한 한마디라고 생각했다.

발라자르가 허물어진 카드 집 때문에 화를 냈던 단 한 번의 예외는 12년, 어쩌면 14년 전 일이었다. 주류 납품 건 때문에 그를 만나러 온 사내가 있었다. 품격도 예의도 없는 놈팡이였다. 씻을 일이 생길지 안 생길지는 몰라도 어쨌든 목욕이 연중행사인 양 지독한 체취를 풍기는 놈팡이였다. 속된 말로 '믹'이라고 부르는 아일랜드계 놈팡이였다. 용건은 물론 술이었다. 믹이 관련된 일은 늘 술이지 약이었던 적이 한 번도 없었다. 그런데 이놈의 믹은 두목님 책상 위에 있는 집을 장난으로 여겼다. 두목님이 마치 한 신사가 다른 신사에게 얘기하듯 점잖은 말투로 놈에게 거래하기 힘들겠다고 얘기한 직후였다.

"흥, 소원이나 빌어보시지!"

이놈의 믹이, 곱슬곱슬한 빨간 머리에 폐병쟁이처럼 희멀건 낯짝을 한 이놈이, 성이 오(O) 자로 시작하고 오 자와 진짜 성 사이에 구부정한 점이 찍힌 놈들 가운데 하나인 이놈이, 생일 케이크의 촛불을 끄는 아기처럼 두목님 책상 위로 숨을 훅 불었고, 뒤이어 카드가 머리 위로 호로록 흩어져 날아가자 두목님은 책상 왼쪽 맨 위 서랍을 열었는데, 여느 사업가라면 사무용품이나 메모나 뭐 그런 것을 넣어둘 그 서랍에서 두목님은 꺼낸 것은 45구경 권총이었고, 총으로 믹의 대가리에 구멍을 뚫어놓고 나서도 두목님의 표정은 조금도 변치 않았으며, 치미가 지금으로부터 4년 전 심장마비로 죽은 트루먼 알렉산더라는 남자와 함께 그 믹을 코네티컷 주 세든빌 교외의 어느 닭장 밑에 파묻고 돌아온 후에, 두목님은 이렇게 말했다.

"파이산(친구), 사람이 할 일은 쌓아올리는 거야. 무너뜨리는 일은 주님 몫이지. 안 그런가?"

"맞습니다, 형님."

치미는 실제로 그렇게 생각했다. 발라자르가 흡족한 듯 고개를 끄덕였다.

"내가 시킨 대로 했나? 닭이나 오리나 뭐 그딴 것들이 확실히 똥을 갈길 데다가 파묻으랬잖아."

"예, 그랬습니다."

"아주 잘했어."

발라자르가 차분하게 말을 마치고 책상 오른쪽 맨 위 서랍에서 새 카드를 한 벌 꺼냈다.

'일 로슈' 발라자르는 단층집에 만족하지 않았다. 그는 1층 지붕 위에 폭만 조금 좁혀서 2층을 지었다. 2층이 완성되면 3층을 지었다. 3층 위에는 4층을 지었다. 이런 식으로 계속 지어서 4층을 넘어서면 자리에서 일어서야 했다. 이쯤 되면 들여다보려고 몸을 굽힐 필요가 없을뿐더러, 눈앞의 건물은 이미 층층이 쌓은 세모꼴 벌집이 아니라 위태롭고 황홀하며 놀랄 만큼 아름다운 마름모꼴의 집합이 된 후였다. 너무 오래 들여다보면 어지러울 정도였다. 치미는 언젠가 코니아일랜드의 거울 미로에 갔을 때 똑같은 어지럼증을 느꼈다. 그래서 다시는 그곳에 가지 않았다.

치미는 사람들에게 언젠가 발라자르가 카드 집이 아니라 카드 탑을 쌓은 적이 있으며, 그 탑은 무너지기 전에 9층까지 올라갔다고 얘기하곤 했다(그는 아무도 자기 말을 안 믿는다고 생각했지만, 실은 아무도 그의 말에 아예 신경을 쓰지 않았다.). 다들 귓전으로 흘려들으면서도 두목과 가까운 사이인 치미 앞에서는 놀란 척했기 때문에 치미는 사람들의 속마음을 알 길이 없었다. 그러나 그 장관을 형용할 능력이 치미에게 있었다면, 그 탑이 얼마나 정교했는지, 어떻게 책상에서 천장 사이 높이의 3분의 2만큼이나 올라갈 수 있었는지, 잭과 2와 킹과 10과 에이스를 씨줄과 날줄처럼 엮어 만든 그 탑이, 서로 부딪히는 운동과 힘이 지배하는 우주와 그 우주에서 회전하는 이 세계를 부정하듯 서 있던 그 탑이, 빨간색과 검정색 종이 다이아몬드로 지은 그 탑이 얼마나 아름다웠는지 설명할 수 있는 능력이 치미에게 있기만 했다면, 다들 놀랐으리라. 완전히 매혹된 치미의 눈에 그 탑은 인생의 온갖 부조리한 모순을 분연히 부정하는 증거였다.

그럴 능력만 있었다면 치미는 이렇게 말했으리라.

"두목님이 지은 탑 말이야, 나한테는 그게 우주의 신비를 설명하는 것처럼 보였어."

10

발라자르는 일이 어떻게 풀릴지 이미 다 알고 있었다.

FBI가 에디한테서 냄새를 맡은 게 분명했다. 어쩌면 애초에 에디를 보낸 게 멍청한 짓이었거나 아니면 그 자신의 직감이 빗나갔는지도 몰랐지만, 어쨌거나 그때는 에디가 딱 적당해 보였다. 너무나 완벽해 보였다. 발라자르가 업계에 들어와서 처음 모셨던 숙부는 그에게 세상 모든 법칙에는 예외가 있는 법이지만, 단 하나만은 그렇지 않다고 가르쳐주었다. 그 하나가 바로 '약쟁이는 절대 믿지 마라.'였다. 발라자르는 아무 말도 하지 않았다. 열다섯 살짜리 꼬맹이가 입을 열 자리가 아니었다. 감히 맞장구조차도 칠 수 없었다. 그러나 속으로는 세상에 예외 없는 법칙이 딱 한 가지 있다면 바로 예외가 존재하는 법칙이 몇 가지 있는 것이라고 생각했다.

'하지만 티오 베로네 숙부가 아직 살아 계시다면 날 비웃으며 이렇게 말씀하시겠지. 꼴좋구나, 리코. 넌 항상 잘난 척이 너무 심했어. 사리가 밝긴 했지. 그래서 입을 다무는 편이 나을 때에는 항시 입을 다물었어. 하지만 눈에는 항상 깔보는 빛이 가득했던 걸 난 안다. 항상 그렇게 꾀 자랑만 해대다가 이제 네 꾀에 네가 넘어간 꼴이구나. 나야 물론 네가 그 꼴이 될 줄 진즉에 알았지만 말이다.'

발라자르가 카드로 에이 자를 만들고 그 위에 지붕을 올렸다.

세관 놈들은 에디를 끌고 가서 잠시 붙잡아뒀다가 풀어줬다.

발라자르는 에디의 형을 인질로 붙잡았고 딘 형제가 쓰던 물건도 가져왔다. 그 정도면 에디를 불러들이기에 충분했고…… 발라자르는 에디를 원했다.

겨우 두 시간이었기에, 두 시간은 아무래도 미심쩍었기에, 그는 에디를 원했다.

놈들은 43번가의 본부가 아니라 케네디 공항에서 에디를 심문했다. 그것도 미심쩍기는 마찬가지였다. 말인즉슨, 에디가 코카인을 거의 다, 또는 전부, 처분했다는 뜻이었다.

과연 그랬을까?

발라자르는 생각했다. 어찌 된 일인지 궁금했다.

에디는 비행기에서 끌려나간 지 두 시간 만에 케네디 공항에서 빠져나왔다. 시간만 놓고 보면 세관 놈들이 에디로 하여금 다 불게 하기에는 너무 짧았고, 스튜어디스가 저지른 경박한 실수로 치부하고 에디를 깨끗이 포기하기에는 너무 길었다.

발라자르는 생각했다. 어찌 된 일인지 궁금했다.

형인 헨리라는 놈은 좀비나 다름없었지만 동생인 에디는 똑똑하고 배짱도 두둑했다. 고작 두 시간 만에 다 털어놓을 리는 없었다. 형만 아니라면…… 형과 관련된 일만 아니라면.

그렇다고는 해도, 왜 43번가로 데려가지 않았을까? 철망을 친 뒤쪽 창문만 빼면 우체국 밴과 똑같이 생긴 세관 소속 위장 밴이 어째서 가게 주위에 한 대도 안 보일까? 에디가 정말로 물건에 조치를 취했을까? 처분했을까? 숨겼을까?

기내에 물건을 숨기기는 불가능했다.

기내에서 처분하기도 불가능했다.

물론 세상에는 탈출하기가 불가능한 감옥이나 털기가 불가능한 은행, 적발하기가 불가능한 위조지폐 같은 것이 존재했다. 그러나 사람들은 그 불가능한 일을 해냈다. 해리 후디니는 구속복에서도,

잠긴 가방에서도, 터무니없이 두꺼운 은행 금고에서도 모조리 탈출했다. 그러나 에디 딘은 후디니가 아니었다.

정말로?

발라자르는 딘 형제가 사는 아파트에서 헨리를 죽일 수도 있었고, 롱아일랜드 간선도로에서 에디를 죽일 수도 있었고, 아니면 아예 둘 다 아파트에서 죽일 수도 있었다. 그러면 경찰이 보기에는 형동생도 못 알아볼 만큼 꼭지가 돈 약쟁이들이 서로 죽인 사건으로 비칠 수도 있었다. 하지만 그랬다가는 풀지 못한 채로 묻어야 할 궁금증이 너무나 많았다.

그는 이곳에서 궁금증의 답을 구할 참이었다. 앞일을 준비해야 할지 아니면 그저 궁금증만 풀고 끝낼지는 어떤 답이 나올지에 달린 문제였고, 답을 알고 나서 둘 다 죽여버리면 그만이었다.

구할 것은 답이요, 잃을 것은 약쟁이 둘이었다. 얻을 것은 별로 대단치 않았지만 잃을 것도 그리 크지 않았다.

다른 방에서는 게임을 계속하다가 다시 헨리 차례가 되었다. 조지 비온디가 물었다.

"자, 헨리. 잘 들어, 이번 건 좀 까다로워. 문제 나간다. '세계에서 유일하게 캥거루가 자생하는 대륙은 어디일까요?'"

잠깐 동안 침묵이 흘렀다.

"답은 조니 캐시."

헨리의 대답에 이어 소 울음처럼 걸걸한 웃음이 터져나왔다.

벽이 뒤흔들렸다.

치미는 바짝 긴장한 채로 발라자르가 지은 카드 집이 무너지기만 기다렸다(탑이 될지 어떨지는 오직 하느님께, 또는 하느님의 이름으로 우주를 움직이는 눈먼 힘에 달린 일이었다.).

카드 집이 살짝 흔들렸다. '하나가 무너지면 전부 무너지는데.'

하나도 무너지지 않았다.

발라자르가 치미를 보고 씩 웃었다.

"파이산, 일 디오 에스트 보노. 일 디오 에스트 말로. 템프 에스트 포코포코. 투 에스트 우네 그란데 피파욜로(친구, 주님께선 선하실 때도 있고, 악하실 때도 있어. 그때그때 다르단 말이야. 자네도 나일 먹었으니 알겠지.)."

치미도 싱긋 웃었다.

"시, 세뇨르. 이오 그란데 피파욜로. 이오 바 판쿨로 포르 투(그럼요, 형님. 저도 나일 먹었죠. 형님한테 비하면 좆도 아니지만요.)."

"노네 바 판쿨로, 카차로. 에디 딘 바 판쿨로(좆도 아니긴, 자네도 참. 에디 딘이야말로 좆도 아니지.)."

발라자르는 너그럽게 웃으며 카드 탑에 2층을 올렸다.

11

밴이 발라자르네 가게 근처의 모퉁이를 돌 무렵, 콜 빈센트는 문득 에디 딘을 쳐다보았다. 일어날 수 없는 일이 일어나는 중이었다. 콜은 말하려고 기를 썼지만 그럴 수가 없었다. 혀가 입천장에 딱 들러붙는 바람에 우물거리는 소리밖에 나오지 않았다.

콜은 에디 딘의 눈이 갈색에서 파란색으로 바뀌어 가는 장면을 목격했다.

12

이때 롤랜드는 '전면으로 나설' 생각이 조금도 없었다. 그는 미처 생각할 겨를도 없이 튀어나갔다. 마치 누가 방에 쳐들어왔을 때 의자를 박차고 총을 찾아 굴러가듯 무의식적인 행동이었다.

〈탑이다!〉 롤랜드가 애타게 외쳤다. 〈탑이다, 맙소사, 하늘에 탑이 있다, 탑이! 하늘에 솟은 탑이 보인다, 붉은 화염으로 그린 탑이야! 커스버트! 알레인! 데스먼드! 탑이다! 탑이……〉

하지만 이때 에디가 발버둥 치는 기색이 느껴졌다. 에디는 롤랜드를 말리는 대신 그에게 말을 걸려고, 무언가를 설명하려고 필사적이었다.

총잡이가 뒤로 물러서서 귀를 기울였다. 필사적으로 귀를 기울였다. 시간과 공간 너머, 어딘지도 모를 만큼 먼 곳의 해변에 누워 있던, 영혼 잃은 몸뚱이가 움찔거렸다. 꿈속에서 황홀경을 보는 듯, 아니면 끔찍한 공포를 보는 듯.

13

〈저건 간판이야!〉 에디가 자기 머릿속으로…… 또 그의 머릿속으로 소리를 질렀다. 〈간판이라고, 그냥 네온 간판! 댁이 생각하는 탑이 뭔진 모르지만 여긴 그냥 술집이야, 발라자르네 술집. 가게 이름은 '사탑'이고. 피사의 사탑에서 따온 이름이라고! 저건 그냥 씨발 피사의 사탑처럼 보이게 만든 간판일 뿐이야! 날 풀어줘! 풀어달라

니까! 저기 도착하기도 전에 우리 둘 다 죽으면 좋겠어?〉

〈피차의 탑?〉

총잡이는 미심쩍은 듯 대답하고 다시 고개를 들었다.

간판이었다. 이제 총잡이도 알아볼 수 있었다. 탑이 아니라 그냥 표식이었다. 한쪽으로 기울어진 데다 구불구불한 부채꼴 장식도 여럿 붙어 있어서 멋들어진 물건이긴 했지만, 그게 다였다. 총잡이는 이내 그 간판이 기다린 관을 연결하여 만든 것이며, 어떻게 했는지는 몰라도 관 속에 반짝이는 빨간색 반딧불을 잡아넣은 것까지 알아볼 수 있었다. 군데군데 반딧불이 적게 들어간 곳도 있었다. 그런 곳은 불빛이 깜박거리거나 부르르 떨었다.

세공한 관으로 만든 탑 아래 글씨가 보였다. 대개는 대문자였다. '탑(TOWER)'은 읽을 수 있었다. '사(LEANING)'도 읽을 수 있었다. '사탑(THE LEANING TOWER)'이었다. 맨 앞의 단어는 세 글자였는데 첫째는 티(T)고 셋째는 이(E)였지만 둘째는 그가 본 적 없는 글자였다.

〈'트레(TRE)'라고 적힌 건가?〉

〈'더(THE)'야. 뭐든 간에. 이제 간판인 줄 알았어? 그럼 됐어!〉

〈알았다.〉

총잡이가 대답했다. 사로잡힌 남자가 그를 정말로 믿는지, 아니면 불빛으로 그린 저 탑에서 벌어질 일을 망치지 않으려고 그저 둘러대는지는 알 수 없었다. 에디가 표식을 그저 사소한 것으로 치부하는지조차도 알 수 없었다.

〈그럼 성질 좀 죽여! 내 말 알아들어? 성질 죽이라고!〉

〈식히란 말이지?〉

롤랜드가 물었다. 에디의 의식 속에서 롤랜드가 슬며시 웃었다.
둘 다 느낄 수 있었다.

〈그래, 식혀. 내가 알아서 할게.〉

〈그래. 알았다.〉

총잡이는 에디가 알아서 하도록 놔둘 참이었다.

당분간은.

14

콜 빈센트는 가까스로 입천장에서 혀를 떼는 데 성공했다.

"잭."

털 카펫처럼 두루뭉술한 목소리가 나왔다.

안돌리니가 엔진을 끄고 짜증스러운 듯 콜을 돌아보았다.

"잭, 저 새끼 눈이."

"쟤 눈이 뭐?"

"그래, 내 눈이 뭐?"

에디가 물었다. 콜이 그쪽으로 눈을 돌렸다.

이미 해가 진 후라 희미한 빛밖에 남아 있지 않았지만, 콜이 다시
갈색으로 돌아온 에디의 눈을 알아볼 만큼은 밝았다.

언제 변한 적이 있기라도 하냐는 듯.

'똑똑히 봤잖아.' 콜의 의식 한 귀퉁이에서 목 놓아 주장하는 소
리가 들렸지만, 그가 정말로 봤을까? 스물네 살 먹은 콜은 세 살 이
후로 누구한테서도 믿음직한 사람이라는 말을 듣지 못했다. 어쩌다

가끔 쓸 만할 때도 있었다. 대개는 고분고분했지만…… 그것도 목줄을 바짝 죌 때의 일이었다. 하지만 믿음직할 때는? 전혀 없었다. 나중에는 콜 자신도 그렇게 믿게 되었다.

"아무것도 아니에요."

콜이 우물우물 대답했다.

"그럼 가자."

안돌리니가 말했다.

일행이 피자 밴에서 내렸다. 왼쪽은 안돌리니에게, 오른쪽은 빈센트에게 포위당한 채로, 에디와 총잡이는 사탑으로 걸어 들어갔다.

제5장

총을 뽑을 시간

1

  1920년대에 발표된 블루스 노래에서 빌리 홀리데이는 이렇게 노래했다. '의사 선생님이 말했죠 아가씨 빨리 그만두는 게 좋아요/ 안 그러면 다음번 로켓이 마지막이 될 테니까.' 후에 그녀는 이 노랫말이 자기 이야기임을 깨달았다. 한편, 헨리 딘의 마지막 로켓이 발사된 때는 피자 밴이 사탑 앞에 멈추고 그의 동생이 안으로 끌려 들어오기 불과 5분 전이었다.

  친구들 사이에서는 '덩치 조지'로, 적들 사이에서는 '코주부 조지'로 불리던 조지 비온디가 헨리 오른쪽에 앉았다는 이유만으로 퀴즈 내는 역할을 맡았다. 헨리는 이제 게임판 앞에서 꾸벅꾸벅 졸다가 올빼미처럼 눈을 껌벅거리곤 했고, 그런 헨리의 흙빛 손에다 트릭스 포스티노가 주사위를 쥐여주었다. 흙빛으로 변한 손은 헤로인 중독 말기 증상 중에서도 극단이자, 괴사의 전조였다.

"헨리, 네 차례다."

트릭스가 재촉하자 헨리가 손에서 주사위를 떨어뜨렸다.

헨리는 멍하니 앞만 볼 뿐 게임판 위의 자기 말을 움직일 기미가 전혀 없었기에, 지미 하스피오가 대신 옮겨주었다.

"잘 봐, 헨리. 이번 건 점수 따기 쉬운 찬스야."

"찰스가 누구지."

헨리가 몽롱한 목소리로 중얼거리고 막 잠에서 깬 사람처럼 주위를 두리번거렸다.

"에디는 어딨어?"

"금방 올 거야. 게임이나 해."

트릭스가 헨리를 달랬다.

"작대기는 안 줘?"

"게임이나 해, 인마."

"알았어, 지미. 쪼지 마."

"너무 쪼지 마라."

케빈 블레이크가 지미를 말렸다.

"아, 그래. 안 할게."

"헨리, 준비됐어?"

조지 비온디가 동료들에게 눈을 찡긋했다. 헨리의 턱이 가슴팍 위로 느릿느릿 떨어졌다가 슬슬 제자리로 올라오는 중이었다. 이미 물에 흠뻑 젖었는데도 영영 가라앉기를 거부하는 통나무 같았다.

"어. 대령이나 해."

"대령이랑 하라고?"

지미 하스피오가 우습다는 듯 소리쳤다.

"아니 씨발 대령이랑 뭘 하라는 거야!"

트릭스가 맞장구를 치자 동료들이 일제히 웃음을 터뜨렸다(옆방
에서는 이미 3층까지 올라간 발라자르의 집이 살짝 흔들렸지만, 무너지지
는 않았다.).

"그래, 잘 들어봐."

조지가 또 한 번 눈을 찡긋했다. 이때 헨리의 게임 말은 스포츠 분
야에 놓여 있었지만 조지는 예술 및 연예 분야라고 가르쳐 주었다.

"「수라는 이름의 소년」, 「폴섬 감옥 블루스」 같은 히트곡을 여럿
부른 유명한 컨트리 가수의 이름은?"

최소한 7 더하기 9 정도는 계산할 줄 아는(그것도 누가 손에 포커
칩을 쥐여줬을 때의 얘기지만) 케빈 블레이크가 무릎을 끌어안고 파안
대소하는 바람에 게임판이 뒤집어질 뻔했다.

조지가 손에 쥔 카드를 읽는 척하며 헨리에게 힌트를 주었다.

"이 유명한 가수는 '검은 옷을 입은 남자'라는 별명으로도 널리
알려졌습니다. 이름은 우리가 소변을 볼 때 마주하는 물건과 똑같
고, 성은 지갑에 넣고 다니는 물건과 똑같습니다. 물론 작대기에 환
장한 놈이라면 그런 게 있을 리가 없지만."

기대감으로 충만한 침묵이 흘렀다.

"답은 월터 브레난."

헨리가 입을 열자 왁자지껄한 웃음소리가 울려퍼졌다. 지미 하스
피오가 케빈 블레이크를 끌어안았다. 케빈은 지미의 어깨를 몇 번이
고 두드렸다. 발라자르의 사무실에서 이제 탑의 형상을 갖추어가던
카드 집이 또다시 휘청거렸다.

"조용히 안 하냐! 두목님이 집 지으시는 중이다!"

치미가 고함을 치자 옆방의 웃음소리가 뚝 멈췄다. 조지가 헨리에게 말했다.

"잘 맞혔다, 헨리. 어려운 문젠데 잘 풀었어."

"당연하지. 난 위기에 강한 남자니까. 그런데 작대기는?"

"그거 좋지!"

조지가 자리 뒤편에서 로이텐 시가 상자를 꺼냈다. 상자에서 든 주사기도 꺼냈다. 그러고는 헨리의 너덜너덜한 팔꿈치 정맥에 주사바늘을 꽂았고, 그리하여 헨리의 마지막 로켓이 지상을 떠났다.

2

발라자르네 피자 밴은 겉만 보면 추레했지만, 길때와 스프레이 페인트 낙서로 지저분한 차체 안에는 마약단속국 요원들도 군침을 흘릴 최첨단 장비를 갖추고 있었다. 발라자르가 종종 얘기했듯이, 적과 싸워 이기려면 적과 대등하게 겨룰 실력이 있어야 하는 법이었다. 특히 대등한 장비를 갖추지 않으면 안 되었다. 무척이나 비싼 장비들이었지만 발라자르에게는 특권이 있었다. 마약단속국에서는 터무니없이 부풀린 가격에 구입해야 하는 장비를 그는 거의 훔치다시피 했던 것이다. 이스턴 시보드 지역에는 국가기밀에 속하는 기계를 헐값에 팔아치우는 전자기기 회사 직원이 넘쳐났다. 이 병신들 (잭 안돌리니식으로 표현하면 '실리콘 밸리의 무뇌아들')은 아예 기계를 들고 와서 약장수에게 안겨주었다.

계기반 아래에 설치된 장비는 다음과 같았다. 과속카메라 탐지기.

UHF 경찰회선 교란기. 광대역/고주파 무전교신 탐지기. 광대역/고주파 무전교신 교란기. 표준 삼각측정 방식으로 위치를 추적하는 적의 탐지장치에 피자 밴이 코네티컷 주, 할렘, 몬토크 해변에 동시에 존재하는 것처럼 교란 신호를 보내는 전자동 신호증폭기. 카폰. 그리고…… 에디 딘이 차에서 내리자마자 안돌리니가 누른 빨간색 단추.

발라자르의 사무실에 있는 인터폰이 삑 소리를 울렸다.

"왔구나. 클라우디오, 나가서 문 열어줘라. 치미, 넌 가서 애들 조용히 시켜. 에디 딘한테는 나랑 너, 클라우디오밖에 없는 걸로 보여야 된다. 다른 애들은 창고에 숨으라고 해."

부하 둘이 사무실 문을 나섰다. 치미는 왼쪽으로, 클라우디오는 오른쪽으로 향했다.

차분하게, 발라자르가 탑의 다음 층을 쌓아올렸다.

3

〈맡겨둬, 내가 알아서 할게.〉

클라우디오가 문을 열자 에디가 다시 한 번 속삭였다.

〈알았다.〉

총잡이는 그러마고 했지만 경계를 늦추지 않았고, 때가 되면 전면으로 나설 태세였다.

열쇠가 쩔그렁거렸다. 총잡이는 후각이 극도로 예민했다. 오른쪽의 콜 빈센트는 찌든 땀내를 풍겼고 왼쪽의 잭 안돌리니는 코끝이 아릿할 정도로 강렬한 애프터셰이브 냄새를 풍겼으며, 어둑어둑한 복도 안쪽으로 들어갈수록 시큼털털한 맥주냄새가 진해졌다.

총잡이가 아는 냄새는 맥주냄새뿐이었다. 이곳은 톱밥이 너저분하게 깔린 바닥과 톱질 선반에 덜렁 걸쳐놓은 판자를 갖추고 바입네 하는 싸구려 살롱이 아니었다. 총잡이가 보기에 툴에서 들렀던 셰브네 술집에 비하면 하늘과 땅만큼 다른 곳이었다. 어디를 봐도 은은하게 빛나는 유리가 눈에 들어왔다. 한 가게 안에 총잡이가 평생 본 것보다 훨씬 많은 양의 유리가 있었다. 총잡이가 살던 나라는 그가 어릴 적에 이미 보급선이 허물어지기 시작했다. '의로운 사람' 파슨의 반란 세력이 습격한 탓도 있었지만, 총잡이가 보기에는 그저 세계가 변질했기 때문이었다. 파슨은 거대한 변천의 한 징후일 뿐 원인이 아니었다.

벽에도, 유리를 깐 바에도, 그 뒤편의 기다란 거울에도, 어디를 보아도 세 사람의 모습이 비쳤다. 심지어 바 위의 천장에 거꾸로 걸어 놓은 우아한 종 모양 유리잔에도 일행의 모습이 자그맣게 비쳤다. 유리는 축제 장식처럼 우아하고…… 깨지기 쉬운 법이었다.

한쪽 구석에 불이 들어오는 조각 장식이 보였다. 불빛이 위로 올라와서 변하고, 올라와서 변하고, 다시 올라와서 변했다. 금색에서 초록으로, 초록에서 노랑으로, 노랑에서 다시 빨강으로 변했다. 총잡이는 그 장식 위에 대문자로 씐 말을 읽을 수는 있었지만 무슨 뜻인지는 알 길이 없었다. 로콜라(ROCKOLA)라고 씌어 있었다.

어쨌거나 상관없었다. 총잡이는 여기서 해야 할 일이 있었다. 관광객이 아니었던 것이다. 눈앞의 광경이 아무리 황홀하고 신기하다고 해도 그로서는 관광객 행세를 할 때가 아니었다.

문을 열고 일행을 들여보낸 남자는 에디가 '밴(롤랜드가 듣기로는 '뱅가드'의 뱅)'이라고 부른 탈것을 몰던 남자의 형제임이 틀림없었지만, 그보다 키가 훨씬 컸고 나이도 댓 살쯤 어려 보였다. 남자가 찬 겨드랑이 총집에 권총이 보였다.

"우리 형 어딨어? 일단 형부터 봐야겠어."

에디가 큰소리로 외쳤다.

"형! 헨리 형!"

대답이 없었다. 침묵 속에서 바 천장에 걸린 유리잔이 사람 귀에 안 들리는 음역의 가냘픈 진동음을 울리는 듯도 싶었다.

"발라자르 형님이 우선 얘기부터 하자신다."

"형한테 재갈을 물리고 묶어둔 거 아냐?"

에디가 물었다. 그러고는 클라우디오가 막 입을 열려던 참에 혼자서 웃음을 터뜨렸다.

"이런, 내가 무슨 헛소릴 하는 거야. 작대기 한 방이면 끝인데. 한 대 짚어주면 쥐 죽은 듯 조용히 있을 텐데 재갈이고 밧줄이고 무슨 필요가 있겠어, 안 그래? 좋아. 발라자르한테 가자. 가서 끝을 보자고."

4

총잡이가 발라자르의 책상 위에 솟은 탑을 보고 생각했다. '또 하나의 표식이군.'

발라자르는 고개를 쳐들지 않았다. 그러기에는 탑이 이미 너무 높이 솟았기에 그는 대신 탑 너머에 서서 에디를 바라보았다. 표정이 사뭇 흐뭇하고 다정해 보였다.

"에디. 다시 만나서 기쁘다, 자식아. 공항에서 일이 좀 있었다며."

"전 발라자르 씨 자식 아닌데요."

에디가 무덤덤하게 대꾸했다. 발라자르는 우습기도 하고 슬프기도 하고 동시에 가식적이기도 한 몸짓을 보였다. 흡사 몸으로 이렇게 말하는 듯 보였다. '내 맘을 아프게 하는구나, 에디. 네가 그런 말을 하면 난 맘이 아프단다.'

"바로 본론으로 들어가죠. 결국 둘 중 하나잖아요. 내가 FBI한테 넘어갔거나, 아니면 놈들이 날 그냥 풀어줄 수밖에 없었거나. 아시겠지만, 놈들이 나한테서 두 시간 만에 다 캐낼 수는 없어요. 그랬으면 난 지금쯤 43번가에 있을 테니까요. 취조당하면서 이따금 쓰레기통에 토하느라 바쁠 테니까."

"에디, 너 놈들한테 넘어간 거냐?"

발라자르가 부드럽게 물었다.

"아니오. 놈들은 날 풀어줄 수밖에 없었어요. 지금도 날 따라다니긴 하지만, 내가 안내하는 건 아니에요."

"그럼 물건을 처분했다는 얘기구나. 멋진데. 비행기 안에서 코카인 1킬로그램을 처분하는 방법이 뭔지 꼭 듣고 싶구나, 에디. 아주 유용한 정보가 되겠어. 무슨 밀실 수수께끼 같잖아."

"처분하지 않았어요. 하지만 내가 갖고 있는 것도 아니에요."

"그럼 누가 갖고 있는데?"

클라우디오가 불쑥 나섰다가 잡아먹을 듯 눈을 부라리는 형을 보고 얼굴을 붉혔다.

"저 형님께서 갖고 계시지."

에디가 빙긋 웃으며 카드 탑 건너편에 앉은 엔리코 발라자르를 가리켰다.

"배달은 벌써 끝냈어."

에디가 포위당한 채로 사무실에 끌려온 이후 처음으로, 발라자르의 얼굴에 진짜 표정이 떠올랐다. 놀란 표정이었다. 그러나 놀란 표정은 이내 사라졌다. 발라자르가 잔잔하게 웃었다.

"그래. 배달된 장소는 나중에 밝혀질 테지. 네가 형과 약을 챙겨서 사라진 후에 말이다. 어쩌면 물건이 지금쯤 아이슬란드에 가 있는지도 모르지. 그런 거냐, 에디?"

"아니오. 제 말을 이해 못하신 것 같네요. 물건은 여기 있어요. 바로 이 사무실에 도착했다고요. 원래 약속한 대로요. 왜냐하면 요즘 같은 시대에도 세상엔 약속을 곧이곧대로 지키는 걸 삶의 신조로 삼는 사람들이 있거든요. 믿기 힘드시죠? 저도 알아요. 하지만 사실이에요."

방 안의 눈길이 일제히 에디에게 집중됐다.

〈롤랜드, 나 잘하고 있어?〉

〈내가 보기엔 아주 잘하고 있다. 허나 에디, 이 발라자르라는 남자한테 틈을 허락지 마라. 내 생각에 그는 몹시 위험한 자다.〉

〈오호, 눈치 챘네? 근데 그쪽으로는 내가 더 빠삭해, 이 양반아. 난 저치가 위험한 줄 벌써 알아. 아주 씨발 겁나게 위험한 새끼지.〉

에디가 다시 발라자르를 보며 살짝 눈을 찡긋했다.

"그러니까 이제 FBI 걱정을 할 사람은 내가 아니라, 발라자르 씨예요. 놈들이 수색영장을 들고 쳐들어오면 아마 다리 벌릴 새도 없이 뒷구멍까지 탈탈 털릴 걸요."

발라자르가 카드 두 장을 집어들었다. 한순간 손이 떨렸고, 그는 카드를 내려놓았다. 한순간이었지만 롤랜드는 놓치지 않았고 에디 또한 마찬가지였다. 망설이는 표정이, 어쩌면 한순간이나마 두려워 하는 표정이 발라자르의 얼굴에 떠올랐다가 사라졌다.

"에디, 내 앞에서는 말을 가려 써야지. 네가 무슨 소릴 했는지 가만히 생각해 봐. 그리고 잊지 마라. 난 시간도, 네 헛소리를 참아줄 인내심도 부족해."

잭 안돌리니가 무언가 깨달은 듯 선득 놀란 표정을 지었다.

"형님, 이 새끼가 FBI하고 거래한 겁니다! 이 좆만 한 새끼가 물건을 넘기고 심문받는 척하는 동안 놈들이 여기다 증거를 심어둔 겁니다!"

"여긴 아무도 안 들어왔다. 놈들이 함부로 얼쩡거릴 데가 아니잖냐, 잭. 너도 알잖아. 지붕에 비둘기 똥만 떨어져도 경보음이 진동을 하는데."

"그래도……"

"놈들이 어떻게든 머리를 굴려서 우리를 엮었다고 쳐. 그래봤자 기관에는 우리 끈이 여럿 있다. 한번 당겼다 하면 사흘도 안 돼서 구멍이 열다섯 개는 뚫려. 누가, 언제, 어떻게 움직이는지 다 알아."

발라자르가 다시 에디를 돌아보았다.

"에디. 개소리할 시간은 딱 15초뿐이다. 그다음엔 치미 드레토를 불러서 널 주물러주라고 할 거야. 그다음에, 그러니까 널 주물러준 다음에, 치미는 가까운 방으로 옮겨갈 거다. 그때부턴 치미가 네 형을 주물러주는 소리가 여기까지 들릴 거야."

에디의 몸이 우뚝 굳었다.

〈아서라.〉총잡이가 중얼거렸다. 그러고는 발라자르를 보며 속으로 생각했다. '네놈이 형이란 말을 입에 올리기만 해도 이 친구는 마음이 찢어진다. 벌어진 상처를 막대기로 찌르는 꼴이란 말이다.'

"화장실 좀 쓸게요."

에디가 사무실 왼쪽 구석에 있는 문을 가리켰다. 하도 밋밋해서 거의 벽 판자처럼 보이는 문이었다.

"저 혼자 들어갈 겁니다. 나올 때는 코카인 500그램을 들고 있을 거예요. 물건의 딱 절반이죠. 직접 확인해 보세요. 그다음엔 형을 이리 데려와서 나한테 보여줘요. 내 눈으로 보면, 그러니까 무사한지 내 눈으로 확인하고 나서, 형한테 내가 쓸 물건을 주고 부하 한 명을 붙여서 차에 태워 집으로 보내요. 그동안 나랑……"

'롤랜드는,' 에디는 거의 입밖에 낼 뻔했다.

"……나랑 여기 있는 이 신사분들은 탑 쌓기나 구경하고 있으면 돼요. 헨리 형이 집에 무사히 도착하면 나한테 전화해서 미리 정한 말을 들려줄 거예요. 귀에 총을 쑤셔박은 놈팡이 없이 무사하다면 말이죠. 형이랑은 출발하기 전에 미리 그러기로 정해뒀어요. 만약의 상황에 대비해서."

총잡이는 진심인지 허세인지 확인하려고 에디의 의식을 살폈다. 진심이었거나, 또는 적어도 에디는 진심이라고 생각했다. 에디는 형이 미리 정한 말을 거짓으로 말할 바에야 죽음을 택하리라고 확신하는 듯 보였다. 총잡이로서는 헨리가 그러리라고 확신할 수 없었지만.

"내가 이 나이에 산타클로스를 믿을 것 같으냐."

"그럴 것 같진 않네요."

"클라우디오. 저놈 털어봐라. 잭, 넌 화장실에 들어가서 훑어봐. 샅샅이 훑어라."

"형님, 화장실에 혹시 제가 모르는 장소가 있습니까?"

잭 안돌리니가 물었다. 발라자르가 진한 갈색 눈으로 잭을 한참 동안 바라보며 골똘히 생각했다.

"약장 뒤에 작은 공간이 있다. 자잘한 물건을 넣어두는 곳이야. 물건을 500그램이나 넣어둘 만큼 크진 않지만, 그래도 한번 훑어봐라."

잭이 자그마한 변소 문을 열고 들어서자 공중 마차의 변소를 비추던 차가운 백색 광선이 다시금 총잡이 눈에 비쳤다. 그러고는 문이 닫혔다.

발라자르가 에디 쪽으로 휙 고개를 돌렸다.

"왜 그딴 미친 소리를 하는 거냐?"

발라자르가 슬퍼 보이는 표정으로 물었다.

"에디, 난 네가 똑똑한 놈인 줄 알았다."

"제 눈 똑바로 보세요."

에디의 목소리는 차분했다.

"제 눈을 보고 미친 소리라고 말해 보세요."

발라자르는 에디 말대로 했다. 에디의 눈을 한참 동안 들여다보았다. 그러고는 돌아섰다. 바지 주머니에 손을 어찌나 깊이 찔러넣었던지, 전형적인 농사꾼 엉덩이의 골이 보일 정도였다. 뒷모습이 꼭 말썽쟁이 자식 때문에 슬퍼하는 아버지처럼 보였지만, 롤랜드는 발라자르가 돌아서기 전 그의 얼굴에 스친 표정을 놓치지 않았다.

에디 얼굴에서 확인한 무언가가 발라자르에게 남긴 감정은 슬픔이
아니라, 지독한 불안이었다.

"벗어, 새끼야."

클라우디오가 어느새 총을 뽑아 에디를 겨누고 있었다.

에디가 옷을 하나둘 벗기 시작했다.

5

'이거 영 맘에 안 드는데.' 발라자르는 화장실에 들어간 잭 안돌
리니가 나오기를 기다렸다. 그러다가 선득 겁에 질렸고, 땀을 흘렸
다. 원래부터 우물 파는 인부의 허리띠 버클보다 써늘한 엄동설한에
도 땀을 흘리던 겨드랑이와 가랑이는 물론이고, 지금은 아예 온몸에
서 땀이 질질 흐르는 중이었다. 에디는 더 이상 약쟁이처럼 보이지
않았다. 원래부터 똑똑한 놈이긴 했지만 그래봤자 싸구려 헤로인만
보면 불알에 낚싯바늘이 걸린 양 질질 끌려다니는 약쟁이였다. 그런
데 여행을 마치고 돌아온 지금은…… 지금은? 마치 알 수 없는 방법
으로 성장한 듯, 변모한 듯싶었다.

'꼭 누가 저 놈 주둥이를 벌리고 배짱을 한 두 바가지쯤 들이부어
준 것 같단 말이지.'

그랬다. 틀림없었다. 거기에 약기운까지. 염병할 놈의 헤로인. 잭
이 화장실을 뒤지는 동안 클라우디오는 가학 취미가 있는 교도관처
럼 에디를 샅샅이 뒤졌다. 에디는 발라자르가 비단 에디뿐 아니라
어느 약쟁이도 할 수 없을 거라 믿었던 의연한 자세로 시종일관했

다. 클라우디오가 왼손 손바닥에 콧물 섞인 질척한 침을 네 번이나 뱉고 오른손에 골고루 문지른 다음, 에디의 항문에 침 바른 오른손을 손목 위 5센티미터쯤까지 쑥 처넣었는데도 그랬다.

약은 화장실에도, 에디 몸뚱이의 겉에도 속에도 없었다. 에디의 옷, 재킷, 여행가방에도 약이 없기는 마찬가지였다. 에디가 한 말은 결국 허풍이었다.

'제 눈을 보고 미친 소리라고 말해 보세요.'

발라자르는 그 말대로 했다. 그러고는 자기가 본 것 때문에 혼란스러워했다. 그가 본 에디 딘은 자신감이 가득했다. 에디는 진심으로 화장실에 들어가서 물건 절반을 들고 다시 나올 작정이었다.

심지어 발라자르마저도 거의 믿을 뻔했다.

클라우디오 안돌리니가 팔을 당겼다. 에디의 항문에서 손이 나올 때 '퐁' 소리가 났다. 클라우디오의 입이 줄줄이 매듭지은 낚싯줄 모양으로 일그러졌다.

"형, 빨리 끝내! 내 손에 이 새끼 똥 묻었어!"

클라우디오가 성난 듯 소리쳤다. 에디가 조곤조곤 약을 올렸다.

"네가 거기까지 뒤질 줄은 몰랐지. 알았으면 마지막으로 똥 누고 나서 의자다리로 깨끗이 뚫어놨을 텐데. 그랬더라면 네 손도 좀 깨끗할 테고, 나도 귀염둥이 황소 페르디난드한테 뒷구멍 개통당한 기분을 안 느껴도 될 거 아냐."

"잭 형!"

"클라우디오, 주방에 가서 씻고 와라. 어차피 에디하고 나 사이에 서로 해코지할 이유 같은 건 없다. 안 그러냐, 에디?"

발라자르가 나지막이 물었다.

"그럼요."

"형님, 이 새끼 깨끗합니다. 깨끗한 건 아니고, 아무것도 안 갖고 있습니다. 그건 확실합니다."

클라우디오가 더러운 손을 흡사 죽은 생선인 양 멀찍이 내뻗은 채로 사무실에서 나갔다.

에디가 차분하게 건너다보는 동안 발라자르는 다시금 해리 후디니와 블랙스톤과 더그 헤닝과 데이비드 코퍼필드를 생각했다. 사람들은 보드빌 쇼와 마찬가지로 마술도 이미 숨을 거둔 장르라고들 하지만, 그럼에도 헤닝은 대스타였고, 코퍼필드라는 애송이는 발라자르가 언젠가 애틀랜틱시티에 갔을 때 본 공연에서 관중의 넋을 완전히 빼놓았다. 속임수로 아이들 코 묻은 돈을 뜯어내는 마술사를 길모퉁이에서 처음 보았던 어린 시절부터 발라자르는 줄곧 마술사라면 사족을 못 썼다. 마술사가 무언가를, 즉 온 관중으로 하여금 처음에는 경악했다가 곧이어 손뼉을 치도록 하는 무언가를 나타나게 할 때, 맨 처음 하는 일이 무엇이던가? 관중석에 앉은 사람을 무대로 불러 토끼든, 비둘기든, 가슴을 벗어부친 예쁜이든, 아니면 뭐든 간에, 그 무언가가 머지않아 나타날 장소가 텅 비었음을 확인시키는 일이었다. 뿐만 아니라 애초에 무언가가 들어갈 구멍이 아예 없음을 확인시키는 일이었다.

'녀석이 해낸 거다. 어떻게 했는지는 몰라, 알고 싶지도 않고. 확실한 거 하나는, 영 맘에 안 든다는 거지. 하나도 맘에 안 들어.'

6

마음에 안 드는 일이 생기기는 조지 비온디도 마찬가지였다. 게다가 그는 이 일로 에디 딘이 미쳐 날뛸까봐 걱정스럽기까지 했다.

조지가 보기에는 틀림없이 치미가 경리 사무실에 들어와서 불을 끄고 얼마 지나지 않아 일어난 일이었다. 헨리가 죽었던 것이다. 불평도, 소란도, 말썽도 없이, 조용히 죽어버렸다. 산들바람을 타고 날아간 민들레 홀씨처럼 슬며시 가버렸다. 조지는 어쩌면 클라우디오가 똥 묻은 손을 씻으러 주방으로 갈 무렵에 그리 되었지 싶었다.

"헨리?"

조지가 헨리의 귀에 대고 소곤거렸다. 입을 어찌나 바싹 갖다댔던지 흡사 컴컴한 극장에서 여자한테 키스하는 모양새였고, 게다가 이미 죽었는지도 모르는 사람이었기에 더욱 끔찍했다. 조지는 의사들이 전문용어로 뭐라고 부르든 간에 자신은 그저 '약쟁이공포증'이라고 부르고픈 끔찍한 기분이었건만, 그래도 확인해야만 했다. 게다가 이 방과 발라자르의 사무실 사이 벽은 몹시 얇았다.

"야, 조지. 왜 그래?"

트릭스가 물었다.

"입 다물어."

치미가 트릭스에게 쏘아붙였다. 치미의 목소리는 공회전하는 트럭의 엔진소리처럼 굵직했다.

모두 입을 다물었다.

조지가 헨리의 셔츠 속으로 손을 넣었다. '이런, 갈수록 태산인데 이거.' 조지는 여자와 극장에 나란히 앉아 있는 상상이 머릿속에서 가시질 않았다. 이제 그 여자를 더듬기까지 했는데 실은 여자가 아니라 남자였고, 이제 단순히 약쟁이공포증이 아니라 염병할 놈의 호모약쟁이공포증이었으며, 심지어 헨리의 앙상한 약쟁이표 가슴도 오르락내리락하지 않았고, 그 속에서 두근, 두근, 두근 뛰어야 할 무언가도 뛰지 않았다. 헨리 딘에게는 이것이 끝이었다. 헨리 딘의 경기는 우천 관계로 7회에 끝나버렸다. 그에게서 움직이는 거라곤 시계바늘뿐이었다.

조지는 높이 쌓아둔 올드 컨트리 올리브유 상자와 마늘더미 속에 걸터앉은 치미 드레토에게 다가갔다. 그러고는 소곤거렸다.

"저기, 문제가 좀 생겼는데 말입니다."

7

화장실에 들어갔던 잭이 바깥으로 나왔다.

"저 안에는 없습니다."

차가운 눈길이 에디를 훑었다.

"창문으로 튈 생각은 접어라. 10호짜리 철망이 쳐져 있으니까."

"애초에 창문은 생각도 안 했어요. 물건은 저 안에 있으니까. 제대로 못 찾은 것뿐이에요."

에디가 조곤조곤 대꾸했다. 안돌리니가 발라자르에게 말했다.

"죄송합니다, 형님. 전 더 이상 이 쓰레기 새끼를 봐주기가 힘들 것 같습니다."

발라자르는 안돌리니가 한 말을 못 들은 듯 에디를 가만히 응시했다. 그는 골똘히 생각했다.

모자에서 토끼를 꺼내는 마술사를 골똘히 생각했다.

먼저 관중 가운데 한 명을 무대로 불러서 모자가 비었음을 확인시킨다. 여기서 결코 변치 않는 요소는? 모자 안쪽까지 들여다보는 사람은 당연히 마술사뿐이라는 점이다. 아까 저 꼬맹이가 뭐라고 했더라? '화장실 좀 쓸게요. 저 혼자 들어갈 겁니다.'

발라자르는 평소 같았으면 마술의 비밀을 캐내는 짓 따위는 좀처럼 하지 않았으리라. 그랬다가는 즐거움을 망치게 마련이므로.

평소 같았으면.

그러나 이것은 지금 당장 망치고 싶은 마술이었다.

"오냐, 물건이 저 안에 있으면 들어가서 가져와라. 지금 그대로 들어가. 발가벗은 채로."

"그러죠."

에디가 화장실 문 쪽으로 움직였다.

"하지만 혼자는 곤란해."

발라자르가 말하자 에디가 우뚝 멈췄다. 흡사 보이지 않는 작살에 꿰뚫린 모양새였다. 발라자르는 이런 에디를 보며 흐뭇해했다. 꼬맹이의 계획에 없던 일이 처음으로 일어났으므로.

"잭이랑 같이 들어가라."

"안 돼요. 그건 내가 한……"

"에디."

발라자르가 점잖게 불렀다.

"내 앞에서 안 된다는 말 꺼내지 마라. 절대로 하지 마."

8

〈괜찮다.〉 총잡이가 속삭였다. 〈들어오라고 해.〉

〈하지만…… 그래도……〉

에디는 소리 내어 횡설수설 지껄이려다가 간신히 참았다. 발라자르가 느닷없이 던진 변화구 탓이 아니었다. 형 걱정에 정신이 팔린 탓이기도 했거니와, 무엇보다도 줄곧 간절해지기만 하는 작대기 생각 탓이었다.

〈들어오라고 해. 괜찮을 거다. 내 말 들어라.〉

에디는 총잡이의 말을 들었다.

9

발라자르가 가만히 에디를 응시했다. 비쩍 마른 벌거숭이였고, 앙상한 가슴팍과 구부정한 자세를 보면 전형적인 약쟁이였다. 머리를 한쪽으로 기우뚱 기울인 에디를 보며 발라자르는 살짝 오싹해졌다. 눈앞의 꼬맹이는 꼭 자기한테만 들리는 목소리와 얘기를 나누는 듯 보였다.

안돌리니의 머릿속에도 똑같은 생각이 떠올랐으나 살짝 달랐다. '이 새끼 뭐야? 꼭 RCA 빅터 레코드 상표에 있던 강아지 같잖아!'

그러고 보니 아까 콜 녀석이 에디 눈이 어쨌다는 얘기를 하려고 했다. 잭 안돌리니는 순간 그 얘기를 들을 것을 하고 후회했다. '에라, 바랄 걸 바라야지.'

그들로서는 에디가 머릿속의 목소리와 대화를 끝냈는지 어쨌는지 알 수 없었지만, 한순간 에디는 이야기를 마무리 지었거나 목소리를 무시하려고 작정한 듯 보였다.

"알았어요. 잭, 같이 들어갑시다. 지금부터 내가 세계 8대 불가사의 중에 여덟째를 보여줄게요."

에디가 빙긋 웃었지만 잭 안돌리니와 엔리코 발라자르는 그 웃음이 조금도 마음에 들지 않았다.

"오호, 그래?"

안돌리니가 허리띠 뒤에 찬 둥그런 총집에서 권총을 꺼내들었다.

"내가 봐도 놀랄 만한가 보지?"

에디가 더욱 흐뭇하게 웃었다.

"그럼요. 하도 놀라서 양말이 쑥 벗겨질걸요."

10

안돌리니가 에디를 따라 화장실로 들어갔다. 그는 총을 꺼내들고 있었다. 숨이 가빠진 탓이었다.

"잭, 문 닫아야죠."

"닥쳐."

"문 안 닫으면 약도 없어요."

"닥치라고."

안돌리니가 되뇌었다. 이제 슬며시 겁을 집어먹은 데다 무언가 알 수 없는 일이 벌어질 거라 예감했기 때문인지, 안돌리니는 밴에서 봤을 때보다 훨씬 더 영리해 보였다.

"발라자르 씨, 잭 형이 문 안 닫겠다는데요."

에디가 바깥에 있는 발라자르에게 큰소리로 말했다.

"이러면 저 포기할 수밖에 없어요. 가게에 신사분들이 한 여섯 명은 모여 있을 거 아녜요, 한 명당 총을 네 정씩은 갖고 있을 테고. 그런데도 화장실에 처박힌 꼬맹이 한 놈한테 쫄아서야 되겠어요? 그것도 약쟁이 꼬맹이한테."

"그 문 닫아라, 잭!"

"그러셔야지."

잭 안돌리니가 발로 문을 쿵 닫자 에디가 이죽거렸다.

"뒷발로 걷어차는 걸 봐선 사람이 아니라 혹시 암탕나귀……"

"좆만 한 새끼, 봐 주는 것도 이제 끝이다."

안돌리니가 딱히 누구에게랄 것도 없이 으르렁거렸다. 그는 총 손잡이를 앞으로 돌려 총신을 쥐고 에디의 턱을 갈기려는 듯 오른손을 대각선 위로 쳐들었다.

그러고는 손을 치켜든 모습 그대로, 딱 얼어붙었다. 이를 드러내고 으르렁거리던 입이 경악한 듯 헤 벌어졌다. 콜 빈센트가 밴에서 본 광경이 눈앞에 펼쳐졌으므로.

"놈을 붙잡아라!"

나직이 명령하는 소리가 들렸다. 에디 입에서 튀어나왔지만 에디 목소리가 아니었다.

'분열이다, 정신분열증이야, 이 개새끼가 정신분열'

에디가 어깨를 붙들자 안돌리니의 생각이 뚝 끊어졌다. 갑자기 에디의 등 뒤 1미터쯤에 갑자기 구멍이 나타났으므로, 그 구멍은 현실이었으므로.

아니, 구멍이 아니었다. 구멍 치고는 윤곽이 너무 또렷했다.

문이었다.

"은총이 가득하신 마리아님, 오오……"

잭이 신음하듯 가냘프게 웅얼거렸다. 샤워실 앞 30센티미터 높이에 문이, 그 문 저편에 경사진 잿빛 모래톱과 부서지는 파도가 보였다. 바닷가에 무언가가 움직이고 있었다. 무언가 여럿이서.

잭이 총을 휘둘렀다. 그러나 에디의 잇몸을 따라 앞니를 전부 털어내리던 일격은 겨우 입술을 터뜨리고 피를 찔끔 짜내는 데 그쳤다. 온몸의 힘이 스르르 빠져나간 탓이었다. 잭은 빠져나가는 힘을 실제로 느꼈다.

"내가 그랬잖아, 잭. 놀라서 양말이 쑥 벗겨질 거라고."

에디가 잭을 확 끌어당겼다. 잭은 막바지에 가서야 에디가 무슨 짓을 하려는지 깨닫고 살쾡이처럼 버둥거렸지만, 이미 엎질러진 물이었다. 둘은 뒤로 자빠져서 문으로 굴러들어갔고, 뉴욕의 밤거리를 가득 메운 웅웅대는 소음은, 너무나 익숙한 탓에 정작 사라지기 전에는 있는지 없는지도 모를 그 지겨운 소음은, 우르릉거리는 파도소리와 모래톱을 오가는 거무스름한 괴물 떼의 절그럭거리는 질문소리로 바뀌었다.

11

〈전광석화처럼 움직여라. 안 그랬다가는 건조로에서 바싹 구워진

꼴이 되는 건 바로 너와 나다.〉

에디가 보기에 롤랜드가 한 말은 여기서 빛의 속도로 움직이지 않으면 둘 다 구운 기러기 꼴이 된다는 뜻임이 분명했다. 에디 생각도 똑같았다. 억세기로 따지면 잭 안돌리니는 거의 뉴욕 메츠의 명투수 드와이트 구든과 동급이었다. 그토록 강한 상대라고 해도 동요시킬 수는 있었다. 놀래줄 수도 있었다. 그러나 경기 초반에 확실히 꺾어놓지 않으면 나중에는 이쪽이 자근자근 밟히게 마련이었다.

〈왼손이다!〉 롤랜드는 저쪽 세계로 넘어가는 동안 스스로에게 외치고 나서 에디와 갈라섰다. 〈명심해! 왼손이다! 왼손을 써야 해!〉

에디와 잭은 뒷걸음질하다가 자빠졌다. 그러고는 모래톱 가장자리의 자갈밭을 뒹굴며 잭이 손에 쥔 총을 차지하려고 다투었다.

잠시나마 생각할 짬을 얻은 롤랜드는 궁금해했다. 살던 세계로 돌아와 보니 자기가 자리를 비운 동안 육체가 이미 숨을 거두었다면, 그렇다면 기막히게 우스운 일일 수도 있겠구나 하고 궁금해했으나…… 그래봤자 이미 엎질러진 물이었다. 궁금해하기에도, 그리고 돌아가기에도.

12

잭 안돌리니는 대관절 어찌된 영문인지 알 수가 없었다. 한편으로는 자기가 미쳤다고 생각했고, 한편으로는 에디가 약이나 가스를 뿌렸다고 생각했으며, 또 한편으로는 어린 시절에 복수의 신이라고 배운 주님께서 그의 악행에 질리신 나머지 그를 익숙한 세계에서 끌어내어 이 기괴한 생지옥으로 인도하셨다고 생각했다.

그러다가 이내 문을 발견했다. 우뚝 선 채 자갈밭에 새하얀 부채꼴 불빛을, 발라자르의 화장실 불빛을 비추고 있는 문을 보고 나서야 잭은 돌아갈 수 있음을 깨달았다. 뭐니 뭐니 해도 그는 실용적인 사람이었다. 근심걱정은 돌아간 후에 해도 늦지 않았다. 당장은 이 징그러운 약쟁이 새끼를 죽여버리고 문으로 빠져나갈 작정이었다.

터무니없이 놀라는 바람에 스르르 빠져나갔던 힘이 다시 스멀스멀 차올랐다. 그러고 보니 손에 쥐고 있던 작지만 성능 좋은 콜트 코브라를 에디가 뺏으려고 낑낑대는 중이었고, 거의 뺏어갈 참이었다. 잭은 욕을 퍼붓고 에디를 뿌리친 다음 그에게 총을 겨누려고 했지만, 에디가 재빨리 팔을 잡고 늘어졌다.

잭이 에디의 오른쪽 허벅지 근육에 무릎을 날리자(잭의 값비싼 개버딘 바지는 잿빛 모래가 묻어 엉망이었다.) 에디는 근육이 찢어지는 아픔에 비명을 질렀다.

"롤랜드! 도와줘! 제발, 어서 도와줘!"

잭은 에디의 비명을 듣고 고개를 돌렸다가 눈앞에 나타난 형상을 보고 또다시 당황했다. 저만치에 웬 사내가 서 있었는데…… 사내보다는 유령에 가까운 형상이었다. 다만 꼬마 유령 캐스퍼는 아니었다. 휘청거리는 형상의 얼굴은 해쓱하고 초췌했으며, 수염자리가 거뭇거뭇했다. 너덜너덜한 셔츠가 등 뒤로 리본처럼 구불구불 휘날린 탓에 앙상한 갈비뼈가 훤히 드러났다. 오른손은 더러운 천쪼가리를 동여맨 꼴이었다. 앓는 듯 보였지만, 앓다가 죽어가는 듯 보였지만, 그럼에도 잭으로 하여금 달걀반숙이 된 기분을 느끼게 할 만큼 억세 보였다.

게다가 권총을 두 정이나 차고 있었다.

총은 산처럼 오래되어 보였다. 서부 개척시대 박물관에서 가져온 듯 오래된 물건이었지만…… 어쨌거나 분명히 총이었고, 실제로 작동할지도 몰랐기에, 잭은 불현듯 이 유령처럼 해쓱한 형상을 당장 해치워야 한다는 생각이 들었다. 만약 유령이 아니라면…… 그렇다면 대단할 것도 없었고, 걱정할 필요도 없었다.

잭이 에디를 뿌리치고 오른쪽으로 몸을 굴렸다. 500달러짜리 캐주얼 재킷이 자갈 모서리에 걸려 찢어지는 느낌이 어렴풋이 들었다. 이와 동시에 총잡이가 왼손으로 총을 뽑았다. 뽑는 속도는 여느 때와 똑같았다. 아프든 건강하든, 또렷이 깨어 있든 반쯤 잠들었든, 똑같았다. 여름 하늘에 느닷없이 치는 번개처럼 빨랐다.

'맞았구나,' 잭이 생각했다. 통증과 경악이 동시에 엄습했다. '맙소사, 저렇게 빠른 놈은 본 적이 없어! 맞았구나, 천주의 성모 마리아님, 저 새끼가 절 쐈어요, 저 개새……'

누더기 셔츠를 입은 남자가 리볼버 방아쇠를 당기자 잭은 정말로 자기가 죽었다고 생각했다. 총성 대신 둔탁한 철컥 소리가 들리기도 전에 그렇게 생각했다.

불발이었다.

씩 웃으며, 잭이 무릎을 딛고 일어서서 총을 치켜들었다.

"누군진 몰라도 넌 이제 끝이다, 이 씨발 유령 새끼야."

13

에디가 덜덜 떨면서 일어나 앉았다. 벌거벗은 몸에 온통 소름이 돋아 있었다. 롤랜드가 총을 뽑았고, 쾅 소리 대신 둔탁한 철컥 소리가 들렸으며, 잭이 무릎을 짚고 일어서서 뭐라고 중얼거렸다. 에디는 저도 모르게 자갈밭을 더듬어 뾰족한 짱돌을 찾아 손에 쥐었다. 그는 모래에 파묻힌 돌을 뽑아들고 있는 힘껏 내던졌다.

날아간 돌이 잭의 정수리 바로 뒤를 때리고 퉁겨나갔다. 잭 안돌리니의 머리가죽이 찢어졌고, 그 자리에서 피가 흩날렸다. 잭이 방아쇠를 당겼다. 그러나 총알은 총잡이를 끝내는 대신 터무니없이 빗나갔다.

14

'터무니없이 빗나가진 않았다.' 아마도 총잡이는 에디에게 이렇게 말했으리라. '볼에 총알이 일으킨 바람을 느낄 정도면 터무니없다고 하긴 힘들지.'

총잡이는 잭이 쏜 총알 때문에 흠칫 움츠렸지만, 그러면서도 한편으로는 권총의 격철을 젖히고 다시 방아쇠를 당겼다. 이번에는 약실에 있던 총알이 발사됐다. 둔탁하고 위압적인 굉음이 해변 가득 메아리쳤다. 가재 괴물을 피해 높은 곳의 바위에 앉아 잠들었던 갈매기들이 퍼뜩 일어나 떼 지어 날아올랐다.

비록 저도 모르게 몸을 움츠리긴 했어도 총잡이의 솜씨는 잭을 끝내기에 손색이 없었지만, 이때 잭은 움직이는 중이었다. 머리에 돌을 맞고 몽롱해진 나머지 옆으로 고꾸라졌던 것이다. 총잡이의 리볼버가 일으킨 굉음은 잭이 듣기에 아득히 멀리서 울리는 소리에 불과했다. 그러나 왼팔을 꿰뚫고 팔꿈치를 뭉개놓은 뜨거운 부지깽이만은 진짜였다. 잭은 왼팔의 통증 덕분에 정신을 차리고 무릎을 딛고 일어났다. 망가져서 쓸모가 없어진 한쪽 팔은 힘없이 디룽거렸지만, 반대쪽 손에 쥔 권총은 표적을 찾아 사방을 두리번거렸다.

우선 눈에 띈 것은 에디였다. 약쟁이 에디, 그를 이 생지옥으로 끌어들인 에디. 에디는 태어날 때 모습 그대로, 차가운 바닷바람 속에 서서, 양팔로 제 몸을 껴안은 채 덜덜 떨고 있었다. 잭은 어쩌면 이곳에서 죽을지도 모른다고 생각했다. 그러나 최소한 저 빌어먹을 에디 딘 자식을 함께 데려가는 기쁨은 누릴 수 있을 듯싶었다.

잭이 총을 치켜들었다. 조그마한 콜트 코브라가 10킬로그램은 나갈 듯 무거웠으나 그는 가까스로 총을 들고 에디를 겨눴다.

15

'이번 것도 불발이면 안 되는데.' 롤랜드는 냉정하게 생각하며 엄지로 격철을 젖혔다. 요란하게 끼룩거리는 갈매기 소리 속에서도, 그는 탄창이 부드럽게 회전하는 소리를 똑똑히 들었다.

16

불발이 아니었다.

17

총잡이가 겨냥한 것은 잭의 머리가 아니라 잭이 손에 쥔 총이었다. 총잡이는 앞으로 이 남자가 필요할지 어떨지 확신할 수 없었지만, 어쩌면 필요할지도 모를 일이었다. 이 남자는 발라자르의 중요한 부하였고, 발라자르는 총잡이가 짐작한 바와 한 치도 어긋남 없이 위험한 인물이었기에, 안전한 길이 가장 좋은 길이었다.

총잡이의 실력은 훌륭했고 이는 놀랄 일이 아니었다. 그러나 잭의 총과 잭 본인에게 일어난 일은 달랐다. 총잡이는 전에도 이런 일을 본 적이 있긴 했지만, 오랜 세월 총부림을 목격해온 그조차도 단 두 번밖에 못 보았을 만큼 드문 일이었다.

'운이 안 좋았어, 친구.' 총잡이는 비명을 지르며 바다 쪽으로 비틀비틀 걸어가는 잭을 보면서 생각했다. 셔츠고 바지고 온통 피투성이었다. 콜트 코브라를 쥐고 있던 오른손은 손바닥 중간부터 사라지고 없었다. 총은 형체도 못 알아보도록 찌그러진 쇳덩이가 되어 모래 위에 뒹굴었다.

에디는 꼼짝도 못하고 잭을 바라보았다. 이제 잭 안돌리니의 원시인 같은 얼굴을 보고 속아넘어갈 사람은 없을 듯싶었다. 왜냐하면, 이제 얼굴이 없어졌으므로. 전에 얼굴이 있던 자리에 지금은 너덜너덜한 살점과 비명을 내지르는 시커먼 구멍뿐이었다.

"맙소사, 어떻게 된 거야?"

"필시 내가 쏜 총알이 저 총의 탄창을 맞추었을 거다. 놈이 하필 그때 방아쇠를 당겼을 테지."

총잡이가 말했다. 목소리가 마치 탄도학 강의를 하는 경찰학교 교관처럼 태연했다.

"그 결과로 총 뒤쪽이 날아간 거다. 어쩌면 총알 몇 개가 함께 폭발했는지도 모르지."

"저, 저 새끼 쏴버려."

에디가 전에 없이 심하게 몸을 떨었다. 이제는 밤공기와 바닷바람과 벌거벗은 몸 때문이 아니었다.

"죽여버려. 고통받게 내버려두지 말고, 얼른……"

"이미 늦었다."

총잡이가 어찌나 냉정하게 말했던지 에디는 그의 목소리에 밴 한기가 뼛속까지 스미는 느낌이었다.

에디는 잭한테서 눈을 너무 늦게 돌리는 바람에 가재 괴물들이 그의 발을 뒤덮는 광경을 목격할 수밖에 없었다. 놈들은 그의 구찌 구두를…… 물론, 안에 발이 든 채로, 찢어발기는 중이었다. 잭은 비명을 지르며, 앞으로 내민 두 팔을 발작하듯 휘저으며, 폭 고꾸라졌다. 가재 괴물들이 게걸스레 덤벼들어 그를 산 채로 뜯어먹으면서, 열심히 캐물었다. "대드, 어, 채크?" "디드, 어, 치크?" "덤, 어, 첨?" "도드, 어, 초크?"

"젠장, 이제 어떡하지?"

"이제 발라자르한테 약속한 만큼만

('마귀풀'이라고 총잡이가 말했다. '코카인'으로 에디는 들었다.)을 가져
와라. 더도 말고 덜도 말고, 반만. 그다음에 돌아간다."

총잡이가 에디를 빤히 보다가 말을 이었다.

"다만 이번에는 나도 함께 갈 것이다. 내 육신을 지니고."

"맙소사, 그게 가능하단 말이야?"

에디는 이내 자기 물음에 스스로 답했다.

"하긴 가능하겠지. 그런데 왜?"

"왜냐하면 너 혼자선 해결할 수 없기 때문이다. 따라와라."

에디가 해변에서 꿈틀거리는 집게발 괴물 떼를 돌아보았다. 그는
평생 잭 안돌리니를 싫어했지만, 그럼에도 왠지 가슴이 미어지는 기
분이었다.

"따라오라니까."

롤랜드가 성마르게 재촉했다.

"시간이 없다. 게다가 난 지금부터 해야 할 일이 조금도 맘에 안
든다. 전에는 단 한 번도 해본 적 없는 일이다. 하게 되리라곤 생각
도 못했던 일이지."

쓴웃음을 짓는 듯, 총잡이의 입가가 슬며시 올라갔다.

"하긴, 그런 일에 점점 익숙해지는 중이긴 하지만."

에디가 비쩍 마른 총잡이를 향해 다가갔다. 다리가 점점 고무로
변해가는 기분이었다. 낯선 세계의 어둠 속에서 총잡이의 살갗이
새하얗게 빛났다. '롤랜드, 당신 도대체 누구야? 정체가 뭐야? 게다
가 이 뜨거운 열기는…… 이건 그냥 몸에서 나는 열이야? 아니면 광
기? 내가 보기엔 둘 다 같아.'

아아, 에디에게는 작대기가 필요했다. 아니, 그 이상이었다. 이제

그는 한 대 짚을 자격이 충분했다.

"전에 뭘 안 해봤다고? 당신 지금 무슨 소릴 하는 거야?"

"뽑아라."

롤랜드가 오른쪽 허리춤에 차고 있던 태곳적의 리볼버를 손으로 가리켰다. 손가락으로 가리키지는 못했다. 가리킬 손가락은 간데없고 다만 두루뭉술하게 동여맨 덩어리뿐이었으므로.

"지금은 나한테 소용없는 물건이다. 지금뿐만이 아니라, 어쩌면 영영 그럴지도 모르지."

"나…… 난 그거 만지기도 싫어."

"나도 네게 만지게 하고 싶지 않다."

총잡이의 목소리는 뜻밖에도 무척이나 부드러웠다.

"허나 우리 둘 다 선택할 여지가 없다. 총격전이 벌어질 게야."

"진짜?"

"그래."

에디를 보는 총잡이의 눈길은 평온하기만 했다.

"무척 큰 싸움이 될 게다."

18

발라자르는 점점 더 불안해졌다. 기다리는 시간이 너무 길었다. 녀석들은 저 안에 너무 오래 죽치고 있었고, 너무 조용했다. 한 블록쯤 떨어진 곳에서 사람들이 드잡이하는 소리와 총성 비슷한 소리가 희미하게 들렸다. 폭죽 소리일 수도 있었지만…… 발라자르와 같은 업계에 종사하는 사람이라면, 그런 소리를 듣고 맨 먼저 떠올리는 것은 폭죽이 아니었다.

그리고 비명소리도. 비명소리?

'쓸데없는 걱정이야. 저 멀리서 무슨 일이 벌어지든 나하고는 아무 상관도 없어. 나도 참, 뒷방늙은이처럼 걱정만 늘어가는군.'

그렇다고는 해도 조짐이 좋지 않았다. 몹시 안 좋았다.

"잭?"

발라자르가 닫힌 화장실 문을 보며 소리쳤다.

응답이 없었다.

발라자르가 책상 왼쪽 맨 위 서랍을 열고 권총을 꺼냈다. 동그란 총집에 쏙 들어가는 콜트 코브라가 아니었다. 큼지막한 357 매그넘이었다.

"치미! 이쪽으로 건너와!"

발라자르가 서랍을 쾅 닫았다. 카드로 쌓은 탑이 한숨처럼 가녀린 소리를 내며 무너졌다. 발라자르는 쳐다보지도 않았다.

110킬로그램이 넘는 치미 드레토의 거구가 사무실 문을 꽉 메웠다. 서랍에서 총을 꺼내는 '두목님'을 보자마자 치미도 격자무늬 재킷 속에 꽂아둔 총을 뽑았다. 너무 오래 쳐다봤다가는 눈이 부실 정도로 빠른 동작이었다.

"클라우디오하고 트릭스도 불러. 서둘러라. 꼬맹이가 뭔가 저지를 것 같다."

"저, 문제가 좀 생겼습니다."

발라자르가 화장실 문에서 치미 쪽으로 홱 눈을 돌렸다.

"문제는 벌써 산처럼 쌓였다, 이 자식아. 이번엔 또 뭐냐?"

치미가 입술을 핥았다. 유쾌한 상황이라고 해도 두목님께 나쁜 소식을 전하기는 쉽지 않은 일이었다. 하물며 두목님이 지금처럼……

"저기, 그게 말입니다……"

"빨리 말하란 말이다, 이 쌍놈의 자식아!"

19

백단향으로 만든 총 손잡이가 너무나 무거웠던 탓에, 에디는 권총을 뽑아들고 나서 맨 먼저 발가락에 총을 떨어뜨리는 실수부터 저지를 뻔했다. 총이 흡사 선사시대 것인 양 어찌나 커다랗고 무거웠던지, 에디는 두 손으로 쏴야겠다고 짐작했다. '반동도 엄청날 거야. 잘못하면 뒤에 있는 벽까지 날아가게 생겼는데. 그것도 총알이 나갈 때 얘기지만.' 그러나 마음 한편으로는 그것을 쥐고 싶었고, 한편으로는 그 총에 완벽하게 구현된 의지에 부응하고 싶었으며, 한편으로는 그것에 새겨진 어두운 핏빛 역사를 느끼고 그 일부가 되고 싶었다.

'오직 최고의 총잡이들만이 손에 쥐던 무기일 거야.' 에디는 곰곰이 생각했다. '뭐, 그것도 방금 전까지 얘기지만.'

"준비됐나?"

"아니. 그래도 가야지, 뭐."

에디가 왼손으로 롤랜드의 왼손 손목을 쥐었다. 롤랜드는 욱신거리는 오른손을 에디 어깨에 걸쳤다.

둘은 문으로 걸어 들어갔다. 롤랜드의 죽어가는 세계, 그 바람 부는 어두운 해변에서, 사탑 안 발라자르의 사무실에 딸린 서늘한 형광등 불빛이 비치는 개인 화장실로 건너갔다.

에디는 불빛에 적응하려고 눈을 깜박거리다가 사무실 쪽에서 들려오는 치미 드레토의 목소리를 들었다. '저, 문제가 좀 생겼습니다.' 치미가 말했다. '여기 문제없는 사람이 있는 줄 아냐.' 에디는 속으로 생각하다가 발라자르의 약장을 보고 눈길을 딱 멈췄다. 약장 문이 열려 있었다. 잭에게 화장실을 훑어보라던 발라자르의 말이, 화장실에 혹시 자기가 모르는 장소가 있냐던 잭의 말이 머릿속에서 다시 들려왔다. 그때 발라자르는 대답하기 전에 잠시 망설였다. 그러고는 대답했다. '약장 뒤 벽에 작은 공간이 있다. 자잘한 물건을 넣어두는 곳이야.'

잭은 약장 뒤의 금속판을 열어놓고 닫을 생각을 하지 않았다.

"롤랜드!"

에디가 나지막이 부르자 롤랜드가 입 다물라는 듯 총신을 입에 갖다댔다. 에디가 살그머니 약장으로 걸어갔다.

'자잘한 물건'의 정체는 좌약이 든 약병 한 개, 《아이들 놀이》라는 제목이 씐 인쇄 상태가 영 안 좋은 잡지 한 부(표지에는 여덟 살쯤 돼 보이는 여자아이 둘이서 발가벗은 채 혀를 감고 있었다.), 그리고…… 견본 포장에 든 여덟 개, 아니면 열 개쯤 되는 케플렉스였다. 에디는 케플렉스가 뭔지 알았다. 약쟁이라면 다들 아는 약이었다. 전신 감염이든 국부 감염이든 약쟁이는 감염에 약한 법이므로.

케플렉스는 항생제였다.

'문제는 벌써 산처럼 쌓였다, 이 자식아.' 발라자르의 목소리는

다급했다. '이번엔 또 뭐냐?'

'어디가 아프든, 이걸로도 못 고치면 저 친구는 가망이 없어.'

에디는 케플렉스를 집어서 주머니에 넣으려고 했다. 그러다가 넣을 주머니가 없음을 깨닫고 '큭' 소리를 터뜨렸다. 아무리 생각해도 웃음이라고 보기는 힘든 소리였다.

에디는 대신 약을 세면대에 모아두었다. 다시 와서 챙길 생각이었다. 나중에…… 나중이 있다면 말이지만.

"저기, 그게 말입니다……." 치미 목소리였다. "빨리 말하란 말이다, 이 쌍놈의 자식아!" 발라자르가 소리쳤다.

"저 꼬맹이 형 말입니다."

치미 목소리였다. 마지막 케플렉스 두 알을 손에 쥔 채로, 에디의 몸이 딱 굳었다. 머리는 번쩍 쳐든 채였다. 오래전 RCA 빅터 레코드 상표에 있던 강아지와 어느 때보다도 똑같아 보였다.

"그놈이 어쨌는데?"

발라자르가 조급한 목소리로 물었다.

"죽었습니다."

치미가 대답했다. 에디는 케플렉스를 세면대에 떨어뜨리고 롤랜드 쪽으로 돌아섰다.

"저 새끼들이 우리 형을 죽였대."

20

발라자르가 입을 열었다. 중요한 걱정거리가 생긴 상황에서, 이를테면 잭이 있든 없든 간에 저 꼬맹이가 자신을 엿 먹일 거라는 불안감을 도저히 떨칠 수 없는 이런 상황에서 개똥같은 소리로 귀찮게 하지 말라고 치미에게 쏘아붙일 작정이었다. 그때 꼬맹이 목소리가 들렸다. 놈도 치미와 발라자르의 목소리를 똑똑히 들었음이 분명했다. "저 새끼들이 우리 형을 죽였대." 꼬맹이가 말했다.

불현듯 발라자르는 받아야 할 물건도, 풀지 못한 수수께끼도, 아무것도 상관없었다. 상황이 더 엿 같아지기 전에 한바탕 쓸어버리고 끝내려는 생각밖에는 아무것도 떠오르지 않았다.

"잭, 그 새끼 죽여버려!"

발라자르가 외쳤지만, 응답이 없었다. 또다시 꼬맹이가 지껄이는 소리만 들려왔다. "저 새끼들이 우리 형을 죽였대. 헨리 형을 죽였대."

발라자르는 퍼뜩 눈치를 챘다. 그제야 깨달았다. 꼬맹이가 지껄이는 상대는 잭이 아니었다.

"치미, 애들 다 불러와. 전부 다. 꼬맹이를 처치한다. 놈이 뒈지면 주방으로 끌고 가서 내 손으로 모가지를 썰어버릴 거다."

21

"저 새끼들이 우리 형을 죽였대."

사로잡힌 남자가 말했다. 총잡이는 대꾸하지 않았다. 그저 가만히 응시하며 생각했다. '약병. 저 개수대에 있는 것. 저것이 내게 필요한 약이다. 아니면 그저 이 친구 생각인지도. 알약. 잊지 마라. 잊

으면 안 돼.'

바깥에서 소리가 들려왔다.

"잭, 그 새끼 죽여버려!"

에디도 총잡이도 그 소리에 신경을 쓰지 않았다.

"저 새끼들이 우리 형을 죽였대. 헨리 형을 죽였대."

뒤이어 에디의 머리를 어떻게 해버리겠다고 지껄이는 발라자르 목소리가 들렸다. 총잡이는 그 말을 듣고 뜬금없이 위안을 느꼈다. 이쪽 세계와 그가 사는 세계가 완전히 다르지는 않은 듯싶었다.

치미라고 불리던 남자가 큰소리로 패거리를 불러 모았다. 신사답지 않게 우르르 뛰어오는 발소리가 들렸다.

"형을 죽인 놈들한테 뭔가 해주고 싶은가? 아니면 그저 여기 이렇게 서 있을 텐가?"

"어어, 그래. 뭔가 해줘야지."

에디가 총잡이의 리볼버를 들어올렸다. 방금 전까지도 두 손으로 들어야겠다고 생각했건만, 막상 들고 보니 한 손으로도 가뿐했다.

"원하는 게 뭔가?"

총잡이가 물었다. 목소리가 그 스스로 듣기에도 아득했다. 총잡이는 고열 때문에 앓는 중이었으나 이때 그의 몸에 새로 치솟은 열기는 전혀 유가 다른 것, 총잡이와 너무나 친숙한 것이었다. 툴에서 그를 뒤덮었던 열기와 똑같았다. 그 열기의 이름은 투지였다. 의식을 온통 물들여 사고는 멈추고 사격을 시작케 하는 투지였다.

"저 새끼들하고 전쟁을 벌이고 싶어."

에디가 차분하게 중얼거렸다. 총잡이가 말했다.

"그 말이 무슨 뜻인지 자넨 아직 몰라. 하지만 곧 알게 될 테지.

문을 건너가면 자넨 오른쪽으로, 나는 왼쪽으로 간다. 내가 왼쪽을 맡아야 해. 손 때문에."

에디가 고개를 끄덕였다. 둘은 전장으로 향했다.

22

발라자르는 에디나 잭, 아니면 둘 다 나오리라고 예상했다. 에디와 나란히 생전 처음 보는 낯선 남자가 나오리라고는 생각지도 못했던 것이다. 남자는 키가 홀쭉했고 머리는 지저분한 반백이었으며, 얼굴은 어느 잔인한 신이 단단한 돌을 쪼아 만든 조각처럼 보였다. 잠시 동안 발라자르는 어느 쪽을 먼저 쏴죽여야 할지 망설였다.

그러나 치미 입장에서는 망설일 이유가 없었다. 두목님을 미치게 한 놈은 에디였다. 그러므로 우선 에디의 인생 퇴근 카드부터 찍어주고 나서 저 '카차로'를 손봐주면 그만이었다. 치미가 에디 쪽으로 뒤뚱 돌아서더니 들고 있던 자동권총을 세 발 쐈다. 탄피가 튀어 올라 공중에서 반짝였다. 에디는 치미의 거구가 몸을 트는 낌새를 알아채자마자 미친 듯이 바닥으로 몸을 날렸다. 흡사 디스코 경연대회에 나갔다가 무아지경에 빠진 나머지 입고 왔던 존 트라볼타 의상이, 물론 팬티도 포함하여, 홀라당 벗겨진 줄도 모르고 구르는 아이 같았다. 에디가 거시기를 덜렁거리며 날아가서 맨 무릎으로 착지했다. 후끈 뜨거워진 무릎이 마찰열 때문에 불붙은 듯 쓰라렸다. 에디 머리 바로 위쪽, 옹이 밴 나무처럼 보이던 플라스틱판에 구멍이 뚫렸다. 플라스틱 쪼가리가 에디 어깨와 머리에 비 오듯 쏟아졌다.

'아아, 하느님. 홀딱 벗고 작대기 생각만 하다가 죽게 놔두지 마세요.' 에디는 속으로 기도를 올렸지만, 이런 기도가 신성모독보다 더한 죄인 줄은 그도 아는 바였다. 그건 숫제 바보짓이었다. 그럼에도 멈출 수가 없었다. '뭐 이러다가 죽겠지만, 그래도 제발, 죽기 전에 딱 한 대만.'

총잡이가 왼손에 들고 있던 리볼버가 불을 뿜었다. 총성은 앞서 탁 트인 바닷가에서 들었을 때에도 요란했지만, 여기서는 아예 귀가 먹먹할 정도로 컸다.

"우웃, 씨발!"

치미 드레토가 목 졸린 사람처럼 크르륵거리는 비명을 질렀다. 그의 가슴은 누가 쇠망치로 뚫어놓은 통인 양 구멍이 뻥 뚫려 있었다. 새하얀 셔츠에 양귀비가 피듯 붉은 자국이 스르륵 피어났다.

"우 씨발! 우 씨발! 우우……"

클라우디오 안돌리니가 치미를 옆으로 떠밀었다. 치미는 쿵 소리와 함께 고꾸라졌다. 발라자르의 사무실 벽에 걸어둔 사진액자 두 개도 아래로 떨어졌다. 치미 머리를 강타한 사진 속의 두목님께서는 경찰 체육대회 뒤풀이에 참석하여 희희낙락하는 애송이 경찰관에게 '올해의 선수상' 트로피를 건네시는 중이었다. 치미의 어깨에 산산이 부서진 유리조각이 쏟아졌다.

"우 씨바……"

치미의 목소리는 점점 희미해졌고, 이내 입에서 피거품이 주르르 흘러나왔다.

클라우디오 뒤에 트릭스와 창고에서 대기하던 신사 한 명이 따라왔다. 클라우디오는 양손에 자동권총을 한 정씩 들고 있었다. 창고에서 온 사내의 무기는 레밍턴 산탄총이었는데 개머리판을 어찌나 짧게 잘랐던지 꼭 볼거리에 걸린 데린저 권총 같았다. 트릭스 포스티노는 그가 '끝내주는 람보 총'으로 부르던 물건을 들고 있었다. M16 자동소총이었다.

"이 씨발 약쟁이 새끼, 우리 형 어딨어! 잭 형 어떻게 했어!"

클라우디오가 고래고래 소리를 질렀으나 막상 에디의 대답에는 별 관심이 없는 듯 보였다. 소리를 지르면서 동시에 양손에 든 총을 난사했던 것이다. '우린 이제 죽었구나.' 그러나 에디 생각과 달리 롤랜드가 다시 총을 발사했다. 클라우디오 안돌리니는 자기가 내뿜은 피구름에 휩싸인 채 뒤로 날아갔다. 그가 쥐고 있던 권총 두 정이 발라자르의 책상 위로 날아가 미끄러졌다. 총은 카펫에 흩어진 카드 무더기에 떨어졌다. 클라우디오의 내장이 송두리째 등 뒤로 튀어나와 벽으로 날아간 다음, 한발 늦게 찾아온 주인을 맞았다.

"죽여라!"

발라자르가 외쳤다.

"저 유령부터 죽여! 꼬맹이는 별 거 아니야! 그냥 빨가벗은 약쟁이다! 유령을 죽여! 날려버려!"

발라자르가 357 매그넘의 방아쇠를 두 번 당겼다. 매그넘 총성도 롤랜드의 리볼버 못지않게 우렁찼다. 웅크린 롤랜드의 뒷벽에 뚫린 매그넘 총구멍은 그리 말끔하지 않았다. 총알은 롤랜드 머리 양쪽의 가짜 나무판에 휑한 동굴을 뚫어놓았다. 새하얀 화장실 불빛이 벽에 뚫린 동굴을 지나 비죽배죽한 광선이 되어 방을 비췄다.

롤랜드가 리볼버 방아쇠를 당겼다.

둔탁한 철컥 소리.

불발이었다.

"에디!"

총잡이가 외쳤다. 에디가 자기 총을 겨누고 방아쇠를 당겼다.

총성이 너무나 컸기에 에디는 앞서 잭의 총이 그랬듯이 이 총도 그의 손을 날려버릴 거라고 생각했다. 총의 반동은 그를 뒤에 있는 벽으로 날려보낼 만큼 크지는 않았지만, 그래도 팔이 날카로운 호를 그리며 위로 치솟는 바람에 겨드랑이 힘줄이 확 당길 정도는 됐다.

발라자르의 어깨 한쪽이 뭉개지고 피보라가 치솟았다. 발라자르가 상처 입은 고양이처럼 내지르는 비명이 들렸다. 에디가 소리쳤다.

"약쟁이는 별 거 아니랬지? 네가 그랬지? 그랬지, 이 씨발 새끼야? 네가 우리 형이랑 나한테 덤볐지? 누가 진짜 위험한지 봐라 개새끼야! 누가 진짜"

콰콰광. 수류탄이 폭발한 듯 굉음이 울렸다. 창고에서 온 사내가 발사한 짤따란 산탄총 소리였다. 쇠구슬 폭풍이 벽과 화장실 문에 무수한 구멍을 뚫어놓았고, 에디는 바닥에 몸을 굴렸다. 군데군데 벗겨진 맨 살갗을 보며 에디는 사내가 조금만 더 가까이서 쐈더라면, 폭풍이 조금만 더 촘촘했더라면, 자신은 증발해 버렸으리라고 생각했다.

'젠장, 꼼짝없이 죽었구나.' 에디는 창고에서 온 사내를 쳐다보았다. 놈이 레밍턴 산탄총의 밀대를 펌프질하여 약실에 새 산탄을 장전한 다음, 총을 팔뚝에 걸쳤다. 그러고는 씩 웃었다. 스르륵 드러난 이가 싯누랬는데…… 에디가 보기에 칫솔과 만난 지 꽤 오래된 듯싶었다.

'아아 맙소사, 이도 안 닦고 사는 쌍놈한테 총 맞아 죽게 생겼는데 아니 그러고 보니 저 새끼 이름도 모르잖아.' 에디가 어렴풋이 생각했다. '그래도 발라자르한테는 한 방 먹였으니까. 그 정도면 선방한 거지.' 그는 롤랜드가 또 한 발 쐈던가 하고 기억을 더듬었다. 기억이 나질 않았다.

"저 새낀 내가 잡는다! 다리오, 내 사선에서 비켜!"

트릭스 포스티노가 신이 나서 지껄였다. 그러고는 다리오라고 불린 남자가 사선인지 뭔지에서 미처 비키기도 전에, 끝내주는 람보 총을 갈겨댔다. 천둥소리 같은 소총 연사음이 발라자르의 사무실을 뒤흔들었다. 이 집중사격으로 거둔 첫 번째 성과는 에디 딘의 목숨을 구한 것이었다. 다리오가 기껏 산탄총으로 에디를 겨누고 있건만, 정작 방아쇠를 당기기도 전에 트릭스가 그의 몸통을 반으로 결딴낸 탓이었다.

"멈춰, 이 병신아!"

발라자르가 외쳤다. 그러나 트릭스는 못 들었거나, 멈출 수 없었거나, 어쩌면 멈추고 싶지 않은 듯 보였다. 트릭스는 확 말려올라간 입술 사이로 번들거리는 이를 다 내놓고 상어처럼 씩 웃으면서, 발라자르의 사무실을 끝에서 끝까지 갈아엎었다. 벽 판자 두 장이 산산이 바스러졌다. 사진액자는 유리 파편이 되어 구름처럼 흩어졌다. 화장실 문짝은 경첩에서 벗겨져 튕겨나갔다. 샤워실의 뿌연 칸막이 유리도 폭발하듯 터졌다. 발라자르가 그 전해에 받은 소아마비 기금 감사패는 총알에 뚫리면서 종처럼 '뎅' 소리를 울렸다.

영화를 보면 연사 가능한 자동화기를 들고 서로 쏴죽이는 사람들이 나온다. 현실에서는 거의 일어나기 힘든 일이다. 실제로 그랬다가는 맨 처음 발사한 너덧 발 정도만 맞을 뿐이다(이는 불운한 다리오가 앞서 증명한 바 있다. 다시는 아무것도 증명할 수 없는 신세가 되긴 했지만.). 처음 너덧 발을 발사하고 나면 총을 든 사람이 제아무리 기운이 세다고 해도 두 가지 현상을 피할 수 없기 때문이다. 먼저 총구가 위로 치솟고, 그다음에는 총 쏘는 사람이 왼쪽 아니면 오른쪽으로 빙그르르 돌게 되는데 도는 방향은 어느 쪽 어깨가 더 운이 없느냐, 즉 총의 반동으로 어느 쪽 어깨를 주무르느냐에 따라 결정된다. 한마디로 칠푼이 아니면 영화배우나 그런 총을 쏜다는 뜻이다. 수동 착암기로 사람을 뚫어 죽이는 짓이나 마찬가지이므로.

에디는 잠시 동안 이 경이로운 병신 짓을 멍하니 바라볼 뿐, 그 이상 적극적인 행동을 할 수가 없었다. 그러다가 트릭스 뒤의 문간에 몰려드는 패거리를 보고 롤랜드의 리볼버를 겨눴다.

"잡았다, 이 새끼야!"

즐거운 착란 상태에 빠진 트릭스가 고래고래 악을 썼다. 그는 영화를 너무 많이 본 탓에 머릿속 시나리오가 지시하는 상황과 현실을 혼동하고 말았다.

"내가 잡았어! 내가 저 새끼 잡았어! 내가 잡……"

에디가 방아쇠를 당겨 트릭스의 눈썹 위쪽을 송두리째 날려버렸다. 해놓은 짓거리로 봐서는 트릭스 입장에서도 그리 큰 손실은 아니었다.

'하느님 맙소사, 이 총은 제대로 나가기만 하면 아예 동굴을 파버리는구나.'

"쾅." 에디 왼편에서 커다란 폭음이 진동했다. 무언가가 그의 빈약한 왼팔 이두근을 뜨겁게 지졌다. 고개를 돌리자 카드가 흩어진 책상 뒤에 숨어 매그넘을 겨누는 발라자르가 보였다. 엉망이 된 발라자르의 어깨에서 피가 벌컥벌컥 솟았다. 에디가 몸을 숙이자마자 발라자르의 매그넘이 또다시 불을 뿜었다.

23

롤랜드는 가까스로 일어나 앉은 후에 문으로 들어오는 놈들 중 첫째를 겨누고 방아쇠를 당겼다. 그는 미리 탄창을 젖히고 빈 탄피와 불발탄을 카펫에 쏟아낸 다음, 새 총알을 한 발 재놓았다. 총알은 이로 물어서 넣어야 했다. 에디는 이미 발라자르의 총에 쓰러진 후였다. '이놈도 불발이면 우리 둘 다 끝장인데.'

불발이 아니었다. 총이 롤랜드의 손 안에서 포효하며 몸부림치자 지미 하스피오가 옆으로 날아갔다. 지미의 손이 맥없이 풀렸고, 그가 들고 있던 45구경 자동권총은 바닥에 떨어졌다.

롤랜드는 지미 뒤에 있던 사내가 몸을 숙이는 낌새를 알아채고 바닥에 널린 나뭇조각과 유리 위를 엉금엉금 기었다. 리볼버는 총집에 꽂은 후였다. 손가락을 두 개나 잃은 오른손으로 재장전하는 짓은 농담이나 마찬가지였다.

에디는 잘 싸우는 중이었다. 발가벗고 싸우는 점을 감안하면 총잡이가 보기에 실로 분투가 아닐 수 없었다. 어지간한 사람은 하기 힘든 일이었다. 어떤 이에게는 아예 불가능한 일이었다.

총잡이는 클라우디오 안돌리니가 떨어뜨렸던 자동권총을 움켜쥐었다.

"나머지 놈들은 뭐 하는 거냐! 이런 썩을! 저것들 다 죽여버리란 말이다!"

'덩치' 조지 비온디와 창고에서 온 다른 사내가 문으로 쳐들어왔다. 창고에서 온 사내는 이탈리아어로 뭐라고 고함쳤다.

롤랜드는 책상 모서리 쪽으로 기어갔다. 그때, 에디가 몸을 일으키더니 문 쪽에서 들어오는 사내들에게 총을 겨누었다.

'저 친구는 발라자르가 책상 뒤에 있는 걸 알 텐데. 놈이 자길 노리는 것도. 허나 우리 둘 중 총을 쏠 수 있는 이는 자신뿐이라고 생각했겠지.' 롤랜드는 속으로 생각했다. '롤랜드, 여기 널 위해 목숨을 바치는 이가 또 있구나. 네 죄가 대관절 얼마나 크기에 그토록 많은 이들로부터 그토록 지극한 충성을 거두어들인단 말이냐.'

발라자르가 일어섰지만, 총잡이가 측면에 있는 줄은 모른 채였다. 그는 오직 한 가지 생각뿐이었다. 그에게 이런 난장판을 선사한 급살 맞을 약쟁이에게 종지부를 찍어주려는 생각이었다.

"아서라."

발라자르는 총잡이의 목소리를 듣고 그쪽으로 고개를 돌렸다. 얼굴에 경악한 표정이 역력했다.

"닥쳐라 이 개……"

발라자르가 욕을 내뱉으며 매그넘 총구를 돌렸다. 총잡이는 클라우디오의 자동권총을 네 발 발사했다. 장난감보다 나을 바 없는 싸구려 총이었기에 총잡이는 만지는 것만으로도 손을 더럽히는 기분이었지만, 어쩌면 이 비천한 사내를 죽이는 데에는 이 비천한 무기가 제격인 듯도 싶었다.

엔리코 발라자르는 얼굴이었던 곳의 잔해에 결코 지워지지 않을 경악한 표정을 새긴 채 죽었다.

"잘 있었냐, 조지!"

에디가 소리치며 총잡이의 리볼버를 발사했다. 만족스러운 굉음이 또 한 번 진동했다. '이 총에는 불발탄이 하나도 없나 본데.' 에디는 신이 나서 속으로 생각했다. '내가 멀쩡한 놈을 받았나봐.' 조지는 에디가 쏜 총알에 맞아 비명을 지르며 볼링 핀처럼 쓰러지기 직전에 총을 한 방 쏘기는 했지만, 그 총알은 턱없이 빗나갔다. 에디는 황당하지만 한편으로는 몹시도 그럴싸한 기분에 사로잡혔다. 롤랜드의 총에 일종의 마술이나 부적처럼 주인을 지켜주는 힘이 있다고 느꼈던 것이다. 이 총을 쥐고 있는 한 다치지 않을 것만 같았다.

뒤이어 침묵이 감돌았다. 들리는 소리는 덩치 조지 밑에 깔린 남자의 신음소리와 에디의 귓속에 남아 윙윙거리는 잔향뿐일 만큼 고요했다(이 불운한 남자의 이름은 루디 베키오였는데 그는 조지에게 깔리는 바람에 갈비뼈가 세 대나 부러졌다.). 에디는 다시 소리를 들을 수 있을지 궁금했다. 이제 막 끝난 듯 보이는 총격전에 비하면 에디가 이때껏 가본 가장 시끄러운 콘서트도 두 블록 떨어진 곳에서 들리는 라디오소리에 불과했다.

발라자르의 사무실은 이미 방으로 볼 수 없는 형상이었다. 그것이 앞서 수행하던 기능은 더 이상 중요치 않았다. 에디는 이런 광경을 처음 보는 젊은이답게 놀라서 휘둥그레진 눈으로 두리번거렸지만 롤랜드에게는 익숙한 정경이었고, 늘 똑같은 정경이었다. 수천 명이 대포와 소총과 칼과 총에 도륙당한 탁 트인 전장이든, 아니면 대여섯 명이 서로 쏘아죽인 좁은 사무실이든, 다 똑같은 전장이었고, 결국에는 늘 똑같은 정경이었다. 새로이 지어진 도살장, 화약과 날고기의 냄새가 진동하는.

화장실과 사무실 사이 벽은 간데없고 기둥 몇 개뿐이었다. 깨진 유리가 사방에 반짝였다. 트릭스의 거창하지만 실속 없는 M16이 갈 가리 찢어발긴 천장 판자는 벗겨진 피부인 양 너덜너덜하게 늘어져 있었다.

에디가 마른기침을 쿨럭거렸다. 그제야 다른 소리가 귀에 들어왔다. 왁자지껄하게 떠드는 소리, 가게 바깥에서 외치는 고함소리, 멀리서 왱왱거리는 사이렌 소리까지.

"몇 명이지? 우리가 다 해치운 겐가?"

총잡이가 에디에게 물었다.

"어, 그래, 내 생각엔······"

"에디! 네놈한테 줄 게 있다!"

복도에서 케빈 블레이크가 소리쳤다.

"썩 마음에 들 거다! 기념품이라고 생각해! 알았지?"

케빈은 발라자르가 딘 형제 중 동생에게 하려다가 못한 짓을 형에게 저질렀다. 그가 복도에서 안으로 집어던진 것은 헨리 딘의 뎅겅 잘린 머리였다.

형의 머리를 알아보고 에디가 비명을 질렀다. 그는 맨발을 찌르는 유리와 나무 파편도 아랑곳없이 문으로 달려갔다. 달리면서 비명을 질렀고, 총을 쏘았다. 큼지막한 리볼버에 든 마지막 총알 한 발까지 모조리 쏘았다.

"에디, 안 돼!"

롤랜드가 외쳤지만 에디는 듣지 않았다. 에디는 소리가 존재하지 않는 곳에 있었다.

에디가 쏜 여섯 번째 총알은 불발이었지만 그의 머릿속에는 오직 형이 죽은 사실밖에 없었다. 헨리 형. 놈들이 헨리 형의 목을 잘랐다. 어떤 비열한 개자식이 헨리 형의 목을 잘랐다. 그 비열한 개자식은 대가를 치르게 되리라. 아, 그것만은 장담할 수 있었다.

그래서 에디는 문으로 뛰어가며 방아쇠를 당기고 또 당겼고, 총성이 안 들리는 줄도 몰랐으며, 자기 발을 물들인 붉은 피도 알아차리지 못했다. 케빈 블레이크가 에디를 환영하려고 문간으로 다가와서 바싹 몸을 숙였다. 케빈은 38구경 리마 자동권총을 들고 있었다. 전선인 듯 스프링인 듯 구불구불한 빨간 머리 아래로, 케빈은 웃고 있었다.

24

'놈은 낮게 온다.' 총잡이가 생각했다. 그러나 한편으로는 이미 알고 있었다. 짐작이 옳다고 하더라도 이 못미더운 장난감 총으로 표적을 맞히려면 운이 굉장히 좋아야만 했다.

총잡이는 발라자르의 부하가 에디를 꾀어내려고 꾸민 꿍꿍이임을 간파한 다음, 무릎을 딛고 앉아서 오른손으로 왼손을 받쳤다. 오른손이 지르는 고통스러운 비명은 냉정하게 무시했다. 어쩌면 기회는 단 한 번뿐. 통증은 아무것도 아니었다.

이내 빨간 머리가 문간에 들어섰다. 놈은 씩 웃고 있었고, 총잡이의 두뇌는 여느 때처럼 작동했다. 눈으로 보고, 손으로 쏘았다. 빨간 머리는 순식간에 이마에 거무스름한 구멍이 뚫리더니, 눈을 멍하니 뜨고 복도 벽에 기대어 누운 꼴로 변했다. 에디는 그 앞에 버티고 서서 악을 쓰고 흐느끼며 몇 번을 죽여도 성이 안 차는 듯 백단향 손잡이가 달린 빈 리볼버를 몇 번이고, 몇 번이고 발사했다.

총잡이는 빗발 같은 탄막이 에디를 반으로 찢어놓으리라고 예상했지만 그런 일은 일어나지 않았고, 이제 정말로 다 끝났음을 분명히 알 수 있었다. 다른 부하가 또 있었다고 해도 지금은 줄행랑 치고 없을 듯싶었다.

총잡이가 후들거리며 일어섰다. 그러고는 잠시 휘청거리다가 에디 딘이 서 있는 곳으로 천천히 걸어갔다.

"그만 해라."

에디는 총잡이 말을 무시한 채 죽은 남자한테 대고 계속 빈총만 갈겨댔다.

"그만 해, 에디. 놈은 죽었다. 놈들 모조리 죽었어. 너 발에 피가 흐른다."

에디는 총잡이를 무시하고 그저 리볼버 방아쇠만 당겼다. 바깥의 떠들썩한 소리가 점점 가까워졌다. 사이렌소리도.

총잡이가 손을 뻗어 리볼버를 끌어당겼다. 에디가 돌아서더니, 총잡이가 무슨 일인지 미처 깨닫기도 전에 총으로 총잡이의 관자놀이를 후려쳤다. 총잡이는 피가 차오르는 뜨뜻한 느낌과 함께 벽 쪽으로 쓰러졌다. 그는 서 있으려고 안간힘을 썼다. 이곳에서 나가야 했다, 그것도 서둘러서. 그러나 아무리 버둥거려도 벽을 타고 미끄러지는 느낌을 지울 수 없었고, 이로부터 잠시 동안 총잡이의 세계는 회색 구름에 가려 사라졌다.

25

의식을 잃은 지 채 2분도 지나지 않아 롤랜드는 다시 깨어났고, 가까스로 정신을 추스르고 일어서는 데 성공했다. 복도에 에디의 모습이 보이지 않았다. 롤랜드의 총은 죽은 빨간 머리 사내의 가슴에 놓여 있었다. 총잡이는 몸을 굽히고 물밀듯이 쏟아지는 어지럼증과 싸우며 총을 집어든 다음, 원래 있던 총집에 떨어뜨려 꽂았다. 왼손으로 몸을 가로질러 하다 보니 우스꽝스러운 꼴이 됐다.

'망할 놈의 손가락이 다시 돌아오면 좋으련만.' 총잡이가 진저리를 치고 한숨을 쉬었다.

그러고는 엉망이 된 사무실로 돌아가려고 걸음을 뗐으나, 아무리 안간힘을 써봐도 조심조심 비틀거리는 게 고작이었다. 그는 멈춰서 허리를 굽히고 에디의 옷을 모조리 집어 왼쪽 팔뚝에 걸쳤다. 요란한 소리가 거의 지척까지 와 있었다. 롤랜드 생각에 바깥에 모여드는 이들은 민병대이거나 치안부대, 아니면 그 비슷한 세력 같았는데…… 그러나 발라자르의 잔당일 가능성도 완전히 사라진 것은 아니었다.

"에디."

총잡이가 쉰 목소리로 불렀다. 부어오른 목이 얼얼했다. 에디가 리볼버로 갈긴 관자놀이보다 더 심하게 부어 있었다.

에디는 돌아보지 않았다. 그는 바닥에 앉아 형의 머리를 배에 올려놓고 있었다. 흐느끼며 부들부들 떨고 있었다. 총잡이는 문을 찾아 두리번거렸으나 보이지 않았기에 놀라서 더럭 겁이 났다. 그러나 이내 기억해냈다. 그가 에디와 함께 이쪽 세계에 있을 때, 문이 나타나게 하는 길은 오직 에디의 몸에 닿는 것뿐이었다.

총잡이가 다가오자 에디가 슬슬 물러났다. 계속 흐느끼면서.

"건드리지 마."

"에디, 다 끝났다. 놈들은 모조리 죽었다. 네 형도."

"우리 형은 아무 상관 없어!"

에디가 아이처럼 악을 썼고, 또다시 몸을 덜덜 떨었다. 잘린 머리를 가슴에 꼭 끌어안고 덜덜 떨었다. 그러다가 젖은 눈을 들어 총잡이의 눈을 바라보았다.

"우리 형은 항상 날 돌봐줬어."

어찌나 애달프게 흐느꼈던지 총잡이는 거의 알아듣지 못했다.

"항상 돌봐줬어. 그런데 내가 좀 돌봐주면 안 돼? 그렇게 오랫동안 날 돌봐준 형인데, 지금 내가 좀 돌봐주면 안 되냐고!"

'그래, 돌봐줬을 테지.' 롤랜드는 냉정했다. '지금 네 꼴을 봐라, 열병나무 열매를 먹은 사람인 양 덜덜 떨고 있잖느냐. 형이 너를 참 잘도 돌봐줬구나.'

"우린 가야 한다."

"가다니?"

에디 얼굴에 처음으로 어렴풋이나마 무언가 깨달은 표정이 떠올랐지만, 곧바로 경계하는 빛으로 바뀌었다.

"난 아무 데도 안 가. 아까 거기로는 절대 안 갈 거야. 괴물인지 뭔지, 잭을 잡아먹은 놈들이 우글거리는 데잖아."

누군가가 문을 두들기며 열라고 소리쳤다.

"여기 남아서 이 주검들이 다 어찌 죽었는지 설명할 텐가?"

"난 몰라. 형이 죽었는데 그게 무슨 상관이야. 다 상관없어."

"필시 너한텐 상관없는 일일 테지. 허나 너 혼자만의 일이 아니다, 사로잡힌 남자여."

"그렇게 부르지 마!"

"네가 지금 갇혀 있는 방에서 스스로 걸어나올 때까지는 그리 부를 테다!"

롤랜드가 맞고함을 쳤다. 소리를 지르면 목이 아팠지만 그래도 아랑곳하지 않았다.

"그 썩은 고깃덩이 치워버리고 뚝 그쳐라!"

에디가 롤랜드를 가만히 올려다보았다. 뺨이 젖어 있었고, 눈은 겁을 먹었는지 커다랬다.

"이것이 마지막 경고다!"

바깥에서 우렁찬 확성기 소리가 들려왔다. 에디 귀에는 게임쇼 진행자의 목소리처럼 기묘하게 들렸다.

"경찰특공대가 도착했다! 반복한다, 경찰특공대가 도착했다!"

"문 저편에 가면, 난 어떻게 되는 거지?"

에디가 나지막이 총잡이에게 물었다.

"괜찮아, 가르쳐줘. 사실대로 말하면 갈 수도 있어. 하지만 거짓말을 했다간, 금방 들통 날 줄 알아."

"필경엔 죽겠지."

총잡이가 대답했다.

"허나 그때까지 심심하진 않을 거다. 난 네가 나와 함께 원정을 떠났으면 한다. 물론, 필경엔 모두 죽겠지…… 우리 넷 모두, 어딘지 모를 낯선 곳에서. 그러나 만약 우리가 헤쳐나간다면……."

총잡이의 눈이 번득였다.

"에디, 만약 우리가 헤쳐나간다면, 넌 그 어떤 꿈에서도 상상 못했던 것을 보게 된다."

"그게 뭔데?"

"암흑의 탑."

"어디 있는 건데?"

"네가 나를 만난 해변에서 멀리 떨어진 곳이다. 얼마나 먼지는 나도 모른다."

"그게 도대체 뭔데?"

"역시 알지 못한다. 다만 일종의…… 자물쇠 같은 거다. 삼라만상을 한데 고정시키는 빗장이지. 모든 존재를, 모든 시간을, 크든 작든."

"아까 우리 넷이라 그랬지. 나머지 둘은 누구야?"

"모른다. 아직 뽑지 않았으므로."

"나를 뽑은 것처럼. 아니면 지금 뽑으려는 것처럼 말이지."

"그래."

바깥에서 박격포 소리인 듯 퉁 하는 폭발음이 들렸다. '사탑'의 앞유리창이 부서져 가게 안으로 쏟아졌다. 바 안에 매캐한 최루가스가 구름처럼 피어올랐다.

"어쩔 텐가?"

롤랜드가 물었다. 그는 에디를 붙잡을 수도 있었다. 억지로 몸을 붙여 문을 열고 함께 저쪽 세계로 몸을 던질 수도 있었다. 그러나 총잡이는 그를 위해 목숨을 던진 에디를 보았다. 이 겁에 질린 남자는 중독에도 불구하고, 태어날 때 차림 그대로 싸워야 하는 제약에도 불구하고, 타고난 총잡이처럼 위엄 있게 싸웠다. 총잡이는 그로

하여금 스스로 결정하도록 하고 싶었다.

"원정, 모험, 탑. 세계정복이라 이거지."

에디가 중얼거렸다. 그러고는 희미하게 웃었다. 새로 창문을 깨고 들어온 최루탄이 바닥에서 터져 쉭쉭거렸지만, 둘은 꼼짝도 하지 않았다. 스멀스멀 기어온 매캐한 가스 덩굴이 드디어 발라자르의 사무실에 대가리를 들이밀었다.

"꼭 에드거 라이스 버로스가 쓴 화성 이야기 같네. 어렸을 때 헨리 형이 가끔 읽어줬는데. 근데 당신 얘기엔 한 가지 빠진 게 있어."

"뭔가?"

"가슴을 덜렁덜렁 내놓은 예쁜이들."

총잡이가 씩 웃었다.

"암흑의 탑으로 가는 길에 불가능은 없다."

경련이 또 한 차례 에디 몸을 휩쓸고 갔다. 에디는 형의 머리를 높이 쳐들고 차갑게 식은 잿빛 뺨에 입을 맞추고는, 한쪽 바닥에 살며시 내려놓았다. 그러고 나서 일어섰다.

"좋아. 어차피 오늘밤엔 갈 데도 없으니까."

"받아라."

롤랜드가 에디에게 옷을 건넸다.

"다른 건 몰라도 신발은 꼭 신어라. 발에 피 난다."

가게 바깥의 보도에서 강화유리 얼굴 가리개, 진압복, 방탄조끼 등을 걸친 경찰관 둘이 사탑의 정문을 부수고 들이닥쳤다. 한편 화장실에서는 에디가 (아디다스 운동화를 신고 팬티만 입은 채로) 롤랜드에게 케플렉스 견본 병을 하나씩 건넸고, 롤랜드는 받아서 에디의 청바지 주머니에 넣었다. 약을 안전하게 챙겨두고 나서 롤랜드는 다시 에디 목에 오른팔을 둘렀고, 에디는 롤랜드의 왼손 손목을 그러 쥐었다. 순식간에 문이, 새카만 직사각형이 나타났다. 저쪽 세계에 서 불어온 바람이 땀에 젖은 에디 이마의 머리칼을 쓸어넘겼다. 황 량한 바닷가에 부서지는 파도소리가 들려왔다. 찝찌름한 짠물냄새 가 풍겨왔다. 불현듯 그 모두를 무릅쓰고서라도, 고통과 슬픔을 감 내하고서라도, 에디는 롤랜드가 말한 탑을 보고 싶었다. 간절히 보 고 싶었다. 게다가 헨리가 죽은 이쪽 세계에 무슨 미련이 있단 말인 가? 부모님은 돌아가셨고 3년 전 헤로인에 흠뻑 빠진 후로는 정해 놓고 만나는 여자도 없었다. 창녀 아니면 작대기 중독자, 그도 아니 면 코로 흡입하는 약쟁이들뿐이었다. 제대로 된 인간은 없었다. 집 어치워야 할 짓이었다.

둘은 문을 건너갔다. 에디가 조금은 앞장서는 듯도 싶었다.

저쪽 세계로 건너간 에디는 불현듯 치솟은 오한과 근육통 때문에 비틀거렸다. 중증 헤로인 금단증상의 첫 번째 징후였다. 그러자 에 디 머릿속에 비로소 딴생각이 떠올랐다.

"잠깐만!"

에디가 외쳤다.

"나 잠깐만 돌아갈게! 책상에! 그 자식 책상에 있을 거야, 아니면 다른 방에라도! 약 말이야! 형을 저 꼴로 만들었으니 분명히 약이 있을 거야! 헤로인! 난 그게 있어야 돼! 없으면 안 돼!"

에디가 애원하듯 돌아보았지만 롤랜드의 표정은 냉엄했다.

"에디, 네 생에서 그 시절은 이제 끝났다."

총잡이는 왼손을 거두고 물러섰다.

"안 된다니까!"

에디가 악을 쓰며 붙잡고 늘어졌다.

"안 돼, 당신이 몰라서 그래. 나한텐 그게 있어야 돼! 없으면 안 된단 말이야!"

차라리 돌을 붙잡고 늘어지는 편이 나았으리라.

총잡이는 매몰차게 문을 닫았다.

문은 영별을 고하듯 둔중한 소리를 내며 닫혔고, 모래 위로 쓰러졌다. 모서리에서 먼지가 살짝 피어올랐다. 문 뒤에는 아무것도 없었고 문 위에 씐 글씨도 이제는 보이지 않았다. 두 세계 사이의 문은 영영 닫히고 말았다.

"안 돼!"

에디가 비명을 지르자 갈매기 떼가 비아냥거리듯 끼룩거렸다. 가재 괴물들은 에디에게 질문을 던졌다. 마치 이리 좀 더 가까이 오면 무슨 말인지 더 잘 들릴 거라는 듯이. 에디는 옆으로 풀썩 쓰러져서 울부짖었고, 덜덜 떨었으며, 몸을 조여드는 통증에 경련을 일으켰다.

"고통은 지나갈 것이다."

총잡이가 말했다. 그러고는 한동안 꿈지럭거린 끝에 그 자신의 바지와 무척이나 비슷한 에디의 청바지 주머니에서 약을 꺼냈다. 포장에 씐 글자도 대강은 읽을 수 있었지만 모르는 것도 있었다. 약 이름은 키플레트처럼 보였다.

'키플레트.'

저쪽 세계의 약.

"죽거나, 아니면 낫거나."

롤랜드는 중얼거리고 나서 물도 없이 캡슐 두 개를 삼켰다. 그러고는 아스틴 세 알을 더 삼키고 에디 곁에 누웠고, 할 수 있는 한 단단히 에디를 끌어안았으며, 한동안 투닥거린 끝에, 그와 나란히 잠들었다.

카드 섞기

그날 밤 이후 롤랜드의 시간은 뚝뚝 끊어지는 시간, 실제로는 전혀 시간으로서 존재하지 않은 시간이었다. 기억나는 것은 다만 형상과 장면과 맥락 없는 대화뿐이었다. 형상들은 마치 타짜의 재빠른 손에서 뒤섞이는 외눈박이 잭, 3, 9, 잔혹한 스페이드 퀸처럼 팔락거리며 바뀌어갔다.

나중에 그는 에디에게 시간이 얼마나 흘렀냐고 물었으나 에디도 모르기는 마찬가지였다. 둘의 시간은 이미 파괴당했다. 지옥에서는 원래 시간이 흐르지 않는 법이므로. 그들 둘은 저마다 자신만의 지옥에 있었다. 롤랜드 몫은 고열과 감염 지옥이었고, 에디 몫은 헤로인 금단증상 지옥이었다.

"아직 일주일은 안 됐어. 그건 확실해."

"어떻게 알지?"

"내가 챙겨준 약은 딱 일주일치였거든. 다 먹고 나면 저절로 둘 중 한 가지를 하게 될 거야."

"죽거나, 아니면 낫거나."

"그렇지."

　카드가 섞이고

　어스름이 어둠으로 바뀌어갈 무렵, 총소리가 들린다. 황량한 바닷가에 마치 숙명인 듯 쉬지 않고 들이치던 파도 소리를 거친 파열음이 뒤덮는다. 쾅! 화약 냄새가 확 끼쳐온다. '일이 터졌구나.' 총잡이가 어렴풋이 생각하며 더듬어보지만 리볼버를 찾을 수가 없다.

　'아아, 안 돼. 여기서 끝이라니. 여기서……'

　그러나 총소리는 더 들리지 않는다. 어둠 속에서 무언가

　섞이고

　맛있는 냄새가 풍겨온다. 무언가가, 그토록 오랫동안 어둠 속에서 배를 곯은 끝에 드디어 무언가가, 익어가는 중이다. 냄새뿐만이 아니다. 잔가지가 타닥거리는 소리가 들리고 모닥불의 주황색 불꽃도 어렴풋이 보인다. 간간히 바닷바람이 세게 불 때마다 아까 그 군침 도는 냄새와 함께 향긋한 탄내가 풍겨온다. '먹을 것이 생겼구나. 맙소사, 이 느낌은 허기인가? 허기를 느낄 수 있다면 낫는 중이라는 얘긴데.'

　'에디.' 총잡이가 말하려 하지만 목소리가 안 나온다. 목이 지독하게 아프다. '아스틴도 좀 챙겨올 걸 그랬나.' 생각하다 보니 웃음이 나온다. 전부 자기가 먹을 약뿐이고 에디 몫은 하나도 없다.

에디가 나타난다. 손에 든 양철 접시는 총잡이도 어디서 났는지 아는 물건이다. 어쨌든 총잡이 본인의 걸낭에서 나온 것이다. 양철 접시에 푸들거리는 연분홍색 고기가 담겨 있다.

'뭐지?' 총잡이는 물어보려고 애쓰지만 막상 나온 것은 방귀처럼 푸식 하는 소리뿐이다.

에디가 총잡이의 입술 모양을 읽고 알아차린다.

"나도 몰라."

심술궂게 쏘아붙인다.

"먹어도 안 죽는 건 확실해. 그러니까 먹어, 망할 인간아."

총잡이가 에디를 본다. 얼굴이 해쓱하고 몸은 덜덜 떨리는 데다 구린내 아니면 송장 냄새 비슷한 악취까지 풍긴다. 에디도 상태가 안 좋다. 총잡이는 에디를 위로해 주려고 머뭇머뭇 손을 내민다. 에디가 뿌리친다. 그러고는 퉁명스럽게 말한다.

"내가 먹여줄게. 젠장, 이게 뭐 하는 짓인지 모르겠네. 죽여도 시원찮을 판에. 실은 죽였을지도 몰라, 우리 세계로 돌아갈 수 있을 거란 생각을 안 했다면 말이지. 전에 한 번 갔었으니까 또 갈 수 있을 거 아냐."

에디가 주위를 두리번거린다.

"게다가, 당신을 죽이면 난 혼자니까. 저놈들만 빼고."

에디가 롤랜드 쪽으로 고개를 돌리다 말고 경련을 일으킨다. 어찌나 심하게 떠는지 양철 접시의 고기를 떨어뜨릴 것만 같다. 경련이 겨우 잦아든다.

"처먹어, 급살 맞을 인간아."

총잡이가 먹는다. 고기 맛은 괜찮은 정도가 아니라 훌륭하다. 가

까스로 세 점을 삼키고 나니 시야가 흐려지면서 사물이 온통 새로

　　섞이고

　　말을 하려고 안간힘을 써봐도 나오는 소리는 속삭임뿐이다. 에디
가 총잡이 입술에 귓바퀴를 바짝 대고 들어보지만, 금단증상 때문에
문득문득 경련이 일어날 때마다 귀가 입술에서 멀어진다. 총잡이가
거듭 중얼거린다.
　　"북쪽이다. 위로…… 해변 위쪽으로."
　　"어떻게 알아?"
　　"그냥 안다."
　　총잡이가 속삭인다. 에디가 그의 얼굴을 본다.
　　"당신 미쳤군."
　　총잡이는 씩 웃고 정신을 놓으려 하지만 그 전에 에디가 뺨을 갈
긴다. 세게 갈긴다. 롤랜드의 파란 눈이 번쩍 뜨인다. 잠깐뿐이긴 해
도 너무나 생생하게 번득인 까닭에 에디는 겁을 집어먹은 듯 보인
다. 그러나 금세 입을 헤벌쭉 벌리고 웃지만, 웃는 표정이 아니라 꼭
으르렁거리는 표정 같다.
　　"그래, 자고 싶으면 자. 그래도 일단 약은 먹어야 돼. 약 먹을 시
간이거든. 잘은 몰라도 해를 보니까 그런 것 같아. 잘은 몰라, 보이
스카우트 같은 건 안 해봤으니까. 그래도 공무원들 출근할 시간은
된 것 같아. 그러니까 일어나려무나, 롤랜드. 에디 선생님이 약 줄
테니까 벌떡 일어나, 이 망할 납치범 자식아."
　　총잡이가 엄마 젖을 찾는 아기처럼 입을 벌린다. 에디는 롤랜드

의 입에 약을 두 알 넣어주고 갓 떠온 물을 아무렇게나 부어준다. 롤랜드 생각에 동쪽 어딘가의 언덕에서 떠온 물 같다. 독이 섞였을지도. 에디가 깨끗한 물과 오염된 물을 분간할 성싶지는 않다. 하지만 에디는 괜찮아 보이고, 어차피 물을 고를 여유도 없다. 아닌가? 천만의 말씀.

총잡이가 약을 삼키다 콜록거리고 거의 질식할 뻔하지만, 에디는 차갑게 지켜보기만 한다.

롤랜드가 손을 뻗는다.

에디는 물러나려고 한다.

그러나 총잡이의 서슬 퍼런 눈에 그만 얼어붙고 만다.

롤랜드가 에디를 가까이 끌어당긴다. 에디의 병든 몸이 풍기는 악취를 맡을 만큼 가까이. 에디도 총잡이의 악취를 맡는다. 뒤섞여 지독해진 냄새가 둘을 한데 묶는다.

"이곳에선 오직 두 가지 길뿐이다."

총잡이가 속삭인다.

"너희 세계에선 어떤지 모르지만, 이곳에선 오직 두 가지 길뿐이다. 두 발로 서서 살아가거나, 아니면 무릎을 꿇고 고개 숙인 채 네 겨드랑이 냄새나 맡으며 뒈지거나. 어느 쪽을······"

기침이 터져나온다.

"······어느 쪽을 택하든 나는 상관없다."

"당신 정체가 뭐야?"

에디가 소리친다.

"네 운명이다, 에디."

총잡이가 속삭인다.

"그냥 똥이나 처먹고 뒈져버려!"

에디가 외친다. 총잡이가 대꾸하려 하지만 의식이 멀어지는 가운데 카드가

섞이고

쾅!

롤랜드가 눈을 떠보니 밤하늘을 뒤덮은 무수한 별들이 보인다. 그가 다시 눈을 감는다.

무슨 일이 벌어지는지는 몰라도 괜찮을 듯싶다. 카드판은 계속 돌아간다. 카드는 지금도

섞이고

달착지근하고 맛깔 난 고깃덩이가 또 나온다. 총잡이는 기분이 나아졌다. 에디도 상태가 더 나아진 듯 보인다. 그러나 표정은 여전히 우울하다.

"놈들이 점점 가까이 와. 징그럽긴 해도 완전히 멍청하진 않은가봐. 내가 무슨 짓을 하는지 저희도 알거든. 알면서도 별 상관은 안하지만 말이야. 그래도 밤마다 조금씩 가까워지고 있어. 날이 밝으면 여길 뜨는 게 좋을 것 같아, 당신이 움직일 수 있으면 말이지만. 안 그랬다가는 내일 새벽이 마지막 새벽이 될지도 몰라."

"무슨 말을 하는 거냐?"

이번에는 속삭이는 소리가 아니었지만 그래봤자 속삭임과 말소

리 중간쯤 되는 쉰 목소리일 뿐이다.

"저것들 말이야."

에디가 바다 쪽을 가리킨다.

"대드, 어, 체크, 덤, 어, 첨, 어쩌고저쩌고 하는 것들. 롤랜드, 내 생각엔 저것들도 우리랑 비슷한 거 같아. 처먹는 데만 정신이 팔렸지 잡아먹힐 걱정은 별로 안 하거든."

불현듯, 섬뜩한 느낌이 온몸을 뒤덮은 가운데, 롤랜드는 에디가 먹여준 연분홍빛 고기가 어디서 왔는지 깨닫는다. 말이 나오지 않는다. 간신히 내뱉던 조그마한 소리마저도 혐오감이 앗아간 탓이다. 그러나 에디는 그의 표정을 보고 무슨 말을 하고 싶어하는지 똑똑히 알아차린다.

"그럼 내가 뭘 먹여줬을 것 같아? 바닷가재 요리 전문점에 배달이라도 시킨 줄 알았어?"

에디는 거의 닦달하는 기세다.

"놈들은 독이 있다. 내가 앓는 이유도……"

"그래, 그래, 당신이 전투불능이 된 것도 저것들 때문이지. 그런데 롤랜드 선생, 그건 알아두셔. 난 댁이 전투불능에서 전채요리로 변하는 걸 막으려고 애쓰는 중이야. 독으로 말할 것 같으면, 방울뱀도 독이 있긴 마찬가지야. 그래도 먹는 사람들이 있어. 어디서 읽었는데 방울뱀은 맛도 좋다던데. 어쨌든 내가 보기엔 바닷가재랑 비슷하게 생겼고, 그래서 한번 잡아보기로 했어. 그거 말고 먹을 게 뭐가 있는데? 흙이라도 파먹으리? 아무튼, 한 마리 쏴서 불에 구워봤어. 그것밖에 없었으니까. 그리고 사실, 맛이 끝내주더라고. 날마다 해가 떨어지자마자 한 마리씩 쏴 잡았어. 저놈들은 완전히 캄캄해지기 전엔 기를 못 쓰거든. 보니까 당신도 맛있게 먹던데, 뭐."

에디가 씩 웃는다.

"잭을 잡아먹은 놈을 내가 잡아먹는다고 생각하면 꽤 흐뭇해. 그 좆같은 새끼를 잡아먹는 것 같아서 말이야. 그러니까, 위안이 된다고나 할까. 무슨 말인지 알아?"

"그중엔 내 몸을 뜯어먹은 놈도 있다."

총잡이가 가르랑거린다.

"손가락 두 개, 발가락도 한 개."

"호오, 그것도 괜찮네."

에디는 시종 웃는다. 얼굴이 상어처럼 해쓱하지만…… 앓는 기색은 이미 사라졌고, 수의처럼 그를 감싼 구린내와 송장 냄새도 점점 열어지는 중이다.

"닥쳐라, 이놈아."

총잡이가 쉰 목소리로 쏘아붙인다.

"롤랜드 선생도 성깔이 있었군! 잘하면 안 죽고 살아나겠어! 너 어무 멋져요, 자기!"

"살 거다."

롤랜드가 속삭인다. 쉰 목소리가 다시 속삭임으로 돌아간다. 또 다시 통증이 낚싯바늘처럼 목구멍을 잡아당긴다.

"그래?"

에디가 힐끗 돌아보더니 혼자 중얼거린다.

"그러시겠지. 내가 보기에도 그럴 생각인 것 같아. 전엔 당신이 죽어가는 줄 알았어. 진짜 죽었구나 생각한 적도 있고. 그런데 지금은 낫는 중인 거 같아. 아마 항생제 덕도 있겠지만, 내 생각엔 당신이 죽어가는 자신을 끌어당기는 것 같아. 왜 그래? 도대체 이 씨발 추접스러운 바닷가에 뭐 볼 게 있다고 기를 쓰고 살려고 하는 거야?"

'탑이다.' 총잡이가 입 모양으로 말하는 시늉을 한다. 이제 쉰 소리조차 나오지 않는다.

"하여튼 그 씨발 탑 타령은."

에디는 이렇게 쏘아붙이고 몸을 틀려 하지만, 이내 돌아보고 흠칫 놀란다. 롤랜드의 손이 수갑처럼 단단히 팔을 틀어잡았으므로.

둘이 서로를 노려본다. 그러다가 에디가 입을 연다.

"알았어, 알았다고!"

'북쪽이다.' 총잡이가 입 모양으로 시늉한다. '북쪽이다, 전에 말했듯이.' 그가 에디에게 얘기했던가? 얘기했던 것도 같지만, 총잡이는 잊어버렸다. 뒤섞이는 카드를 구경하다가 그만 잊어버렸다.

"그러니까 도대체 어떻게 아냐고?"

낙담한 에디가 버럭 악을 쓴다. 롤랜드를 갈길 듯이 주먹을 치켜들었다가, 슬그머니 내려놓는다.

'그냥 안단 말이다…… 왜 자꾸 멍청한 질문으로 내 시간과 기력을 앗아가는 거냐.' 롤랜드는 대답하려 하지만, 그전에 카드가

섞이고

질질 끌려가며, 튀어오르고 부딪히며, 머리를 이쪽저쪽으로 힘없이 흔들면서, 자신의 권총띠를 엮어 만든 기괴한 들것에 묶인 채로, 총잡이는 에디 딘이 흥얼거리는 노래를 듣는다. 기이할 정도로 익숙

한 노래인 탓에 처음에는 착란 상태에 빠져 꿈을 꾸는 중이라고 생각한다.

"헤이 주드…… 돈 메이크 잇 배드……테이크 어 새애애드 송…… 앤드 메이크 잇 베터……"(헤이 주드. 슬퍼하지 마…… 슬픈 노래도…… 즐겁게……)

'그 노래를 어디서 들었지?' 총잡이가 물어보려 한다. '에디, 내가 부르는 노래를 들은 거냐? 그런데 여긴 어디지?'

그러나 미처 묻기도 전에

섞이고

'코트가 이 발명품을 봤더라면 애송이 녀석 머리를 한 대 후려갈겼을 텐데.' 롤랜드가 자신이 종일 타고 온 들것을 바라보며 속으로 생각하고, 웃는다. 웃음소리처럼 들리지는 않는다. 해변에 돌멩이를 쏟아내는 파도 소리와 비슷하다. 얼마나 왔는지 잘은 몰라도 에디가 녹초가 될 만큼은 멀리 온 듯싶다. 에디는 저물어가는 석양을 등진 채 바위에 걸터앉아 있고 그의 무릎에는 총잡이의 리볼버 한 정이, 옆에는 반쯤 찬 물통 한 개가 보인다. 셔츠 주머니가 불룩 솟아 있다. 권총띠 뒤쪽에서 뽑은 총알, 점점 줄어드는 '멀쩡한' 총알들이다. 에디는 자기 셔츠를 찢어서 이 총알들을 한데 모아두었다. 멀쩡한 총알이 빨리 줄어드는 까닭은 너덧 발 중 한 발이 불발이기 때문이다.

거의 졸다시피 하던 에디가 고개를 든다.

"뭐가 그렇게 우스워?"

총잡이가 손을 흔들어 부인하다가 고개를 젓는다. 자신이 틀렸음을 깨달았으므로. 들것이 우스꽝스럽고 조잡해 보이기는 해도 코트가 그것 때문에 에디를 후려갈기지는 않을 터였다. 롤랜드가 생각하기에 어쩌면 코트는 퉁명스럽게 칭찬해 줄지도 몰랐다. 코트가 칭찬을 해주는 경우는 너무나 드물었기에 칭찬받는 아이는 오히려 어쩔 줄 모르고 당황하게 마련이었다. 수조에서 끌려나온 생선처럼 입만 뻐끔거리면서.

들것의 버팀대 두 개는 길이도 굵기도 엇비슷한 양버들 가지였다. 바람에 쓰러진 가지라고, 총잡이는 짐작했다. 버팀대 사이에는 잔가지를 대놓았는데 꼭 미친 사람의 작품인 양 온갖 재료를 집대성하여 버팀대에 묶어놓았다. 권총띠, 마약 봉지를 묶었던 포장용 테이프, 총잡이의 모자에서 떼어낸 턱끈과 에디 본인의 운동화 끈까지 동원됐다. 잔가지 위에는 총잡이의 침낭을 깔았다.

코트는 후려갈기지 않았으리라. 왜냐하면 에디는, 아픈 데도 불구하고, 최소한 그저 궁둥이를 붙이고 주저앉아 팔자 탓만 하지는 않았으므로. 무언가를 만들어냈으므로. 안간힘을 썼으므로.

게다가 코트는 특유의 당황스러운, 거의 투덜대다시피 하는 말투로, 칭찬해 주었을지도 모른다. 왜냐하면 이 미치광이의 작품처럼 보이는 발명품이 실제로 쓸 만했으므로. 이는 저 멀리 지평선 끝까지, 아마도 둘이 머물던 곳까지 길게 이어졌을 버팀대 자국 두 줄이 증명하는 사실이었다.

"혹시 그놈들 보여?"

에디가 묻는다. 수면에 주황색 길을 내면서 기울어가는 해를 보고 총잡이는 이날 자신이 여섯 시간 넘게 깨어 있었다고 짐작한다.

힘이 솟는 느낌이다. 그는 몸을 일으키고 앉아서 바다를 바라본다. 해변도, 산의 서쪽기슭으로 이어진 땅도 그리 변한 것이 없다. 지형이나 해변에 널린 잔해가 조금은 달라진 듯도 싶지만(예를 들면 바람에 나부끼는 깃털더미가 되어 그들 왼쪽으로 20미터쯤, 물에서는 30미터쯤 떨어진 곳에 죽어 널브러져 있는 갈매기라거나), 그것 말고는 출발했던 지점과 다를 바가 없다.

"아니."

총잡이가 대답한다. 그러고는 이내

"그래. 저기 한 놈 있다."

그가 손으로 가리킨다. 에디도 알아보고 고개를 끄덕거린다. 이제 해가 수평선 아래로 기울어 주황색 길이 점점 핏빛으로 변해가는 가운데, 첫 번째 가재 괴물이 파도에서 기어나와 모래톱을 올라오는 중이다.

곧이어 두 놈이 죽은 갈매기를 향해 경주하듯 기어간다. 이긴 놈이 갈매기를 덮치고 찢어발긴 다음, 썩은 살점을 부리에 채워넣는다. 그러고는 묻는다.

"디드, 어, 치크?"

"덤, 어, 첨?"

진 놈이 대꾸한다.

"도드, 어,"

쾅!

롤랜드의 총이 진 놈의 질문을 마무리한다. 에디가 걸어가서 죽은 놈의 꼬리를 잡아 들어올리며 조심스럽게 놈의 동료를 곁눈질한다. 그러나 녀석은 잠잠하다. 갈매기 때문에 바쁜 탓이다. 에디가 사냥감을 들고 돌아온다. 놈은 여전히 펄떡거리며 집게발을 들었다 났다 하지만 곧 움직임을 멈춘다. 마지막으로 꼬리를 한 번 말아보지만, 아래로 터는 대신 그저 축 늘어뜨릴 뿐이다. 권투선수 같던 집게발이 털렁거린다.

"저녁은 금방 준비됩니다요, 주인님."

에디가 말한다.

"메뉴를 고르십시오. 가재 괴물 스테이크와 가재괴물 스테이크가 있습니다요. 어느 쪽이 마음에 드십니까요, 주인님?"

"무슨 말인지 모르겠군."

"물론 모르시겠지. 유머감각이라곤 꽝이니까. 도대체 어쩌다 그 지경이 됐어?"

"전쟁터에서 총에 맞은 게 아닐까, 싶은데."

에디가 총잡이 말을 듣고 씩 웃는다.

"말도 그렇고 표정도 그렇고, 오늘 저녁엔 괜찮아 보이네."

"내 생각에도 그런 것 같다."

"오, 그럼 내일은 조금이나마 걸을 수도 있겠네. 저기, 솔직히 말하면 있잖아, 나 당신 끌고 다니다가 똥줄 빠질 것 같아."

"노력해 보지."

"아무렴 그래야지."

"너도 좀 나아진 것 같구나."

롤랜드가 과감히 소리 내어 말해본다. 마지막 두 음절에서는 목소리가 변성기 소년처럼 갈라진다. '슬슬 입을 다물어야겠군. 안 그랬다간 다신 말을 못하게 될지도.'

"내 생각에, 난 살아남을 것 같아."

에디가 무표정한 얼굴로 롤랜드를 바라본다.

"그치만 한 두어 번 위험한 적이 있었어. 얼마나 위험했는지 당신은 모를 거야. 한 번은 당신 총을 뽑아서 내 머리에 댄 적도 있어. 격철을 젖히고, 한참 대고 있다가, 그냥 내렸어. 격철을 풀고 다시 총집에 꽂아뒀지. 또 한 번은 밤에 경련이 일어났어. 이틀째 밤이었지 싶은데, 언젠지 잘은 몰라."

에디가 고개를 절레절레 젓고 나서 총잡이가 알 듯 모를 듯한 말을 중얼거린다.

"사이먼과 가펑클이 그랬던가. 이제 나한텐 미시간 주가 꿈같다고."

목소리가 또다시 웅얼거리는 듯한 쉰 소리로 돌아갔지만, 말을 더 하면 안 되는 줄은 알지만, 총잡이는 한 가지 알아야만 하는 것이 있다.

"왜 방아쇠를 안 당겼나?"

"음, 바지가 달랑 이것밖에 없거든. 방아쇠를 당기기 전 마지막 순간에 이런 생각이 들었어. 만약에 이게 불발탄이면 다시 이럴 용기가 생길까, 하고 말이야. 게다가…… 일단 바지에 똥을 싸면 바로 빨아야 돼, 안 그럼 똥냄새가 평생 안 빠진대. 헨리 형이 그랬어. 베트남에 가서 안 사실이래. 근데 그때가 마침 밤중이라, 물가에 저 귀여둥이 가재 새끼가 기어나와 있지 뭐야. 물론 저 새끼 친구들이야 말할 것도……"

총잡이가 웃는다. 실제로는 갈라진 소리가 입술 새로 드문드문 새어나올 뿐이지만, 그래도 폭소를 터뜨린다. 에디도 씩 웃고 나서 말을 잇는다.

"유머감각은 전쟁터에서 총 맞아 죽었다더니, 팔뚝 한쪽만 잃고 살아남았나 보네."

에디가 일어선다. 롤랜드 생각에는 땔감을 찾아 비탈에 올라갈 참인 듯싶다.

"잠깐만."

롤랜드가 속삭이자 에디가 돌아본다.

"이유가 뭐지? 진짜 이유 말이다."

"당신한텐 내가 필요한 것 같았어. 내가 자살해버리면 당신도 죽을 것 같았으니까. 나중에 당신이 두 발로 일어서고 나면, 그때 가서…… 뭐랄까, 선택지를 다시 골라볼 수도 있으니까."

에디가 주위를 두리번거리더니 한숨을 내쉰다.

"롤랜드, 당신네 세계에도 디즈니랜드나 코니아일랜드 같은 데는 있겠지만, 지금까지 지켜본 바에 따르면 내 취향은 영 아닐 것 같아."

그러고는 걸음을 떼지만 멈춰서고, 다시 롤랜드를 돌아본다. 표정은 어두워도 환자처럼 핼쓱하던 낯빛은 나아졌다. 발작도 약해져서 이제는 가끔 경련을 일으킬 뿐이다.

"당신은 가끔 날 이해 못할 때가 있지. 안 그래?"

"그래." 총잡이가 속삭인다. "가끔은 이해할 수가 없다."

"그럼 내가 설명해 주지. 세상에는 자기를 필요로 하는 사람이 필요한 사람들이 있어. 당신이 날 이해 못하는 건, 당신이 그런 사람이 아니기 때문이야. 피치 못할 상황이 오면 당신은 날 이용해 먹고 종이봉투처럼 버릴 거야. 애초부터 씨발 그렇게 생겨먹었다고, 이 양반아. 그래도 목석은 아니니까 그런 짓을 할 때면 조금은 마음 아파하겠지. 그래봤자 억세긴 마찬가지니까 어떻게든 해치우고 말 거야. 그건 당신도 어떻게 할 수가 없는 거니까. 만약에 내가 바닷가에 쓰러져서 살려달라고 애원하면, 나랑 당신의 그 염병할 탑 중에 하나를 택해야 한다면, 당신은 날 밟고 걸어갈 거야. 어때, 꽤나 진실에 가까운 얘기지?"

롤랜드는 아무 말 없이 에디를 응시할 뿐이다.

"하지만 사람들이 다 당신 같진 않아. 세상에는 자기를 필요로 하는 사람이 필요한 사람들이 있다고. 바브라 스트라이샌드 노래에도 나오잖아. 진부한 소리지만, 그래도 사실이야. 그것도 일종의 중독이지."

에디가 롤랜드를 바라본다.

"하지만 당신이랑은 전혀 상관없는 얘기겠지. 안 그래?"

롤랜드도 그를 바라본다. 에디가 피식 웃는다.

"하지만 그놈의 탑은 예외야, 롤랜드. 당신은 탑 중독자니까."

"어디의 전쟁터였지?"

롤랜드가 속삭인다.

"무슨 소리야?"

"네 품격과 의지가 총 맞고 죽어버린 곳 말이다."

에디는 롤랜드가 뻗은 손에 얻어맞은 양 움찔 놀란다.

"난 가서 물 좀 떠올게. 괴물딱지들 나오나 잘 봐. 오늘 꽤 멀리 오긴 했지만, 그래도 저놈들끼리 서로 정보를 교환하는지도 모르니까."

에디가 돌아선다. 그러나 롤랜드는 석양에 물든 그의 뺨이 젖어 있음을 눈치챘다.

롤랜드는 바다 쪽으로 돌아앉아서 지켜본다. 가재 괴물들이 기어와서 질문을 던지고, 질문을 던지고 나서 다시 기어가지만 아무 뜻도 없기는 마찬가지다. 지능이 있기는 해도 저희끼리 정보를 주고받을 정도는 아니다.

'신께서 늘 너희 주둥이 앞에 먹이를 던져주시는 건 아니란다. 대개는 그렇지만, 늘 그렇진 않아.'

에디가 나무를 들고 돌아온다.

"흠, 당신이 보기엔 어때?"

"괜찮을 것 같다."

총잡이가 가르랑거린다. 에디는 무언가 말하려 했지만 지친 나머지 그만 땅에 드러눕고 말았고, 자줏빛 천공에 떠오른 첫 별을 바라보다가

섞이고

그날 이후 사흘에 걸쳐 총잡이는 꾸준히 건강을 회복했다. 팔뚝을 따라 올라오던 붉은 선들은 먼저 방향을 바꾸어 내려가다가 나중에는 희미해졌고, 결국에는 사라졌다. 이튿날 그는 간간이 걷다가 에디에게 들것을 끌어달라고 부탁했다. 그 이튿날에는 끌려갈 필요가 조금도 없었다. 한두 시간마다 잠깐씩 앉아서 다리의 묵지근한 느낌이 가실 때까지 기다리면 그만이었다. 총잡이가 헨리와 에디 형제의 이야기를 들은 때는 이렇게 가끔 앉아서 쉴 때, 아니면 저녁을 먹고 나서 모닥불이 꺼지고 잠자리에 들 때까지의 시간이었다. 총잡이는 대관절 무엇이 딘 형제를 곤경에 몰아넣었는지가 궁금했지만,

막상 에디가 비통함에서 우러나온 사무치는 분노 비슷한 감정에 사로잡혀 떠듬떠듬 얘기를 시작하고 나서는 에디를 말릴까 하고 생각했다. 이렇게 얘기할까 하고 생각했다. '일부러 얘기할 것까진 없다, 에디. 난 다 이해한다.'

그러나 에디에게는 소용없는 조언이었다. 어차피 형을 돕고 싶어서 하는 얘기가 아니었다. 헨리는 이미 죽었으므로. 에디는 헨리를 영원히 묻으려고 얘기를 꺼냈다. 또한 스스로에게 상기시키려고 얘기를 했다. 헨리는 이미 죽었지만 그는, 에디 자신은, 죽지 않았다고.

그래서 총잡이는 묵묵히 듣기만 했다.

이야기의 요점은 간단했다. 에디는 자기가 형의 인생을 훔쳤다고 믿었다. 헨리도 역시 그렇게 믿었다. 스스로 그리 믿게 되었는지도 모르지만 어쩌면 헨리는 그들 어머니가 툭하면 에디를 붙들고 하던 얘기, 즉 에디 너를 위하여, 네가 이 밀림 속 같은 도시에서 어느 누구 못지않게 안전하도록, 그래서 행복하도록, 이 밀림 속 같은 도시의 어느 누구 못지않게 행복하도록, 그래서 너는 거의 기억도 못하지만 너무나 예쁜 아이였던 불쌍한 네 누이처럼, 주님께서 너무나 사랑하신 그 아이처럼 끝장나지 않도록, 이 어머니와 형은 정말로 큰 희생을 치렀다며 주절주절 늘어놓던 일장연설을 듣고 그리 믿게 되었는지도 몰랐다. 어머니가 말씀하시길 네 누이는 천사들과 함께 있을 테고 그곳은 분명 멋진 곳일 테지만, 네 누이는 동생이 자신과 마찬가지로 길에서 어느 정신 나간 주정뱅이가 모는 차에 깔리거나, 아니면 어느 정신 나간 약쟁이 꼬맹이한테 주머니에 든 25센트를 털리고 칼에 찔려 길바닥에 내장을 질질 흘리는 바람에 때 이르게 천사들 품에 안기기를 바라지는 않으리라고, 또 에디 너도 아직 천사들 품에 안기고 싶지는 않을 것이므로, 형님 말을 귀 기울여 듣고 형님이 시키는 대로 잘 따르면서 형님의 사랑과 희생을 명심하라고 했다.

에디는 총잡이에게 그가 형과 함께 저지른 짓 몇 가지를, 즉 링컨 대로의 과자가게에서 만화책을 훔친 짓이나 코호스가에 있는 본디드 도금 공장 뒤편에서 담배를 피운 짓 등등을 어머니가 아셨더라면 어땠을까 하고 얘기했다.

한번은 열쇠가 꽂힌 채로 세워진 시보레 자동차를 본 헨리가 운전도 할 줄 모르면서 동생을 그 차에 밀어넣고 뉴욕 시내에 나가보자고 한 적이 있었다. 그때 헨리는 열여섯 살, 에디는 여덟 살이었다. 에디는 겁에 질려 엉엉 울었고 헨리도 겁을 먹은 나머지 동생에게 그치라고 옥박지르며 씨발 애새끼처럼 굴지 말라고, 나한테 10달러가 있고 너도 4달러쯤 있으니까 종일 영화를 보고 나서 펠럼역까지 가는 기차를 타면 엄마가 저녁상을 차리다가 너희들 어디 갔다 오냐고 묻기도 전에 돌아올 수 있을 거라고 했다. 하지만 에디는 계속 울었고, 그러다가 퀸스버러 다리 근처에 이르렀을 때 샛길에 정차한 경찰차를 보았으며, 차에 탄 경찰관이 이쪽은 쳐다보지도 않았다고 속으로 안심해 놓고도 막상 헨리가 저 짭새가 우릴 봤냐고 물었을 때에는 '응' 하고 대답했다. 하얗게 질린 헨리는 어찌나 급작스럽게 차를 세웠던지 하마터면 소화전을 박살낼 뻔했다. 잔뜩 겁에 질린 에디가 익숙지 않은 문손잡이를 잡고 낑낑대는 사이에 헨리는, 냉큼 도망갔다. 그러나 도중에 멈췄고, 다시 돌아왔으며, 고래고래 소리를 질러 에디를 불러냈다. 그러는 동안 두 번이나 후려갈기기도 했다. 그러고는 줄곧 걸어서, 실제로는 살금살금 도망쳐서, 브루클린으로 돌아왔다. 종일 걸어서 집에 돌아왔을 때 어머니는 너희들 왜 이렇게 발개져서 땀을 흘리고 기진맥진하느냐고 물었고, 헨리는 그날 종일 동네 농구장에서 에디한테 일대일 기술을 가르쳐줘서 이렇다고 대답했다. 그런데 큰 아이들이 농구를 하러 오는 바람에 그만하고 돌아올 수밖에 없었다고 했다. 어머니는 헨리한테는 볼에 입을 맞춰주었지만 에디에게는 눈을 부라렸다. 그러고는 정말이지 세상에서 제일 좋은 형 아니냐고 물었다. 에디도 어머니 의견에 동의했다. 진심에서 우러난 동의였다. 에디 생각에는 그랬다.

"그날 형도 나만큼이나 겁을 먹었어."

바닷가에 나란히 앉아 수평선 아래로 가라앉는 낮의 끝자락을 바라보며, 에디가 롤랜드에게 말했다. 머지않아 물에 비친 유일한 빛은 별빛뿐일 터였다.

"실은 더 겁먹었을 거야. 왜냐면 형은 경찰이 우릴 봤다고 생각했지만, 난 안 그런 줄 알고 있었으니까. 그래서 도망쳤을 거야. 그치만 형은 다시 돌아왔어. 중요한 건 그거야. 다시 돌아온 거."

롤랜드는 아무 말도 하지 않았다.

"당신도 알지. 그치?"

에디는 캐묻는 듯 부릅뜬 눈으로 롤랜드를 응시했다.

"그래, 안다."

"형은 늘 겁에 질려 있었어. 하지만 늘 돌아왔어."

롤랜드는 차라리 그날 헨리가 그대로 줄행랑을 쳤더라면 에디에게는, 어쩌면 길게 봤을 때 둘 모두에게, 더 나았으리라고 생각했다. 그날이든…… 아니면 그 후의 다른 날이든. 그러나 헨리 같은 인간들은 절대 그리하지 않는 법이다. 헨리 같은 인간들은 항상 돌아온다. 왜냐하면 헨리 같은 인간들은 이용해 먹는 법을 알기 때문이다. 그런 인간들은 우선 신뢰를 요구로 바꾸고, 그다음에는 요구를 마약으로 바꾸며, 한번 그러고 나면 다음부터는…… 에디는 그걸 뭐라고 불렀던가? '강요.' 그렇다. 강요한다.

"난 슬슬 자야겠다."

총잡이가 말했다.

그다음 날에도 에디는 계속 이야기했지만, 총잡이가 보기에는 빤한 사연이었다. 고등학생일 적에 헨리는 운동부에 들지 않았는데 방과 후에 남아서 연습할 수 없었기 때문이었다. 그가 비쩍 말랐다거나, 운동신경이 꽝이었다거나, 애초부터 운동을 안 좋아했다거나 하는 사실 따위는 조금도 중요치 않았다. 당연한 얘기지만. 헨리는 끝내주는 투수가 될 수도 있었고 어쩌면 유명한 농구선수가 될 수도 있었다고, 어머니는 그들 형제에게 거듭 또 거듭 확신시켜 주었다. 헨리는 성적이 형편없었고 몇 과목은 낙제를 하기도 했으나 이 또한 그가 멍청한 탓은 아니었다. 딘 부인과 에디 둘 다 헨리의 머리가 눈부시게 좋은 줄을 잘 알았다. 다만 헨리는 공부나 숙제를 하는 데 써야 할 시간을 에디 돌보기에 바칠 뿐이었다(공부하는 장소는 대개 딘 씨네 집 거실이었고 두 소년은 소파에 퍼질러 누워 텔레비전을 보거나 레슬링을 한답시고 바닥을 뒹굴었건만, 그런 사실은 별 상관이 없는 듯싶었다.). 형편없는 성적은 곧 헨리를 받아줄 학교가 뉴욕 대학교뿐인데 거기서도 그토록 형편없는 성적으로는 어떤 장학금도 받을 수가 없으므로 학비를 못 대는 그 집 형편으로는 헨리를 대학에 보낼 수 없다는 뜻이었고, 그리하여 헨리는 군대로 끌려가서 베트남으로 향했는데 거기서 그만 한쪽 무릎이 거의 날아갔고, 통증이 너무 심했기에 군의관이 약을 처방해 주었는데 하필 그 약의 주성분은 모르핀이었으며, 그러다가 상태가 호전되자 군의관이 약을 뚝 끊었는데 그리 잘한 짓은 아니었던 것이, 왜냐하면 뉴욕에 돌아온 헨리를 보니 등에 원숭이가, 먹이만 기다리는 굶주린 원숭이가 한 마리 올라타 있었고, 한두 달쯤 지나서 헨리는 어떤 남자를 만나러 나가곤 했으며, 마침내 이로부터 한 넉 달 후쯤, 그러니까 어머니가 돌아가시고 나서 채 한 달도 안 되었을 즈음에, 에디는 거울에 하얀 가루를 뿌려놓고 코를 킁킁대는 형을 처음으로 목격했다. 에디는 그 가루가 코카인일 거라고 추측했다. 알고 보니 헤로인이었다. 자, 맨 처음으로 거슬러 올라가보면, 이게 다 누구 잘못일까?

롤랜드는 아무 말도 하지 않았다. 그저 머릿속에서 들리는 코트 목소리에 귀를 기울였다. '잘못이란 놈은 항상 똑같은 곳에 알을 까는 법이다, 이 깜찍한 자식들아. 욕먹어도 쌀 만큼 나약한 자한테만 들러붙는단 말이다.'

진실을 깨닫고 나서 에디는 충격을 받았고, 뒤이어 화를 냈다. 헨리는 동생에게 킁킁대기를 그만두겠노라고 약속하는 대신 네가 길길이 날뛸 만도 하다고, 베트남이 자신을 보잘것없는 쓰레기로 전락시켜 버렸다고, 자기는 나약하다고, 자기가 떠나야 한다고, 그게 최선이라고, 네가 옳다고, 너는 사방을 어지럽히는 더러운 약쟁이와 결코 상종하지 말아야 한다고 했다. 다만 자기를 너무 원망하지 않기만 바란다고 했다. 스스로 자기가 약하다고 인정했다. 베트남에서 무언가가 자신을 나약하게 만들어 버렸다고, 운동화 끈이나 속옷 고무

260

줄이 습기에 삭아버리듯이 그도 무언가에 삭아버렸다고 했다. '베트남에는 마음까지 썩게 하는 뭔가가 있는 게 분명해.' 헨리는 울먹이며 말했다. 그저 에디가 기억해 주기만 바란다고 했다. 자신이 강인해지려고 노력할 수밖에 없었던 시절을.

에디를 위하여.

엄마를 위하여.

그러고는 떠나려 했다. 에디는 형이 그러도록 내버려두지 않았다. 당연한 얘기지만. 에디는 죄책감 때문에 괴로워했다. 에디는 한때 멀쩡했던 형의 다리를 뒤덮은 끔찍한 흉터를, 지금은 뼈보다 테플론 수지가 더 많이 들어 있는 무릎을 본 적이 있었다. 둘은 아파트 복도에서 악을 쓰며 싸웠다. 헨리는 낡은 면바지 차림에 한 손에는 퉁퉁한 더플백을 들고 두 눈 아래에는 자주색 그늘이 드리운 몰골이었고, 에디가 걸친 것은 누렇게 변해가는 흰색 삼각팬티 한 장이 다였다. 헨리가 '에디, 넌 나랑 있으면 안 돼, 나한테 물들 거야 난 알아.'라고 하면 에디는 '형은 아무 데도 못 가, 썩 안으로 들어가!'라고 소리치는 식으로 한참을 싸우다 보니 끝내는 맥거스키 부인이 자기 집에서 뛰쳐나와 빽 소리를 질렀다. '가든 말든 나랑은 아무 상관도 없지만 냉큼 결정하는 게 좋을 거다 이놈들아, 안 그럼 경찰 부른다!' 맥거스키 부인은 훈계를 몇 마디 더 늘어놓을 기세였으나 이내 달랑 삼각팬티 차림으로 서 있는 에디를 알아보았다. 그러고는 '남세스러운 줄 알아라, 에디 딘!' 하고 덧붙인 다음, 안으로 쏙 들어가서 문을 쾅 닫았다. 인형이 튀어나오는 깜짝 상자를 거꾸로 작동시킨 모양새였다. 에디가 형을 돌아보았다. 헨리도 동생을 마주보았다. '아기 천사 큐피드 치고는 육덕이 꽤 푸짐한데.' 헨리가 나직이 말했다. 둘은 껄껄 웃으며 얼싸 안고 서로 토닥거리다가 안으로 들어갔고, 약 2주 후에는 에디도 약을 쿵쿵대기 시작했다. 에디는 도대체 자기가 왜 그 난리를 피웠는지 알 수가 없었다. 고작약 좀 쿵쿵댄 걸 가지고, 젠장, 기분도 좋아지는데, 게다가 형(나중에 에디가 위대한 현자 겸 못 말리는 약쟁이로 여기게 되는 헨리 형) 말에 따르면, 약기운으로 살짝 뿅 가는 것쯤 아무 일도 아니잖아? 세상은 이미 지옥을 향해 전속력으로 달려가는 중인데.

시간은 그렇게 흘러갔다. 얼마나 흘렀는지 에디는 밝히지 않았다. 총잡이도 묻지 않았다. 총잡이가 생각하기에 에디는 약쟁이들이 뿅 가려고 둘러대는 무수히 많은 핑계 중에 제대로 된 이유는 하나도 없는 줄 이미 아는 사람, 그래서 투약 습관을 잘 조절한 사람 같았다. 헨리도 그럭저럭 자기 습관을 조절했을 터였다. 에디만큼은 아니더라도 완전히 망가질 정도는 아니었으리라. 왜냐하면 에디가 진실을 깨달았든 못 깨달았든(롤랜드는 마음속 깊숙이 에디도 깨달았으리라고 믿었지만), 헨리는 자신을 조절해야만 했다. 이제 형제의 역할이 뒤바뀌었으므로. 이제는 길을 건널 때 에디가 헨리의 손을 잡아주어야 했으므로.

그러던 어느 날, 헨리가 코 대신 피하주사기를 사용하다가 에디에게 들켰다. 둘은 또 한 차례 미친 듯이 싸웠는데 장소가 헨리 방이라는 점만 빼면 먼젓번과 거의 다를 바가 없었다. 싸움의 결과도 먼젓번과 다를 바 없었다. 헨리는 질질 짜면서 천하무적의 방어 전술, 즉 무조건 항복과 무조건 자백으로 일관했다. 에디가 옳다, 자기는 살 자격이 없다, 하수구에서 쓰레기 주워먹을 자격도 없다는 식이었다. 그러고는 떠나려고 했다. 에디가 자신을 다시 볼 일은 없을 거라고 했다. 그저 에디가 무언가를 기억해 주기만 바랄 뿐인데 그게 뭐냐면…….

한참 동안 바닷가를 따라 터덜터덜 걸어가는 동안, 에디의 목소리는 어느새 부서지는 파도소리와 크게 다를 바 없는 웅얼거림으로 변해갔다. 롤랜드는 사연을 다 알면서 아무 말도 하지 않았다. 정작 그 사연을 모르는 사람은 바로 10년 만에, 어쩌면 그보다 더 오랜만에, 비로소 맑은 정신으로 생각하게 된 에디였다. 에디가 이야기를 들려주는 사람은 롤랜드가 아니었다. 그는 비로소 자기 자신에게 얘기하는 중이었다.

그래도 괜찮았다. 총잡이가 아는 한 둘에게 넘쳐나는 것이라곤 시간뿐이었으므로. 얘기를 나누는 것도 시간을 보내는 방법 가운데 하나였으므로.

에디는 형의 무릎과 다리를 뒤덮은 흉터 때문에 괴로워했다(물론 상처가 다 나은 후에 헨리는 절뚝거리는 티도 내지 않았지만…… 둘이 싸울 때만은 예외였다. 동생과 싸우고 나면 헨리는 늘 다리를 심하게 절뚝거렸다.). 에디는 형이 동생을 위해 포기했던 모든 것 때문에 괴로워했다. 그리고 더욱 현실적인 문제 때문에 괴로워했다. 헨리는 길거리에서 살아남지 못할 처지였다. 그랬다가는 호랑이가 득실거리는 밀림에 토끼를 풀어놓는 꼴이었다. 헨리 혼자서는 일주일도 못 버티고 감옥 아니면 시립 정신병원에 끌려갈 게 뻔했다.

그래서 에디는 간청했고, 헨리는 함께 있어달라는 동생의 간청을 들어주었으며, 이로부터 반 년 후에는 에디도 황금 팔을 갖게 되었다. 그다음은 결코 벗어날 수 없는 나선계단을 착실하게 내려간 형국이었고, 에디는 결국 운반책이 되어 바하마로 날아갔다가 그의 인생에 뜬금없이 끼어든 롤랜드와 조우했던 것이다.

다른 사람이었더라면, 즉 롤랜드보다 덜 실용지향적이고 더 관조적인 사람이었더라면, 이렇게(입 밖에 내지 않았다면 속으로라도) 탄식했을지도 모른다. '왜 이 녀석이오? 왜 시작부터 이런 녀석인 거요? 왜 하필이면 나약하고 이상스럽고 뒈질 게 뻔해 뵈는 놈을 붙여준 거요?'

그러나 총잡이는 결코 따지지 않았다. 그러기는커녕 머릿속에 떠올리지도 않았다. 커스버트라면 따졌으리라. 무엇에든 의문을 제기하던 커스버트는 질문에 중독된 나머지 죽을 때에도 질문을 중얼거리며 죽었다. 이제 그들은 죽고 없었다. 모두 죽었다. 코트가 키운 총잡이들, 쉰여섯 명이 함께 시작한 수업을 견디고 살아남은 열세 명의 총잡이들은, 모두 죽었다. 모두 죽고 롤랜드 혼자 남았다. 그는 마지막 총잡이였다. 문드러지고 메말라버린 텅 빈 세상에서 꿋꿋이 버텨나갔다.

'열셋이라.' 총잡이는 수여식 전날 코트가 했던 말을 떠올렸다. '불길한 숫자로군.' 이튿날, 30년 만에 처음으로, 코트는 수여식에 나타나지 않았다. 그의 마지막 제자들은 스승의 오두막에 찾아가 먼저 그의 발 앞에 무릎을 꿇고 무방비한 목을 보인 다음, 일어서서 축하의 입맞춤을 받고 자신들의 총을 내밀어 스승이 처녀 장전하도록 했다. 그로부터 9주 후, 코트가 죽었다. 누군가는 독살이라고 했다. 코트가 죽고 2년 후, 처참했던 마지막 내전이 발발했다. 피에 굶주린 학살자들은 문명과 광명과 정의의 마지막 보루를 유린했고, 모두가 굳건하리라고 믿었던 그곳을 마치 파도가 어린애의 모래성을 쓸어가듯 간단히 무너뜨렸다.

이로써 롤랜드는 마지막 총잡이가 되었다. 그가 살아남은 까닭은 아마도 그의 실용적이고 단순한 성격이 본성에 깃든 음울한 기질을 쓰러뜨렸기 때문이리라. 그는 중요한 것이 오직 세 가지뿐임을 알았다. 필멸, 카, 그리고 탑.

생각할 것은 그것만으로도 충분했다.

에디가 얘기를 마무리 지은 때는 그들이 북쪽을 향해 출발한 지 사흘째 되던 날 네 시경이었다. 바닷가는 조금도 변하지 않은 듯 보였다. 풍경이 바뀐 증거를 찾으려면 왼쪽, 즉 동쪽(북쪽을 향하던 중이었으므로 고개를 돌리면 서쪽이 되어야 하나 원문에 수록된 대로 표기하였다—옮긴이)으로 고개를 돌려야만 했다. 들쭉날쭉한 산봉우리들이 갈수록 무뎌지고 낮아졌다. 북쪽으로 더 멀리 가면 산이 낮아져서 생긴 언덕이 나올 듯싶었다.

얘기를 끝맺은 에디가 침묵을 지키는 바람에 둘은 반시간 남짓 말없이 걷기만 했다. 에디는 연방 총잡이를 흘끔거렸다. 롤랜드는 흘끔거리는 에디의 시선을 알아차렸지만 에디는 그가 알아차린 줄도 몰랐다. 에디는 여태 자기 생각에만 빠져 있었다. 롤랜드는 에디가 무엇을 기다리는지도 알았다. 반응이었다. 롤랜드의 반응. 어떤 반응이든 간에. 에디는 두 번이나 말을 하려고 입을 열었다가 그냥 다물었다. 그러다가 끝내 총잡이가 예상했던 질문을 던졌다.

"저기, 당신 생각은 어때?"

"내 생각에 넌 여기 있다."

에디가 멈춰섰다. 주먹 쥔 손을 허리에 짚은 채로.

"끝이야? 그게 다야?"

"내가 아는 건 그뿐이다."

총잡이가 대답했다. 잃어버린 손가락과 발가락이 욱신거리고 근질거렸다. 그는 에디의 세계에서 아스틴을 가져왔더라면 좋았을 텐데 하고 생각했다.

"내 얘기를 다 듣고 아무 생각도 안 든단 말이야?"

총잡이는 잔인한 뺄셈을 당한 자기 오른손을 들고 이렇게 말할 수도 있었다. '그럼 넌 이걸 보고 무슨 생각이 드는지 얘기해 봐라, 이 덜떨어진 배냇병신아.' 그러나 하고많은 우주에 하고많은 사람 가운데 왜 하필 에디냐고 따지지 않았듯이, 롤랜드는 그 말을 입 밖에 내지 않았다. 대신 에디를 느긋이 바라보며 말했다.

"그건 '카'다."

"'카'가 뭐야?" 에디가 날선 목소리로 쏘아붙였다. "들어본 적도 없어. 두 번 발음해서 '카카'라고 하면 애들 말로 똥인 줄은 알지만."

"난 그런 건 모른다. 이곳에서 '카'는 사명, 또는 숙명, 또는 속된 말로 가지 않으면 안 될 곳이라는 뜻이다."

에디는 실망한 듯 지긋지긋한 듯 보이려고 애썼지만, 그럼에도 즐거워하는 기색을 감추지는 못했다.

"어이, 롤랜드. 그럼 그냥 '카카'라고 해. 에디 어린이한테 그딴 소리는 똥이나 마찬가지야."

총잡이가 어깨를 으쓱했다.

"난 철학 얘기는 안 한다. 역사 공부를 할 생각도 없다. 내가 아는 거라곤 지나간 것은 이미 지나갔고, 앞으로 올 것은 앞으로 온다는 것뿐이다. 그중 후자가 바로 카인데, 그건 어떻게 할 수 있는 게 아니다."

"오호, 그래?"

에디가 북쪽으로 눈을 돌렸다.

"근데 내가 보기에는 앞으로 한 10억 킬로미터쯤 이 염병할 똑같은 바닷가를 걸어야 할 것 같은데. 앞으로 쭉 이런 식이라면, '카'든 '카카'든 그게 그거야. 우리 가재 친구들을 쏴죽일 멀쩡한 총알은 대여섯 발밖에 안 남았어. 그다음엔 돌로 쳐죽이는 수밖에 없지. 그래서 말인데, 도대체 우리 지금 어디 가는 거야?"

롤랜드는 과연 에디가 자기 형에게 이렇게 물어볼 생각을 한 번이라도 했을지 퍼뜩 궁금해졌지만, 그런 질문을 던졌다가는 무의미한 다툼만 길어질 뿐이었다. 그래서 그는 엄지손가락으로 북쪽을 가리키며 말했다.

"저기다. 지금 당장은."

에디가 돌아봤지만 조개껍데기와 바위가 널린 잿빛 자갈밭 말고는 아무것도 보이지 않았다.에디는 비웃어줄 생각으로 고개를 돌렸다가 확신에 찬 롤랜드의 표정을 보고 다시 눈을 돌렸다. 그러고는 눈을 가늘게 떴다. 저물어가는 햇빛을 가리려고 손을 들어 오른뺨에 갖다댔다. 그는 간절히 보고 싶었다, 무엇이든, 하다못해 젠장맞을 신기루라도. 그러나 아무것도 보이지 않았다. 그래서 이기죽거렸다.

"이젠 나한테 사기까지 치시는군. 근데 그거 비겁한 짓이야. 난 발라자르네 가게에서 당신을 위해 목숨을 걸었다고."

"그건 나도 안다."

총잡이가 씩 웃었다. 잔뜩 찌푸린 하늘에서 잠깐 비추는 햇빛처럼 보기 드문 웃음이 그의 얼굴을 비췄다.

"에디, 내가 오직 진실로써 너를 대하는 이유도 바로 그거다. 그건 저기에 있다. 난 한 시간 전에 이미 발견했다. 처음에는 신기루이거나 내 염원이 빚은 헛것이라고 여겼지만, 진짜다. 그건 저기에 있다."

에디가 다시 눈을 돌렸다. 그러고는 눈물이 흐를 때까지 바라보았다. 그러다 결국 입을 열었다.

"앞에 보이는 거라곤 바닷가뿐이야. 내 시력은 2.0, 2.0인데."

"무슨 뜻인지 모른다."

"저 앞에 뭐가 있으면, 내가 봤을 거라는 뜻이야!"

에디는 문득 궁금해졌다. 그는 총잡이의 예리한 연청색 눈이 자기 눈보다 얼마나 멀리 볼 수 있는지 궁금했다. 어쩌면 조금 더 멀리 볼지도 몰랐다.

어쩌면 무척.

"너도 보게 될 거다."

"보다니, 뭘?"

"오늘 도착하진 못할 거다. 허나 네 눈이 그리 밝다면 해가 바다에 닿기 전에 보게 될 거다. 여기 서서 수다만 떨고 있으면 그러지 못할 테지만."

"'카'라 이거지."

에디가 신중한 목소리로 말했다. 롤랜드가 고개를 끄덕였다.

"'카'다."

"합쳐서 '카카'로군. 하핫. 알았어, 롤랜드. 가보자고. 만약 해가 바다에 닿았는데 아무것도 안 보이면 저녁에 통닭 사는 거야. 아니면 빅맥이나. 아니면 가재 빼고 아무거나."

"가자."

268

둘은 다시 걸음을 옮겼고, 해의 아래쪽 윤곽이 수평선에 닿으려면 아직 한 시간은 더 남았을 즈음에, 에디 딘은 앞쪽 저 멀리에 있는 어떤 형상을 발견했다. 희미했고, 일렁거렸으며, 알아보기도 힘들었지만, 분명히 무언가가 있었다. 무언가 새로운 것이었다.

"그래, 나한테도 보여. 당신 시력이 아주 슈퍼맨급이네."

"누구?"

"됐어. 하여튼, 문화지체 현상이 아주 심각하다니까."

"뭐라고?"

에디가 웃음을 터뜨렸다.

"됐다니까. 근데 저게 도대체 뭐야?"

"보면 안다."

총잡이는 에디가 뭐라고 묻기도 전에 걸음을 뗐다.

20분쯤 후에 에디는 그것이 보인다고 생각했다. 그로부터 15분 후에는 확신했다. 바닷가에 서 있는 그것에 닿으려면 아직도 4, 5킬로미터쯤 더 가야 했으나, 에디는 무엇인지 알았다. 당연한 얘기지만, 문이었다. 두 번째 문.

그날 밤 둘은 똑같이 좀체 잠을 이루지 못했고, 해가 구불구불한 산등성이 위로 떠오르기 한 시간 전에 일어나서 길을 서둘렀다. 그리하여 아침 해가 쏘아보낸 장엄하고 잔잔한 첫 번째 광선이 머리 위를 비출 때, 그들은 문에 도착했다. 거뭇거뭇한 뺨에 쏟아진 햇살이 꼭 등불 같았다. 햇살 속에서 총잡이는 마흔 살로 돌아간 듯 젊어 보였고, 에디는 오래전 자기가 기르던 매 데이비드를 무기 삼아 코트와 대결하러 가던 롤랜드만큼이나 어려 보였다.

두 번째 문은 적혀 있는 글귀만 빼면 먼젓번 것과 똑같았다.

"그렇군."

에디가 문을 응시하며 조용히 말했다. 눈앞에 우뚝 선 문의 경첩은 이 세계와 다른 세계, 하나의 우주와 다른 우주를 가르는 보이지 않는 설주에 고정되어 있었다. 전언이 새겨진 채 서 있는 문의 자태는 바위처럼 또렷했고, 별빛처럼 신비했다.

"그렇지."

총잡이가 동의했다.

"'카'라 이거지."

"'카'다."

"여기가 당신이 말한 셋 중 둘째를 꺼내는 곳이야?"

"그런 것 같다."

총잡이는 에디보다 앞서 에디 머릿속에 무슨 생각이 떠올랐는지를 알았다. 에디가 실제로 움직이기에 앞서 에디가 움직이는 모습을 보았다. 그는 마음만 먹으면 몸을 돌려서 에디가 무슨 일이 일어났는지 미처 깨닫기도 전에 에디의 팔을 세 조각으로 부러뜨릴 수도 있었지만, 그러지 않았다. 대신 에디가 그의 오른쪽 총집에서 리볼버를 낚아채도록 내버려두었다. 총잡이가 남에게 자기 무기를 허락도 없이 채가도록 허용하기는 평생 처음이었다. 그는 막으려고 하지 않았다. 그저 에디 쪽으로 돌아서서 평온하게, 심지어 상냥하게, 바라보기만 했다.

에디의 얼굴은 잔뜩 긴장한 나머지 흙빛으로 변해 있었다. 눈동자를 둘러싼 흰자위가 온통 희번덕거렸다. 그는 묵직한 리볼버를 두 손으로 쥐고 양쪽으로 흔들리는 총구를 가운데로 진정시켰고, 벌벌 떨다가 다시 가운데로 모았으며, 그러곤 다시 벌벌 떨었다.

"열어."

"어리석은 짓이다."

총잡이의 목소리는 변함없이 부드러웠다.

"우리 둘 다 이 문이 어디로 이어지는지 모른다. 문 저편이 네 세계이기는커녕 아예 네 우주가 아닐 수도 있다. 우리가 아는 거라곤 '그늘 속의 여인'한테 눈 여덟 개와 팔 아홉 개가 달렸을지도 모른다는 것뿐이다. 수비아라는 괴물처럼 말이다. 만에 하나 문 저편이 네 세계라 할지라도, 어쩌면 네가 태어나기 훨씬 전이거나 네가 죽고 나서 훨씬 후일 수도 있다."

에디가 피식 웃었다.

"어휴, 이 성배 찾아다니는 몬티 파이슨 같은 양반아. 난 저 2번 문 뒤에 있는 게 뭐든 간에, 싸구려 가재요리 코스랑 염병할 바닷가 여름휴가하고 바꾸고 싶은 마음이 굴뚝같단 말이야."

"난 무슨 말인지⋯⋯"

"모르는 줄은 나도 알아. 상관없으니까 문이나 열어, 씨발."

총잡이가 고개를 저었다.

둘은 아침 햇살 속에 서 있었다. 썰물이 되어 멀어져가는 물결 쪽으로 문이 비스듬히 그림자를 드리웠다.

"열라고!"

에디가 소리쳤다.

"같이 갈게! 못 알아들어? 나도 같이 간다고! 이리 안 돌아오겠다는 말은 아니야. 다시 올 거야, 아마도. 그러니까, 십중팔구는 돌아올 거야. 당신은 날 진심으로 대했으니까. 내가 그것까지 잊어버렸을 거라고 생각하진 마. 당신이 그늘 속의 아가씨를 찾는 동안 난 가까운 통닭집에 가서 포장 세트만 사오면 돼. 일단 준비운동 삼아 서른 조각짜리 가족 세트부터 해치워야겠어."

"넌 여기 있어라."

"내가 못 쏠 줄 알아?"

에디가 날카롭게 악을 썼다. 거의 한계였다. 총잡이는 그런 에디를 보며 자신에게 예정된 천벌의 나락을 내려다보는 기분이었다. 에디가 리볼버의 오래된 격철을 뒤로 젖혔다. 날이 밝아오고 썰물이 빠져나가는 동안 바람도 어느덧 기세가 꺾였고, 그 덕분에 에디가 끝까지 젖힌 격철은 몹시도 맑은 소리를 들려주었다.

"어디 두고 봐."

"볼 생각이다."

"쏴 죽여버린다!"

에디가 악을 썼다.

"그것 또한 '카'다."

총잡이가 무덤덤하게 대답하고 문 쪽으로 돌아섰다. 그러고는 문 손잡이로 손을 뻗었지만, 마음속으로는 망설였다. 그는 알고 싶었다. 살지, 아니면 죽을지를.

'카'를.

〈하권에서 계속〉

옮긴이 | 장성주

고려대 동양사학과를 졸업하고 출판 편집자로 일했다. '스티븐킹교'의 평신도를 자처하며 묵묵히 신앙
생활에 정진해 왔으나, 앞으로는 '스티븐킹교' 포교 활동에도 힘쓸 생각이다. 번역서로는 『아돌프에게
고한다』, 『다크타워 시리즈』, 『언더 더 돔』, 『워킹데드 시리즈』 등이 있다.

타로 카드 일러스트 이윤영
타로 카드 일러스트 감수 조재형

다크타워 2 [상]

1판 1쇄 펴냄 2009년 5월 5일
1판 4쇄 펴냄 2018년 10월 4일

지은이 | 스티븐 킹
옮긴이 | 장성주
발행인 | 박근섭
편집인 | 김준혁
펴낸곳 | 황금가지

출판등록 | 2009. 10. 8 (제2009-000273호)
주소 | 135-887 서울 강남구 신사동 506 강남출판문화센터 5층
전화 | 영업부 515-2000 편집부 3446-8774 팩시밀리 515-2007
홈페이지 | www.goldenbough.co.kr

ISBN 978-89-6017-212-8 04840
ISBN 978-89-6017-210-4 04840 (세트)

㈜민음인은 민음사 출판 그룹의 자회사입니다.
황금가지는 ㈜민음인의 픽션 전문 출간 브랜드입니다.